暗い青春

坂口安吾

角川文庫
23941

目次

石の思い

私の父は私の十八の年（ちょうど東京の大地震の秋であったが）に死んだのだから父の子との交渉が相当あってもよいはずなのだが、何もない。私は十三人もある兄弟（もっとも妾《めかけ》の子もある）の末男で下に妹が一人あるだけ父とは全く年齢が違う。だから私の友人たちが子供と二十五か三十しか違わないので子供たちと友達みたいに話をしているのを見ると変な気がするので、私と父にはそういう記憶が全くない。

私の父は二、三流ぐらいの政治家で、つまり田舎政治家とでも称する人種で、十ぺんぐらい代議士に当選して地方の支部長というようなもの、中央ではあまり名前の知られていない人物であった。しかし、こういう人物は極度に多忙なのであろう。家にいるなどということはめったにない。ところが私の親父は半面森春濤《もりしゅんとう》門下の漢詩人で晩年には『北越詩話』という本を三十年もかかって書いており、家にいるときは書斎にこもったきり顔をだすことがなく、私が父を見るのは墨をすらされる時だけであった。女中が旦那様《だんなさま》がお呼びですといって私を呼びにくる、用件はわかっているのだ、墨をするのにきまっている。父はニコリともしない、こぼしたりするといらいら怒るだけである。私はただ癪《しゃく》にさわっていただけだ。女中がたくさんいるのに、なんのために私が墨をすらなければならないのか。その父とは私に墨をすらせる以外に何の交渉関係もない他人であり、そのほかの場所では年じゅう顔を見るということもなかった。

だから私は父の愛などは何も知らないのだ。父のない子供はむしろ父の愛について考えるであろうが、私には父があり、その父と一か月に一度ぐらい呼ばれて墨をする関係にあり、仏頂面を見ていらいら何か言われて腹を立てて引き上げてくるだけで、父の愛などといえば私には凡《およ》そ滑稽《こっけい》な、無関係なことだった。幸い私の小学校時代には今の少年少女の読物のような家庭的な童話文学が存在せず、私の読んだ本といえば立川文庫などという忍術使いや豪傑の本ばかりだから、そういう方面から父親の愛などを考えさせられる何物もなかった。父親などとは自分とは関係のない存在だと私は切り離してしまっていた。そして墨をすらされるたびに、うるさい奴だと思った。いばりくさった奴だと思った。そしてともかく父だからそれだけはしかたがなかろうと考えていただけである。

子供が十三人もいるのだから相当うんざりするだろうが、しかし、父の子供に対する冷淡さは気質的なもので、数の上の関係ではなかったようだ。子供などはどうにでも勝手に育って勝手になれと考えていたのだろうと思う。

ただ田舎では「家」というものにこだわるので、「家」の後継者である長男にだけは特別こだわる。父も長兄には特別心を労したらしいが、この長兄は私とは年齢も違い上京中で家にはおらなかったから、その父と子の関係もよく知らない。ただ父の遺稿に、わが子（長男）を見て先考を思い不孝をわびるというような老後の詩があり、親父にそんな気持ちがあったかね、これは詩の常套《じょうとう》の世界にすぎないのだろうと冷かしたくなるのだが、しかし、父の伝記を読むと、長男にだけはひどく心を労していたことが諸家によって語られている。父の莫逆《ばくぎゃく》の友だった市島春城《いちしましゅんじょう》翁、政治上の同輩だった町田忠治《まちだちゅうじ》というような人の話に、長男のことを常にくれぐれも頼んでおり、また、長男のことを非常によく話題にして、長男にすすめられて西洋の絵を見るようになったとか、登山に趣味を持つようになったとか、そんなことまで得々としゃべっているのであった。これは私にとっては今もって無関係の世界であり、父はともかく「家」として兄について考えておったが、私にとっては、父と子の関係はなかった。私にとっては、父のない子供より父が在るだけ父について無であり、ただ墨をすらせる不快な老人を知っていただけであった。

私の家は昔は大金満家であったようだ。徳川《とくがわ》時代は田地のほかに銀山だの銅山を持ち阿賀野《あがの》川の水がかれてもあそこの金はかれないなどと言われたそうだが、父が使い果たして私の物心ついたときはひどい貧乏であった。全くひどい貧乏であった。借金で生活していたのであろう。もっとも家はひろかった。使用人も多かった。出入りの者も多かったが、それだけ貧乏もひどかったので、母の苦労は大変であったのだろう。だから母はひどいヒステリイであった。その怒りが私に集中しておった。

私は元来手のつけられないヒネクレた子供であった。子供らしい可愛さなども何一つない子供で、マセていて、餓鬼大将で、喧嘩《けんか》ばかりしていた。私が生まれたとき、私の身体のどこかが胎内にひっかかって出てこず母は死ぬところであったそうで、子供の多さにうんざりしている母は生まれる時から私に苦しめられて冷たい距離をもったようだ。おまけに育つにつれて手のつけられないヒネクレた子供で、世間の子供に例がないので、うんざりしたのは無理がない。

私は小学校へ上がらぬうちから新聞を読んでいた。その読み方が子供みたいに字を読むのが楽しくて読んでいるのではないので、書いてあることがおもしろいから熱読しており、特に講談（そのころは小説のほかに必ず講談が載っていた。私は小説は読まなかった。おもしろくなかったのだ）を読み、角力《すもう》の記事を読む。この角力の記事には当時は必ず四十八手の絵がはいっており、この絵がひどく魅力であったのを忘れない。私は小学校時代は一番になったことは一度もない。一番は必ず山田《やまだ》というお寺の子供で二番が私か、または横山《よこやま》（後にペンネームを池田《いけだ》寿夫《ひさお》という左翼の評論家か何かになった人である）という人で、私はたいがい横山にも負けて三番であったように記憶する。私は予習も復習も宿題もしたためしがなく、学校から帰ると入り口へカバンを投げ入れて夜まで遊びに行く。餓鬼大将で、勉強しないと叱られる子供を無理に呼びだし、この呼びだしに応じないと私に殴られたりするから子供は母親よりも私を怖れて窓からぬけだしてきたりして、私は鼻つまみであった。ほかの町内の子供と喧嘩をする。すると喧嘩のやり方が私のやることは卑怯《ひきよう》至極でとても子供の習慣にない戦法を用いるから、いつも憎まれ、着ている着物は一月で破れ、いつも乞食《こじき》の子供のような破れた着物をきていた。そして、夜になって家へ帰ると、母は門をしめ、戸にカンヌキをかけて私を入れてくれない。私と母との関係は憎み合うことであった。

　私の母を苦しめたのは貧乏と私だけではないので、そのころは母に持病があって膀《ぼう》胱《こう》結石というもので時々夜となく昼となく呻《うな》り通している。そのうえ、私の母は後妻で、死んだ先妻の子供に母といくつも年の違わぬ三人の娘があり（だから私の姉に当たるこの三人の人たちの子供、つまり私には姪《めい》とか甥《おい》に当たる人たちが実は私よりも年上なのである）この三人のうち上の二人が共謀して母を毒殺しようとしモルヒネを持って遊びにくる、私の母が半気違いになるのは無理がないので、これがみんな私に当たることになる。私は今では理由がわかるから当然だと思うけれども、当時はわからないので、極度に母を憎んでいた。母の愛すほかの兄妹《きょうだい》を憎み、なぜ私のみ憎まれるのか、私はたしか八ツぐらいのとき、その怒りに逆上して、出刃包丁をふりあげて兄（三つ違い）を追い廻《まわ》したことがあった。私は三つ年上の兄などは眼中に入れていなかった。腕力でも読書力でも私の方が上である自信をもち、兄のような敬意など払ったことがなかった。それほどかわいらしさというもののない、ただ憎たらしい傲慢《ごうまん》なヒネクレ者であった。いくら環境のせいもあっても、大部分は生まれつきであったと思う。そのくせ卑怯未練で、人の知らない悪事は口をぬぐい、告げ口密告はする、しかも自分がそれよりもなお悪いことをやりながら、平然と人を陥れて、自分だけ良い子になり、しかも大概成功した。なぜなら、子供のしわざと思えぬほど首尾一貫し、バレたときの用心がちゃんと仕掛けてあり、大概の人は私を信用するのであった。私は大概の大人よりも狡猾《こうかつ》であったのである。

八ツぐらいの時であったが、母は私に手を焼き、お前は私の子供ではない、貰《もら》い子《ご》だと言った。そのときの私の嬉《うれ》しかったこと。この鬼婆ァの子供ではなかった、という発見は私の胸をふくらませ、私は一人のとき、そして寝床へはいったとき、どこかにいる本当の母を考えて、いつも幸福であった。私をかわいがってくれた女中頭の婆やがあり、私が本当の母のことをあまりしつこく訊《き》くので、いつか母の耳にもはいり、母は非常な怖れを感じたのであった。それは後年、母の口からきいてわかった。母と私はやがて二十年をすぎてのち、家族のうちで最も親しい母と子に変わったのだ。私は母の立場に理解を持ちうる年齢に達したとき、母は私の気質を理解した。私ほど母を愛していた子供はなかったのである。母のためには命をすてるほど母を愛していた。その私の気質を昔から知っていたのは先妻の三番目の娘に当たる人で、上の二人は母を殺そうとしたが、この三番目は母に憎まれながら母に甘えよりかかっていた。その境遇から私の気質がよくわかり、私が子供のとき、暴風の日私が海へ行って荒れ海の中で蛤《はまぐり》をとってきた、それは母が食べたいと言ったからで、母は子供の私が荒れ海の中で命がけで蛤をとってきたことなど気にもとめず、ふりむきもしなかった。私はその母を睨《にら》みつけ、肩をそびやかして自分の部屋へとじこもったが、そのときこの姉がそッと部屋へはいってきて私を抱きしめて泣きだした。だから私は母の違うこの姉が誰よりも好きだったので、この姉の死に至るまで、私ははるかな思慕を絶やしたことがなかった。この姉と婆やのことは今でも忘れられぬ。私はこの二人にだけ愛されていた。他の誰にも愛されていなかった。

＊

私は私の気質の多くが環境よりも先天的なもので、その一部分が母の血であることに気づいたが、残る部分が父からのものであるのを感じていた。私は父を知らなかった。そこで私は伝記を読んだ。それは父の中に私を探すためであった。そして私は多くの不愉快な私の影を見いだした。父について長所美点と賞揚せられていることが私にとっては短所弱点であり、それは私に遺恨のごとく痛烈に理解せられるのであった。父は誠実であった。約をまもり、嘘をつかなかった。父は人のために財を傾け、自分の利得をはからなかった、父は人に道をゆずり、自分の栄達をあとまわしにした。それはすべて父の行なった事実である。そしてそれは私においてその逆が真実であるごとく、父においても、その逆が本当の父の心であったと思う。父は悪事のできない男であった。なぜなら、人に賞揚せられたかったからである。そしてそのために自分を犠牲にする人であったと私は思う。私自身から割りだして、そう思ったのである。

私はまず第一に父のスケールの小ささを泣きたいほど切なく胸に焼きつけているのだ。父は表面豪放であったが、実はうんざりするほど小さな律儀者であり、律儀者でありながら、実は小さな悪党であったと思う。

私がなぜほとんど私の無関係なこの老人をスケールの小ささで胸に焼きつけているかというと、私は震災のとき、東京におり、父はもう死床に臥《ふ》したきり動くことができなかった。私は地震のときトランプの一人占いをやっていると、ガタガタゆれて壁がトラムプを並べた上へ落ちた。立ち上がって逃げだすと戸が倒れ、唐紙、障子が倒れ、それをひょろひょろとさけながら庭へ下りると瓦《かわら》が落ちてくる、私は父を思いだして寝室へはいると、床の間の鴨居が落ちており、そこで父の枕元の長押《なげし》を両手で支えていたことを覚えている。
その翌日であったと思う。私は父に命ぜられて火事見舞に行った。加藤高明《かとうたかあき》＊と若槻《わかつき》礼次郎《れいじろう》＊を訪れたのである。若槻礼次郎邸では名刺を置いてきただけだったが、加藤高明のところでは招ぜられて加藤高明に会い、一中学生の私に丁重きわまる言葉でいろいろ父の容態を質問された。私はもう会話を覚えておらぬ。すべてを忘れているが、私はこの大きな男、全く、入道のような大坊主で、顔の長くて円くて大きいこと、海坊主のような男であったが、ひどく大袈裟《おおげさ》な物々しい男のくせに、私と何の距《へだ》てもない心の幼さがわかるようであった。私の父は頑固で物々しく気むずかしく、そのへんの外貌《がいぼう》は似たところもあったが、私の父の方がもっと子供っぽいところがあった。しかし私の父の本当の心は私と通じる幼さは微塵《みじん》もなかった。父は大人であった。夢がなかった。加藤高明には、妙な幼さが私の心ににわかに通じてきた。私はすぐホッとした気持ちになっていた。そして私の父のスケールの小ささを痛切に感じたのである。私はそのとき十八であった。

父は客間に「七不堪」という額をかけて愛していたが、誰だか中国人の書いたもので、七の字が七と読めずに長の字に見え、誰でも「長く堪えず」と読む。客がそう読んで長居をてれるからおかしいので父はおもしろがっていたが、今では私がたった一つ父の遺物にこれだけ所蔵して客間にかけている。また父はその蔵書印に「子孫酒に換ふるも亦可」というのを彫らせて愛しており、このへんは父の衒気《げんき》ではなくたぶん本心であったと思うが、私もまた、多分に通じる気持ちがあり、私にとってもそれらがやはり衒気ではないのだが、決して深いものではなく、見ようによっては大いに空虚な文人趣味の何か気質的な流れなので、私はいつも淋《さび》しくなり、侘《わび》しくなり、そして、なさけなくなるのである。

私の父は代議士のほかに新聞社長と株式取引所の理事長をやり、私慾《しよく》をはかればいくらでも儲《もう》けられる立場にいたが全く私慾をはからなかった。また、政務次官だかに推されたとき後輩を推挙して自分はならなかった。万事やり方がそうで、その心情は純粋ではなかったと思う。本当の素直さがなかったのだと私は思う。その子供のそしてそういう気質をうけている私であるゆえわかるのだ。私の父は酒間に豪快で、酔態淋漓《りんり》、しかし人前で女に狎《な》れなかったそうであるから私より大いにりっぱで、私はその点だらしがなくて全く面目ないのだが、私はしかし酒間に豪放磊落《らいらく》だったという父を好まない。

私は父の伝記の中で、父の言葉に一つ感心したところがあって、それは取引所の理事長の父がその立場から人に言いきかせたという言葉で、モメゴトの和解に立ったら徹夜してでも一気に和解させ、和解させたらその場で調印させせよ、さもないと、一夜のうちに両方の考えがぐらつき、また元へ逆戻りするものだ、と言いきかせていたそうだ。私は尾崎士郎《おざきしろう》と竹村書房のモメゴトの時、私が間に立って和解させたが、その場で調印を怠ったために翌日尾崎士郎から速達がきて逆戻りをし、親父の言葉が至言であるのを痛感したことがあった。そして私はまたしても親父の同じ道を跡を追っている私を見いだして、非常に不愉快な思いがしたものであった。

父の伝記の中で、私の父が十八歳で新潟取引所の理事の時、十九歳で新潟新聞の主筆であった尾崎咢堂《がくどう》が父のことを語っている話があり、私の父は咢堂の知る新潟人のうち酔っ払って女に狎れない唯一の人間だったそうだが、それにつけたして「然し裏面のことはどうだか知らない」と咢堂は特につけたしているのである。咢堂という人は何事につけても特にこういう注釈づきの見方をつけたさずにいられぬ人で、その点、政治家よりも文学者により近い人だ。見方が万事人間的、人性的なので、それを特につけたして言い加えずにいられぬという気質がある。私の親父にはそれがない。ところが私にはそれが旺盛《おうせい》で、その点では咢堂の厭味《いやみ》を徹底的にもっている。自分ながらウンザリするほど咢堂的な臭気を持ちすぎている。そして私は咢堂によって「然し裏面のことは知らない」とつけたされている父が、まるで私自身の不愉快な気質によって特に冒瀆《ぼうとく》されているようで、私は父について考えるたびに愕堂の言葉を私に当てはめて思い描いて厭な気持ちになるのであった。だから私は、私自身の体臭を嫌うごとくに、愕堂を嫌う気持ちをもっている。私の父は愕堂の辛辣《しんらつ》さも甘さも持たなかった。愕堂が二流の人物なら、私の父は三流以下のボンクラであった。

私は父の気質のうちで最も怖れているのは、父の私に示した徹底的な冷たさであった。母と私は憎しみによってつながっていたが、私と父とは全くつながる何物もなかった。それは父が冷たいからで、そして父が、私を突き放していたからで、私も突き放されて当然に受けとっており、全くつながるところがなかった。

私は私の驚くべき冷たさに時々気づく。私はあらゆる物を突き放している時がある。その裏側に何があるかというと、そういう時に、実は私はただ専一に世間を怖れているのである。私が個個の物、個々の人を突き放す時に、私は世間全体を意識しており、私は私自身をすら突き放して世間の思惑に身売りしようとする。私は父がそうであったと思う。私は私利、栄達をはからなかったとき、自分を突き放して、実は世間の思惑に身売りしていたように思う。私の親父は田舎政治家の親分であり、そしていい気になっていた。

＊

私の冷たさの中には、父の冷たさのほかに母からの冷たさがあった。私の母方は吉田という大地主で、この一族は私にもつながるユダヤ的な鷲鼻《わしばな》をもち、母の兄は眼が青かった。母の兄はまったくユダヤの顔で、日本民族の何物にも似ていなかった。この鷲鼻の目の青い老人は十歳ぐらいの私をギラギラした目でなめるように擦《す》り寄ってきて、お前はな、とんでもなく偉くなるかも知れないがな、とんでもなく悪党になるかも知れんぞ、とんでもない悪党に、な、と言った。私はその薄気味悪さを呪文のように覚えている。

私の母は継娘に殺されようとし、また、持病で時々死の恐怖をのぞき、私の子供のころは死と争ってヒステリイとなり全く死を怖れている女であったが、年老いて、私と和解して後はおよそ死を平然と待ちかまえている太々しい老婆であった。私には死を突き放した太々しさは微塵もなく、およそ死を怖れる小心だけが全部の私の思いなのだが、私はしかし、母から私へつながっている異常な冷たさを知っている。

私の母はおよそ首尾一貫しない女で、非常にケチなくせに非常に豪放で、一銭を惜しむくせに人にポンポン物をやり、一枚の瀬戸物を惜しむ反面、全部の瀬戸物をみんな捨てて突然新調したりする、移り気とも違い、気分屋とも違う、惜しむ時と捨てる時と心につながりがないので、惜しむ時はケチで、捨てる時は豪快で、その両方を関係させずに平然としていられる女であった。人に気前よく物をくれてやる時にも別に相手の人に愛情はないので、それはそれだけで切り離されており、二度目を当てにしてももう連絡はないので、今度はひどくケチな反面を見せられてウンザリさせられたりするのである。人のことなど考えてやしないのだ。何でも当然と思って受け入れる。どうでもいいやと底で思い決しているからで、およそ根柢《こんてい》的に冷たい人であった。私の家には書生がたくさんいた。今は社長だの重役だの市長だの将軍だのになっているが、みんな親父の人柄はのみこめても、母の人柄は今でも怪物のようにわけがわからなく思っている。本当は微塵も甘さがない。そのくせ疑《うたぐ》ることも知らない。なんでもそのまま受け入れる。

こういう茫洋《ぼうよう》たる女だからめったに思いつめて憎んだりしないが、二人の継娘と私のことだけは憎んだので、こういう女に憎まれては、子供の私がほとほと難渋したのは当然であり、私は小学校のときから、家出をしようか自殺しようか、何度も迷ったことがあった。私が本来ヒネクレた上にもヒネクレたのは当然で、私は小学校の時から一文の金も貰《もら》えず何も買って貰えないので、盗みを覚えた。中学へ行っても一文の小遣いも貰えない。私は物を持ちだして売り、何でも通帳で買ってジャンジャン人にやった。欲しくない物まで買った。私が使うためでなく人にやるためだ。人に物をやるのは人に愛されたいためではなく、母を嘆かせるためで、母に対する反抗からであった。したがって、私の胸の真実は常にはりさけるようであった。

私は小学校の時から近眼であったが、中学へはいったときは眼鏡なしでは最前列へでても黒板の字が見えない。私の母は眼鏡を買ってくれなかった。私が眼が見えなくて英語も数学もわからなくなり、その真相が見破られるのが羞《はずか》しくて、学校を休むようになった。ようやく眼鏡を買って貰えたので天にも昇る心持ちで今度は大いに勉強しようと思ったのに、私がまた不注意でどういうわけだか黒眼鏡を買ってしまったのだ。私は決して黒眼鏡を買ったつもりではないので、こればかりは今もってわからない。たぶん眼鏡屋が間違えたのだと思う。私は黒眼鏡だとは知らずにかけて学校へ行った。友達がめずらしがってひったくり、買ったその日、眼鏡がこわれてしまった。

もとより私は再び買ってもらえるはずがないのはわかりきっており、幸い、黒眼鏡であったため友人たちはもともと私は目が悪くないのに伊達《だて》でかけてきたのだろうと考えて、翌日から眼鏡なしでも買ってもらえないせいだと思われないのが幸せであった。私はしかたがないので本格的に学校を休んで、毎日毎日海の松林でねころんでいた。そして私は落第した。しかし私は学校を休んでいても別に落第する必要はなかったのだ。私はしかし母を嘆かせ苦しめ反抗せずにいられないので、わざわざ答案に白紙をだしたのである。先生が紙をくばる。くばり終わると私は特に跫音《あしおと》高く道化た笑いを浮かべて白紙の答案をだす。みんな笑う。私は英雄のような気取った様子でアバヨと外へ出て行くが、私の胸は切なさで破れないのが不思議であった。

私は落第したので私の家では私に家庭教師をつけた。医科大学の秀才で、金野巌という人で、盛岡《もりおか》の人であった。しかし、私が眼鏡がなくて黒板の字が見えないから学校へ行かないということは金野先生も知らないし、意地っ張りで見栄《みえ》坊の私はそれを白状することができないので、相変わらず毎日学校を休み、天気の良い日は海の松林で、雨の日は学校の横手のパン屋の二階でねころんでいた。そして学校を追い出されたのである。そして私は東京の中学へ入学したが、母と別れることができる喜びで、そして、たぶん東京では眼鏡を買うことができ、勉強することができる喜びで、希望にかがやいていた。私はしかし母と別れてのち母を世の誰よりも愛していることを知った。

＊

新潟中学の私は全く無茶で、私は無礼千万な子供であり、姓は忘れてしまったがモデルという渾名《あだな》の絵の先生が主任で、欠席届をだせという。私は偽造してきて、ハイヨといって先生に投げて渡した。先生は気の弱い人だから恨めしそうに怒りをこめて睨《にら》んだだけだが、私は今でも済まないことだと思っている。先生にバケツを投げつけて窓から逃げだしたり、毎日学校を休んでいるくせに、放課後になると柔道だけ稽古《けいこ》に行く。先生に見つかって逃げだす。そして、北村《きたむら》というチョーチン屋の子供だの大《おお》谷《たに》という女郎屋の子供と六花会というのを作り、学校を休んでパン屋の二階でカルタの稽古をしていた。カルタというのは小倉百人一首のことで、正月やるあの遊びで、これを一年半も毎日毎日学校を休んで夢中で練習していたのだから全く話にならない。大谷という女郎屋の倅《せがれ》は二年生のくせに薬瓶へ酒をつめて学校で飲んでいる男で、試験のとき英語の先生のところへ忍んで行って試験の問題を盗んできたことがあった。私が家から刀を盗んできて売って酒をのんだこともあり、一度だけだが、料理屋でドンチャン騒ぎをやらかしたことがある。こういうことは大谷が先生であったようで、ほかに渡辺という達人もいた。これが中学二年生の行状で、荒れ果てていたが、私の魂は今と変わらぬ切ないものであった。この切なさは全く今と変わらない。おそらく終生変わらず、また、育つこともないもので、怖れ、恋うる切なさ、逃げ、高まりたい切なさ、十五の私も、四十の私も変わりはないのだ。

もっとも私は六ツの年にもう幼稚園をサボって遊んでいて道がわからなくなり道を当てどなくさまよっていたことがあった。六ツの年の悲しみもやはり同じであったと思う。こういう悲しみや切なさは生まれた時から死ぬ時まで発育することのない不変のもので、私のようなヒネクレ者は、この素朴な切なさを一生の心棒にして生を終わるのであろうと思っている。だから私は今でも子供にはすぐ好かれるのはこの切なさで子供とすぐ結びついてしまうからで、これは愚かなことであり、およそ大人げない阿呆《あほう》なことに相違ないが、悔いるわけにも行かないのである。

　私の父には、すくなくとも、この悲しみはなかった。しかし、この悲しみの有無は生まれつきの気質ではなく、人は本来この悲しみが有るものなので、この悲しみは素朴であり、父はそれを抑えるか、抑えることによって失うか、後天的に処理したもので、そういうふうに処理し得たことには性格的なものがあったかも知れない。

　私はだから子供のころは、大人というものは子供の悲しさを知らないものだときめこんでいた。私はしかし後年市島春城翁と知ったとき、翁はこの悲しみの別して深い人であり、また、会津八一《あいづやいち》先生なども父の知人であるが、この悲しみは老後もつきまとうて離れぬ人のようである。だから父も今の私を見ればこの悲しみを見出すことができるかも知れないとも思うのだが、しかし、そうではない、と私は思う。なぜなら、私の長兄は父に最も接触していた子供であり、この長兄にはこの悲しみが微塵《みじん》もないからである。この悲しみは血液的な遺伝ではなくて、接触することによって外形的に感化され同化される性質の処世的なものであるから、長兄の今日の性格から判断しても、父にはたしかにこの悲しさがなかった人だと思われるのである。

私は父に対して今もって他人を感じており、したがって敵意や反撥《はんぱつ》はもっていない。そして、敵意とは別の意味で、私は子供のときから、父が嫌いであったごとく、父のこの悲しみに因縁のない事務的な大人らしさが嫌いであり、なべてかかる大人らしさが根柢的に嫌いであった。

私が今日人を一目で判断して好悪を決し、信用不信用を決するには、ただこの悲しみの所在によって行なうので、これははなはだ危険千万な方法で、そのために人を見間違うことは多々あるのだが、どうせ一長一短は人の習いで、完全というものはないのだから、標準などはどこへ置いてもどうせたかが標準にすぎないではないか。私はただ、私のこの標準が父の姿から今日に伝流している反感の一つであることを思い知って、人間の生きている周囲の狭さについて考え、そして、人間は、生まれてから今日までの小さな周囲を精密に思いだして考え直すことが必要だと痛感する。私は今日、政治家、事業家タイプの人、人の子の悲しみの翳《かげ》をもたない人に対しては本能的な反撥を感じ一歩も譲らぬ気持ちになるが、悲しみの翳に憑《つ》かれた人の子に対しては全然不用心に開け放して言いなり放題に垣を持つことを知らないのである。

父は幼い心を失っていた。しかしそれは健康な人の心の姿ではないので、父は晩年になって長男と接触して子供の世界を発見しその新鮮さに驚くようになった。洋画を見たり、登山趣味だの、進歩的な社会運動だの、そういうものに好奇の目を輝かせるようになったのだが、それはもうただ知らない異国の旅行者の目と同じことで、同化し血肉化する本当の素直さは失っている。彼自らの本質的な新鮮さはなかったのである。

私は私の心と何の関係もなかった一人の老人について考え、その老人が、隣家の老翁や叔父《おじ》や学校の先生よりも、もっと私との心のつながりが稀薄《きはく》で、無であったことを考え、それを父とよばなければならないことを考える。墨をすらせる子供以外に私について考えておらず、自分の死後の私などに何の夢も托《たく》していなかった老人について考え、石がその悲願によって人間の姿になったという「紅楼夢」を、私自身の現身《うつしみ》のようにふと思うことが時々あった。オレは石のようだな、と、ふと思うことがあるのだ。そして、石が考える。

＊

私は「家」というものが子供の時から怖ろしかった。それは雪国の旧家というものが特別陰鬱《いんうつ》な建築で、どの部屋も薄暗く、部屋と部屋の区劃《くかく》が不明確で、迷園のごとく陰気でだだっ広く、冷たさと空虚と未来への絶望と呪詛《じゅそ》のごときものが漂っているように感じられる。住む人間は代代の家の虫で、その家で冠婚葬祭を完了し、死んでなお霊気と化してその家に在るかのように形式づけられて、その家づきの虫の形に次第に育って行くのであった。

　私の生まれて育った家は新潟市の仮の住宅であったから田舎の旧家ほどだだっ広い陰鬱さはなかったけれども、それでも昔は坊主の学校であったという建築で、一見寺のような建物で、二抱えほどの松の密林の中にかこまれ、庭は常に陽の目を見ず、松《しょう》籟《らい》のしじまに沈み、鴉《からす》と梟《ふくろう》の巣の中であった。

　私は母のいる家が嫌いで、学校から帰ると夜まで外に遊ぶけれども雨が降ればしかたがないので、そういうときは女中部屋へもぐりこむ。女中部屋は屋根裏で、寺の建築の屋根裏だから、どの部屋よりも広く陰気で、おまけに梁《はり》の一本が一間あまり切られたところがあり、これは坊主の学校のとき生徒の一人が首をくくり、不吉を怖れてその部分だけ梁を切ったという因縁のものだ。もっともその切り口も全く煤《すす》けて同じ色の黒さで、切った年代の相違などというものもすでに時間の底に遠く失われているのであった。この屋根裏は迷路のように暗闇の奥へ曲がりこんでおり、私は物陰にかくれるようにひそんで、講談本を読み耽《ふけ》っていたのである。雪国で雪のふりつむ夜というものは一切の音がない。知らない人は吹雪の激しさを思うようだが、ピュウピュウと悲鳴のように空の鳴る吹雪よりも、あらゆる音というものが完全に絶え、音の真空状態というものの底へ落ちた雪のふりつむ夜のむなしさは切ないものだ。ああ、また、深雪だなと思う。そして、そう思う心が、それから何か当てのない先の暗さ、はかなさ、むなしさ、そんなものをふと考えずにいられなくなる。子供の心でも、そうだった。私は「家」そのものが怖ろしかった。

私の東京の家は私の数多い姉の娘たち、つまり姪《めい》たちが大きくなって東京の学校へはいる時の寄宿舎のようなものであったが、この娘たちは言い合わしたように、この東京の小さな部屋が自分の部屋のようでかわいがる気持ちになるという。田舎の家は自分の部屋があらゆる部屋と大きくつながり、自分だけの部屋、という感じを持つことができないのだ。そしてその大きな全部、家の一つのかたまりに、陰鬱な何か漂う気配があった。それは家の歴史であり、家に生まれた人間の宿命であり、溜息《ためいき》であり、いつも何か自由の発散がふさがれているような家の虫の狭い思索と感情の限界がさし示されているような陰鬱な気がする。

別して少年の私は母の憎しみのために、その家を特別怖れ呪わねばならなかった。

中学校をどうしても休んで海の松林でひっくりかえって空を眺めて暮らさねばならなくなってから、私のふるさとの家は空と、海と、砂と、松林であった。そして吹く風であり、風の音であった。

私は幼稚園のときから、もうふらふらと道をかえて、知らない街へさまよいこむような悲しさに憑かれていたが、学校を休み、松の下の茱萸《ぐみ》の藪《やぶ》陰にねて空を見ている私は、虚《むな》しく、いつも切なかった。

私は今日もなお、何よりも海が好きだ。単調な砂浜が好きだ。海岸にねころんで海と空を見ていると、私は一日ねころんでいても、何か心がみたされている。それは少年のころ否応《いやおう》なく心に植えつけられた私の心であり、ふるさとの情であったから。

私はしかし、それを気づかずにいた。そして人間というものは誰でも海とか空とか砂漠とか高原とか、そういう涯《はて》のない虚しさを愛すのだろうと考えていた。私は山あり渓《たに》ありという山水の風景には心の慰まないたちであった。あるとき北原武夫《きたはらたけお》がどこか風景のよい温泉はないかと訊《き》くので、新鹿沢《しんかざわ》温泉を教えた。ここは浅間《あさま》高原にあり、ただ広茫たる涯のない草原で、樹木の影もないところだ。私の好きなところであった。ところが北原はここへ行って帰ってきて、あんな景色の悪いところはないと言う。北北原があまり本気にその風景の単調さを憎んでいるので、そのとき私は始めてびっくり気がついて、私の好む風景に一般性がないことを疑ぐりだしたのである。彼は箱根《はこね》の風景などが好きであるが、なるほどその後気づいてみると人間の九分九厘は私の好む風景よりも山水の変化の多い風景の方が好きなものだ。そして私は、私がなぜ海や空を眺めていると一日ねころんでいても充《み》ち足りていられるか、少年のころの思い出、その原因がわかってきた。私の心の悲しさ、切なさは、あの少年のころから、今も変わりがないのであった。

私は「家」に怖れと憎しみを感じ、海と空と風の中にふるさとと愛を感じていた。それはしかし、同時に同じ物の表と裏でもあり、私は憎み怖れる母に最もふるさとと愛を感じており、海と空と風の中にふるさとの母をよんでいた。常に切なくよびもとめていた。だから怖れる家の中に、あの陰鬱な一かたまりの漂う気配の中に、私はまた、私のやみがたい宿命の情熱を托しひそめてもいたのであった。私もまた、常に家を逃れながら、家の一匹の虫であった。

私の家から一町ほど離れたところに吉田という母の実家の別邸があった。ここに私の従兄《いとこ》に当たる男が住んでおり、女中頭の子供が白痴であった。私よりも五ツぐらい年上であったと思う。

小学校の四年のとき白痴になったのであるが、そのときは碁が四級ぐらいで、白痴にならなければ、いっぱし碁打ちの専門家になれたかも知れない。白痴になってからは年ごとに力が衰え、従兄に何目か置かせていたのが相先になり、逆に何目か置くようになっていた。白痴は強情であったが臆病《おくびょう》であった。この別邸の裏は刑務所だが、碁を打ってお前が負けたら刑務所へ入れるとか、土蔵へ入れると言って脅かす。白痴の方では何年か前には何目を置かせて打っていた自信が今も離れないから、せせら笑って（全くせせら笑うのである。呆《あき》れるばかり一徹で強情であった）やりだすのだが、白痴の方は案に相違、いつも負けてしまう。はてな、と言って、石が死にかけてから真剣に考えはじめ、どうして自分が負けるのか原因がわからなくて深刻にあわてはじめる、それが白痴の一徹だから微塵《みじん》も虚構や余裕がなくて勝つ方の愉《たの》しさは察せられるものがある。けれども従兄はそれだけで満足ができないので、本当に土蔵へ入れて一晩鍵《かぎ》をかけておいたり、裏門から刑務所の畑の中へ突きだして門を閉じたりしたものだ。白痴は一晩ヒイヒイ泣いて詫《わ》びている。そのくせ懲りずに、翌日になると必ずせせら笑ってやりだすので、負けて悄然《しょうぜん》今日だけは土蔵に入れずに許してくれ、へいつくばって半あやまりにあやまるあとでせせら笑って、本当は負けるはずがないのだと呟《つぶや》いて、首を傾けて考えこんでいる。

毎晩負けて土蔵へ入れられる辛《つら》さに、とうとう家出をした。街のゴミタメを漁《あさ》って野宿して乞食《こじき》のように生きており、どうしても摑《つか》まらなくなり、一年ぐらい彷徨《ほうこう》しているうちに、警察の手で精神病院へ送られた。そのときはもう長の放浪で身体が衰弱しており、冬の暮れ方、病院で息をひきとった。

それはまだ暮れ方で、別邸では一家が炉端で食事を終えたところであったが、突然突風の音が起こってまず入り口の戸が吹き倒れ、突風は土間を突きぬけて炉端の戸を倒し、台所から奥へ通じる戸を倒し、いつも白痴がこもっていた三畳の戸を倒して、とまった。すべては瞬間の出来事で、けたたましい音だけが残っていた。それは全くある人間の体力が全力をこめて突き倒し蹴倒《けたお》して行ったものであり、ただその姿が風であって見えないだけの話であった。そこへ病院から電話で、今白痴が息をひきとったという報《しら》せがあったのである。

私は白痴のゴミタメを漁って逃げ隠れている姿を見かけたことがあった。白痴の切なさは私自身の切なさだった。私も、もしゴミタメをあさり、野に伏し縁の下にもぐりこんで生きていられる自信があるなら、家を出たい、青空の下へ脱出したいと思わぬ日はなかった。私はそのころ中学生で、毎日学校を休んで、晴れた日は海の松林に、雨の日はパン屋の二階にひそんでいたが、私の胸は悲しみにはりさけないのが不思議であり、罪と怖れと暗さだけで、すべての四囲がぬりこめられているのであった。青空の下へ！　自分一人の天地へ！　私は白痴の切なさを私自身の姿だと思っていた。私はこの白痴とは親しかった。私は雨の日は別邸へ白痴を訪ねて四目置いて碁を教えてもらうことがたびたびあったのである。

ゴミタメを漁り野宿して犬のように逃げ隠れてどうしても家へ帰らなかった白痴が、死の瞬間の霊となり荒々しく家へ戻ってきた。それは雷神のごとくに荒々しい帰宅であったが、しかし彼は決して復讐《ふくしゅう》はしていない。従兄の鼻をねじあげ、横ッ腹を走るついでに蹴とばすだけの気まぐれの復讐すらもしていない。彼はただ荒々しく戸を蹴倒して這入《はい》ってきて、炉端の人々をすりぬけて三畳のわが部屋へ飛びこんだだけだ。

そしてそこで彼の魂魄《こんぱく》は永遠の無へ帰したのである。

この事実は私の胸に焼きついた。私が私の母に対する気持ちもまたそうであった。私は学校を休み松林にねて悲しみに胸がはりさけ死ぬときがあり、私の魂は荒々しく戸を蹴倒して我が家へ帰る時があっても、私もまた、母の鼻すら捩《ね》じあげはしないであろう。私はいつも空の奥、海のかなたに見えない母がよんでいた。ふるさとの母をよんでいた。

そして私は今もなおよびつづけている。そして私は今もなお、家を怖れる。いつの日、いずこの戸を蹴倒して私は死なねばならないかと考える。一つの石が考えるのである。

二十一

そのころ二十一であった。僕は坊主になるつもりで、睡眠は一日に四時間ときめ、十時にねて、午前二時には必ず起きて、ねむたい時は井戸端で水をかぶった。冬でもかぶり、たちまち発熱三十九度、ばからしい話だが、大マジメで、ネジ鉢巻甲斐《かい》甲斐《がい》しく、熱にうなり、パーリ語の三帰文*というものを唱え、読書に先立ってまず精神統一をはかるという次第である。これは今でも覚えているが、ナモータッサバガバトオ、アリハトオ、サムマーサーブッダサア云々《うんぬん》に始まる祈禱《きとう》文だ。いっしょに住んでいた兄貴はボートとラグビーとバスケットボールの選手で鱶《ふか》のごとくに睡《ねむ》る健康児童であったが、これには流石に目を覚まして、とうとう祈禱文を半分ぐらい否応なく覚えこむ始末であったが、僕はそういうことを気にかけなかった。兄貴はボートとラグビーとバスケットボールのほかには余念がなく、俗事を念頭に置かぬこと青道心の僕以上で、引っ越すと、その日の晩には床の間の床板に遠慮もなく馬蹄《ばてい》のようなものを打ち込み、バック台をつくり、朝晩ボートの練習である。床の間の土が落ち地震が始まり、

のである。

とびこむと、たちまち畑の中を縦横無尽に蹴とばし、走り、ひっくりかえっているのを持って野原へとびだし、縦横無尽に蹴とばす。せまい原ッパだから、ボールが畑へ隣家の人が飛びだしても、気にかけたことがない。学校から帰るとラグビーのボール

そのころはよく引っ越した。引っ越しの張本人は僕で、隣家が内職にミシンをやっていてウルサイので引っ越し、その次はピアノの先生が隣りにあってウルサくて引っ越し、僕が勝手に家を探して、明日引っ越すぜ、と言うと、兄貴は俗事が念頭にないから、住む家など問題にしていない。とうとう、板橋《いたばし》の中丸《なかまる》という所へ行った。池袋《いけぶくろ》で省線を降り、二十分ぐらい歩くと田園になり、長崎《ながさき》村という所を通りこし、いよいよ完全に人家がひとつもなくなって、見はるかす武蔵野《むさしの》、秩父《ちちぶ》の山、お寺の隣りであった。バスなどのない時代だから、大股《おおまた》に歩いて三十五分、女の足は一時間たっぷりかかる。閑静無類、僕はことごとく満足であり、朝寝の兄貴は毎朝三十五分の行軍に半分ぐらい走らなければならなかったが、これも練習と心得ているのか文句を言ったことはない。僕のウバ、もう腰のまがった老婆がついてきて炊事をしていてくれたのだが、僕のウバだから、僕のヒイキで、あんまり兄貴を大事にしない。もっとも兄貴は若干婆やに弱味のシッポをつかまれており、ウチからの送金を持ちだし、時々僕のコヅカイも失敬する。僕は悟りをひらこうとして大いに忙しい時だからコヅカイなど

は一文もいらず失敬されても平気であったし、第一失敬されたことは五、六年あとに気がついたので、そのころは知らなかった。婆やは兄貴に不平満々、もっとも僕は悟りに没頭忙しいから、婆やのグチなど相手にならぬ。クニの者が上京すると婆やは終日兄貴の不平を訴える。僕への不平はついぞ洩《も》らしたことのない婆やであったが、板橋の中丸の引っ越しには、ついに終生ただ一度の不平を僕の母に洩らしたという。つまり、人家のある所まで二、三十分かかるので御用聞きが来てくれないから、どうしても買い物に行かねばならぬ。もう腰の曲がった婆やにはこの道中が骨身にこたえる難儀であった。しかしこの不平を洩らしたのは、いよいよこの家も引っ越したという時のことで、早く僕に言ってくれれば、不自由はさせなかったものを。

睡眠不足というものは神経衰弱の元である。悟りをひらこうという青道心でも身体の生理はしかたがない。僕は昔の聖賢のごとく偉くないから、睡眠四時間が一年半つづくと、神経衰弱になった。パーリ語の祈禱文を何べん唱えても精神ますますモーローとなり、意識は百方へ分裂し、ついに幻聴となり、教室で先生の声がきこえず幻聴や耳鳴りだけが響くのには大いに迷惑した。夏休みがきたから、故郷の海で水浴に耽《ふけ》り、一気に神経衰弱を退治してやろうと思って勇ましく帰省したのに、ちょうど家には親戚《しんせき》の娘が来ていて、この娘に付き添ってきた女中が渋皮のむけた女で淫奔《いんぽん》名題のしたたか者であった。僕にナガシメを送り、僕が勉強——といっても本の前に坐《すわ》っているばかり意識百方に分裂してただ四苦八苦のところであるが——の部屋へはいってきて、忘れ物をしましたがと言って何か探すふうをして僕の出方を待っている。もっとも僕はこの女が好きでなかったからこの方はさしたることはなかったが、当時もう一人、これは女中でなく、行儀見習いのため朝から夜まで通ってくる大工の棟梁《とうりょう》の娘の小間使がいて、十八、かわいい娘であった。この娘には参った。僕の部屋のことはみんなこの娘がしてくれるのだけれども、ある朝、もう御飯でございます、お起きなさいませ、と言ってやってきて（してみると、午前二時に起き、水をかぶるのは昔の夢、このころはモーローふてねを結ぶに至っていたのであろう）よろしい、起きる、そこで娘はカヤをはずしていた。僕はまだネドコにひっくりかえっていたが、煙草をとってもらおうと思って、ちょっと、とよんだ。娘の全身は恐怖のために化石し、しかし、それは、期待のために息苦しい恐怖であった。僕は怖い顔をして、煙草と叫んだが、その時以来、僕の分裂した意識の中で、この娘の姿ばかりが、時ならぬ明滅、ために僕は疲れ、身心ねじくれた。

悪いことには、この時以来、娘が急に信頼をよせて、怖がる様子がなくなった。そのころ家では毎日夕方になると一家総出で庭に水をまく。この土地は夕方になると風が凪《な》ぎ、ソヨと動く物もない。母は夕凪ぎが大きらいで、庭一面に水をまかせて、せめて涼をとりたがる。僕は海から戻ってくるのが夕方で、これも神経衰弱退治と心得、水着の姿でまっさきにバケツをぶらさげて庭へとびだして水をまく。女中もみんな飛びだしてきて、娘も甲斐甲斐《かいがい》しく尻《しり》を端《は》ショッて現われる（このころはアッパッパはなかった）。僕は神経衰弱でも青年男子であるからいちばん遠い所へ水を運び、人の最も好まざる苦難をあえて行なうというのは、これも青道心のせめてもの心掛けというものであった。離れの後ろを廻って便所の裏、そんなところは誰も水を運んでこない。ところが、娘が、重いバケツをぶらさげてヨタヨタしながら、僕につづいて、やってくる。僕のバケツがカラになると、待っていて、自分のバケツを差し出すのだった。そのバケツを手渡す時の一瞬、まさしく一瞬、なぜなら、娘はすぐ振り向いて逃げ去ってしまうから、その瞬間の娘の眼に僕は生まれて始めて男女の世界というものを痛烈に見たのであった。その一瞬、娘は僕の顔を見る。「うるおい」とでも言うよりほかにしかたのない漠然たる一つの生命を取り去ったなら、この眼はただ洞穴のような空虚なものであり、白痴的なものであった。生命よりも、むしろ死亡のむなしさに満ちていたことを、思いだすのは間違いであろうか。僕は娘が好きであった。だから、この一瞬の眼は、僕の全部をさらいとる不思議な力であった。逃げ去る娘を茫然《ぼうぜん》と見送り、幸福な思いのために暫時を忘れるのであったが、僕の神経衰弱は急速に悪化した。一行といえども読書ができぬ。一字一字がバラバラで、一行をまとめて読みとる注意力がつかない。意識は間断もなく分裂、中断、明滅して、さりとて娘の姿を意識の中でとらえることもできない。
母に願って娘と結婚させてもらおうか、と考えた。けれども悟りをひらいて偉大なる坊主になろうという時であるから煩悶《はんもん》した。母にたのんだところで承知するはずはないし、反対を押し切り娘と二人で生きぬこうかと思いもしたが、坊主になる決意のもとでは、こういうことが邪念であり妄想だという考え方が対立した。神経衰弱退治どころの話ではない。ほっとくと気違いになりそうだから、まだ夏休みが半分ぐらい残っていたが、突然思い立って東京へ戻った。その日、突然呆気《あっけ》にとられる母の顔に苦い思いをしながら、出発してしまったのだ。すると娘が追っかけてきて、忘れ物です、と言って、路上で何かを届けてくれた。この忘れ物が何だったか、全く記憶に残らぬけれども、娘はその品物を届けるためにほかの何事も考えずに駆けて来たのに相違なく、決勝線へ辿《たど》りついた百メートル選手のような呼吸であった。その後は再び娘に会ったことがない。

僕が早く帰ってきたので東京の婆やは喜んだけれども、神経衰弱は悪化の一方で、秋の訪れるころ、病状言語を絶し、毎朝池袋から省線で巣鴨《すがも》の方へ行くはずなのに、プラットホームの反対側が赤羽《あかばね》行きで、あっちは赤羽行きだからイケないとそればかり考えるうちに赤羽行きの車掌が出発の笛を吹くと、アッ、たしかこっちが俺の行く方だ、と急にそう考えて乗ってしまう。これが毎朝のことである。なさけなさ、毎朝、板橋へつき、泣いても泣ききれぬ思いで茫然と戻る虚《むな》しさは切なかった。神経衰弱というものは単に精神的に消耗するばかりでなく、肉体的にも稀代《きたい》の衰弱を見せるもので、田園へ散歩に行き三、四尺の流れが飛び越せず水中に落ち、子供とキャッチボールしたら、十メートルぐらいの距離をボールがとどかぬ。僕は元来インターミドルで優勝したジャンプの選手で、また、野球も選手、投手であった。もう四十に手のとどこうという今日このごろでも、五メートルぐらいは飛べるし、手榴弾《てりゅうだん》投げは上級にパスするぐらい。神経衰弱というものは奇怪な衰弱を表わすものだ。考えてもみなさい。たった三、四尺の流れを飛ぶのに全然足が上がらず、引きずるようにバチャンと水中に落ちる驚きと絶望。自由自在に飛ぶはずのボールが人の手を借りて投げるような不自由さで十メートルとどかぬ時の訝《いぶか》しさは、ただ廃人ということのみを考えさせ、絶望のためにますます病状は悪化した。あるとき市村座《いちむらざ》（今はもうなくなったが）へ芝居を見に行き、ここは靴を脱がなければならない小屋で、下足番が靴をぬぎなさいと言い、僕もそれをハッキリ耳にとめてここは靴をぬがなければイケないのだと思い、また、それに反対する気持ちは決して持っていないのに、何か生理的、本能的とでも言う以外に法のない力で、僕は靴のまま上がって行こうとするのである。そうして、下足番になぐられた。それでも靴をぬごうとせず、また歩きだそうとするので、三人の男が僕を押えつけ、ねじふせて、靴をぬがせて突き放した。それほどの羞《はずか》しさをこうむりながら、僕は割合い平然と芝居を最後まで見て帰ってきたが、そのときはどんな心理であったか、今はもう思いだすことができないのである。

当時僕には友達がなかった。たくさん有ったが、僕の方から足を遠くしたのがある。なぜなら、僕が坊主になろうというのは、要するに、一切をすてる、という意味で、そこから何かを摑《つか》みたい考えであり、孤独が悟りの第一条件だと考えていた。けれども神経衰弱になってみると、分裂する意識の処理ほど苦しいものはなく、要するに、孤独が何より、いけない。孤独は妄念の温床だ。誰でもいい、誰かと喋《しゃべ》っていればいくらか救われる。そこで僕は二人の友を毎日訪ねた。一人は辰夫といって、これは当時発狂して巣鴨養保院の公費患者であり、も一人は修三といって（菱山《ひしやま》ではない）これは当時岸田国士《きしだくにお》、岩田豊雄《いわたとよお》氏らが組織しかけていた劇団の研究生、共に中学時代の同級生であった。

修三は彫刻家の弟と二人で婆やを使って一軒家をもっていたが、兄弟二人は花やかな生活に酔っ払い深夜でなければ帰らないし、二、三日泊まってくることはザラにある。けれども僕は孤独になっては地獄だから、そこで婆さんと話しこむ。この婆さんの娘はさる高名な占い師（これが兄弟の叔父《おじ》さんだ）の妾《めかけ》であったが、若死にして、婆さんは三十円の捨て扶持《ぶち》で占い師に余生の保障を受けていた。徳川家康《いえやす》の顔を女に仕立てたようなふとった婆さんは、死んだ娘のことおよびそれにからまる占い師のことと以外にしゃべらず、しかも僕が一言半句口をさしはさむ余地もない大変なおしゃべりだ。僕の毎晩の訪れに大喜び、娘の生い立ちから死に至るまで同じことを繰り返しきかされたけれども、ひとつも耳に残っておらぬ。こうして毎晩修三兄弟の不在がつづき婆さんと僕二人だけで深夜まで話しこむ習慣がつくと、婆さんは僕を大いに頼もしがり、グチから転じて三百代言*のようなことを頼まれた。婆さんは占い師から月々三十円の生活費をもらっていたが、修三兄弟といっしょの生活を命じられて以来、一文の金も受け取らぬ。女中だって只《ただ》のはずはないわけで、こういう不良青年兄弟の世話をやらされたあげくに、従来の生活費まで体よく中止されては話にならぬ。生活費をくれないわけはないので、兄弟が消費しているに相違ないから、占い師に会ってこのことを確かめてくれないか、というのである。兄弟にききただしても嘘をつくにきまっているし、婆さんは占い師の本宅は門前払いで、もしも強いて訪ねてくれば、それを限りに絶縁するということを堅く言い渡されていたのであった。

　この占い師は中学生のころ修三を訪ねて行って（修三は占い師の家にいた）時々見かけたことがあったが、占い師という特殊な世渡りが我々に感じさせる悪どいものはなくて、文学青年的な神経をもった根気のつづかない憎めない人というような印象を受けた。膝《ひざ》つき合わせれば何事でも腹蔵なく言い合えるような印象だったが、婆さんの依頼の用で会う気はなかった。ほったらかしておくと、サイソクが急になったので、やむなく連日の医療訪問を中止してしまった。

ところが、僕が訪問を中止すると、まもなく、修三兄弟は遊びつめて首がまわらぬ仕儀となり、婆さんを置き去りに夜逃げする。婆さんは金光教《こんこうきょう》*の信者だったので、本《ほん》郷《ごう》の金光教会へ引きとられた。こちらの出来事を僕は知らずにいたのである。

ある日、婆さんから手紙がきて、これまでの事情が書いてあり、修三兄弟夜逃げの責任を問われて送金を絶たれたが、こんな筋の合わぬことはない。ぜひ力になって欲しい。占い師にかけ合ってもらいたい。ついてはぜひ一度訪ねてきてくれ、と書いてある。仕方がないので教会を訪ねて行ったが、もう印象がほとんどないけれども、薄暗い六畳ぐらいの小部屋が幾つかあって、その一つで婆さんと会った。ほとんど人の気配を感じない建物であった。婆さんはシクシクとシャクリあげながら、いつ終わるともないグチ話。僕は一段落つくのを待ち、そのときまでは全然念頭にもなかったことを急に思いついて言い、婆さんの呆気にとられるのを尻目《しりめ》にサッサと帰って来たのであった。僕は言った。お婆さん。あなたは世の中でいちばん気楽な隠れ家の中にいるのです。あなたのような方にとって、宗教ぐらい誂《あつら》え向きな住みかはない。俗念をすてなさい。三十円ぐらいの金は有っても無くても同じことです。執着をすて神様にたのんで大往生をとげなさい。さよなら。

婆さん訪問は毎日夜間の行事であったが、昼は昼で精神病院へ辰夫という友達を毎日訪ねていた。辰夫は周期的に発狂するたちで、当時全快していたが、公費患者というものは然るべき身元引受人がないと退院できぬ。発狂したとき霊感があって株をやり、家の金を持ちだして大失敗したり、母親へ馬乗りになって打擲《ちょうちゃく》したりしたから、家族は辰夫の一生を病院の中へ封じるつもりで、見舞いにも来ないのである。僕が毎日訪ねて行くから辰夫の感動すること容易ならぬものがあるが、こっちの方はそれどころではないので、気違いでも何でも構わぬ、誰かとしゃべっていなければ頭が分裂破裂してしまうという瀬戸ぎわで、犯罪人が現場へ行ってみたがる心理と同じようなもので、僕も精神病院の底の底まで突きとめておきたいという気持ちもあった。犯罪者が刑事を怖れるように、僕も医者が煙たかったり、冷かしてみたかったり、智恵くらべしたいような気になったり、そのころ受付にかわいい（と言ってもそれほどのこともないが）看護婦がおったが、患者たちも一様に目をつけていると見え、辰夫の言葉からそれがわかるし、その娘が昼休みに庭の隅で同僚と縄飛びをしていたのを気違いたちがおのおのの窓から息を殺してのぞいていた、その情景の辰夫の表現が異様に仇《あだ》めいていて僕はビックリしたのであった。こういう珍しい話をきいたり、かわいい看護婦の顔を見たり、いろいろ景品があるので、僕は大いに喜んで毎日通っていたが、そうそう珍しい話はつづかぬ。治った狂人というものは概して非常に自卑的な卑屈な気持ちになるらしく、始めはそれもおもしろかったが、馴《な》れてしまえば、こっちの気持ちまで重苦しくなるばかりである。面会室は広い講堂で、その隅ッコに二人差し向かい、横に看護人が控えておる。看護人はみんな気違い上がりで、いずれも目付きが尋常でなく、何を言いかけても返事もせず、顔色一つ動かしたためしがない。糞《くそ》マジメで、横柄で、威張り返って、いつ横からポカリと僕を殴るかわからぬような油断のならぬ面魂だ。この看護人は毎日必ずバイブルを片手にぶらさげておった。僕たちも仏教のことばかりしゃべっていたが、話の種がつき、話の途中にタメ息がもれるぐらい、僕はもう、明日《あした》からは断々乎として訪問を止《よ》そうと思う。重苦しくて、頭が破れそうである。ところが辰夫は規定の面会時間が終わって別れる時に僕の手を握り、明日も来てくれたまえね、君の訪ねてくれるのだけが生き甲斐《がい》なのだから、といって泣きだすものだから、僕もこれにはタマげてしまって訪問を止すということができなかった。ところへ、世はままならぬもので、病院の方では僕の毎日の訪問が殊勝だというわけで、三十分の面会時間を一時間に延ばしてくれたのである。僕も心中暗涙を流して、この調子ではオレもいよいよ精神病院だと絶望したほどであった。もっとも、僕の友愛精神に感激して、受付の看護婦が大変僕に好意を示し、僕の姿を認めるとニコリと笑って立ち上がってハイと言って奥へ知らせに駈《か》けこんで行く。これだけは気持ちがよかった。

病院訪問と同時に、辰夫に頼まれ、病院の帰り道に毎日辰夫の母に会いに行かねばならなかった。つまり全快のことを告げて退院の手続きを運ぶこと、もっとも辰夫は三等患者時代の借金があるので、金の工面がつかなければ退院が延びても仕方がないが、チーズやバタを送ってくれ、と頼むためだ。というのは、辰夫の家は食料品店だったからだ。ところが発狂当初辰夫は母をブン殴ったり首をしめたりしたものだから、辰夫という名前をきいても母親は厭《いや》な顔をする。気違いという病気は治るものじゃない。と言って僕に説教し、性こりもなく僕が毎日訪ねて行くものだから、この男も精神に異状があるのじゃないかと疑ぐりだすのであった。けれど毎日辰夫にせがまれるから仕方がない。これも神経衰弱療法の一つで、何でもいい、何かしら目的をもって行動しておればいくらか意識の分裂が和らぐのだから、僕は実にはやキチョウメンに、風速何百米の嵐でも出掛けて行った。どうせ先方の返事はわかっているのだから、僕は諦《あきら》めの良い集金人みたいのもので、店頭に立ちまた来ました、というしるしにニヤリと笑う。すると先方はホラ気違いが笑ったというのでゾッと身顫《みぶる》いに及び、気違いにチーズやバタがいりますか、ゼイタクな、それをまた、取りつぐ馬鹿がいるのだからネ、と言って怒るのである。フッフッフ。あいつ発狂して私に馬乗りになってネ、ホラ、まだ爪跡があるでしょう、絞め殺そうとしたのですよ。実の母親をね。お前さんも厭な顔付きだ。やりかねないよ。おう、怖《こ》わ。フッフッフ。と言うのであった。

ヒステリイはなはだしい老婆で、不運つづき、気の毒な人だと思い、僕は腹が立たなかった。いいえ辰夫は全快しているのですよなどとでも言おうものなら、実に深刻に怯《おび》えきって僕をみつめ、こいつも気違いだ、と疑ぐりだすから、ヤア、それはどうもお気の毒でした、では本日はこれまで、と戻ってくる。

檻《おり》の中の辰夫は家族の愛情を空想せずには生きられぬ。僕もこれを察していたので、辰夫の夢をくずしてはならぬ、と思い、用があって昨日は母に会えなかった、と毎日同じ嘘をつく。これが嘘だということを辰夫もやがて気づいたが、彼自身とてこの夢をくずしては破滅だから、そう、と一言頷《うなず》くだけ、強いて訊《たず》ねることはなかった。けれども辰夫の身にすれば、家族の愛、これだけが唯一の夢。僕のそぶりから家族の冷たさをさとるにつけて、彼の心はいっそう激しく母の愛を祈りはじめる。はては、僕が例のごとく昨日も用で君の家へ行けなかったと嘘をつくたびに、不器用にヘタな嘘をつきたもうな、という顔をし、君はまだ人生の深所がわからぬから母の表面の表現に瞞著《まんちゃく》されているが、母は自分を愛している、ただ四囲の情勢からその表現ができないだけだ、という意味のことをそれとなくほのめかそうとする。辰夫の心事の当然そうあるべきことを僕も同情をもって見ていたから、直接そのことに腹は立たないのだけれども、話題のつきはてた毎日の憂鬱《ゆううつ》、破裂しそうで、一日、ついに僕は怒り狂い、君は実に下らぬ妄想にとりすがり、冷たさに徹する術を知らぬ哀れな男だ。こんな檻の中にいてこそ、せめて冷たさに徹する道を学ぶがよい。君の母こそまことに冷酷きわまる半気違いで、君のことなど全然考えてはおらぬ。みごとなぐらい君のことを心配しておらぬから、僕はかえって清潔な気持ちになるぐらい、君と話をするよりも君のおッ母さんと話をする方が数等愉《たの》しい。僕が毎日この病院へくるのは君に会いにくるのじゃなくて、実のところは、受付の看護婦の顔を見にくるのだ、と言った。怒り心頭に発して、こう言ったのである。ところが辰夫は看護婦云々《うんぬん》のことなどは問題にせず、打ちのめされたごとくに自卑、慚愧《ざんき》、ものの十分ぐらい沈黙のあげく、自分の至らぬわがままから君を苦しめて済まぬ、と言った。ところが意外のところに伏兵があって、看護婦云々の一言をきくや、バイブルの看護人が生き返ったキリストのごとくに突然グルリと目玉をむいたので、アッと思った。

その翌日、あるいはそれからほど遠からぬ日数の後、僕はついに決意して、この訪問を中止してまもなく、辰夫の兄という人から少女小説のようなセンチメンタルな手紙をもらい、辰夫は退院し、鉄道の従業員となって千葉の方へ行ったという知らせを受けた。

大事な医療訪問をみんな失ってしまったので、危機至る、何でもよろしい、何か目的を探してそれに向かって行動を起こさねばならぬ。僕は当時酒の味を知らなかったが、一度修三に誘われて酒を呑《の》んだことのある屋台のオデンヤへ、ねむれぬままに深夜出掛けて行った。ところが相客に四十五、六と思われる貧相な洋服男があり、ケイズ屋という商売だそうで、勝手な系図をこしらえて成金どもに売る、いい金になるぜ、吉原《よしわら》で豪遊してきた、と威張っていた。僕にいろいろと話しかけ、エカキの卵だなどとデタラメなことを答えていると、誂《あつら》え向き、ケッコウ、突然男は叫んで、葉書のような名刺をだし、明朝ぜひ訪ねてこい、金もうけの蔓《つる》がころがっていると言う。年をとると毎晩のおツトメがつらいよ。オレのオッカアはふとっていて、オッカない女だからね、アッハッハ、と帰って行ったが、消えるような貧相な後ろ姿で、ヨソ目ながら前途の光の考えられぬ男に見えた。

けれども僕はこれぞ神様の使者であると考えた。何でもよろしい、目的を定めて行為しておらねばならぬ。翌朝さっそく名刺をたよりに男の家を訪ねた。貧民窟《ひんみんくつ》である。どの家も表札がないので一時間ぐらい同じ所をグルグル廻《めぐ》らねばならなかったが、不思議な街があるもので、一町もある煉瓦《れんが》づくりの堂々たる塀があるのである。ところが塀の両側はどっちも倒れそうな長屋がズラリと並んでいて、両側とも単に道であり、長屋であり、その道ではオカミサンが井戸をガチャガチャやり、子供が泣いたり、小便したり、要するに、昔、このへんに工場か何かあり、それをこわして塀の一部分だけこわし残っているうちに貧民窟が立てこんだという次第であろう。系図屋の家はその奥にあって、今まさに出勤というところ、なるほどふとったオカミさんがいて、亭主の出勤など問題にせず食事中、チャブ台のまわりに子供がギャアギャアないていた。

来たのかい、と言って男はてれたが、気をとりなおして、マア上がりな、たのしみのある商売さ、いい金になるぜ、と言った。猥画《わいが》を書けというのだが、絵の道具がないからと断わると、それは困ったな、弘法《こうぼう》は筆を選ぶと言って、商売人は絵筆のギンミまた厳重だと言うから、コチトラの筆じゃァ埒があくめいな、と至極物わかりのよい独り言をもらして、どうだい、これは、え、筆は立つかね、なにさ、文章は書けるかってことさ。ああ、文章なら絵よりも巧《うま》いぐらいだよ。ヘッヘッヘ、巧く言ってらあ、と、男は僕には意味のわからぬことを言い、数冊の本を見本に持ってきて、枕草子を書くことになった。できたら、オッカアに言って金を貰《もら》いな、またおいで、小遣い稼ぎはいつでもころがってらァな、と言い残して、男は出掛けてしまった。

僕は日本の春本を読んだが、一冊だけ相当の作品があり、種彦*の作、流石に光っていた。午《ひる》すぎまでもっぱら読む方に耽《ふけ》っていると、フトったオカミさん時々やって来てのぞきこみ、フンと言って僕を睨《にら》みつけて帰って行く。夕方までに小篇三ツ書いた。オカミさんは原稿を受け取って読むふりをしていたが、芸者だの女中なんてえのは古風でダメさ、タイプライタアだのエレベエタアでなきゃこの節はやらねえや。大丈夫かい、と言う。先生字が読めないのだとわかったから、読んでごらん、と言うと、ジロリと睨んでアッサリ原稿を投げすてて、蟇口《がまぐち》の中から十銭玉を畳の上へ幾つかころがした。三つ分だよ、と言った言葉は覚えているが、三つぶん、三十銭ずつ九十銭だったか、三つぶんで三十銭だったか、今どうも記憶に残らぬ。外へでたら煉瓦塀にもたれてフーセンアメ屋がいたから、それを買って路傍《みちばた》の餓鬼どもにオゴッてやり、僕もシャブリながら家へ帰った。

　結局最後に、外国語を勉強することによって神経衰弱を退治した。目的をきめ、目的のために寧日なくかかりきり、意識の分裂、妄想を最小限に封じることが第一、ねむくなるまでいつまででも辞書をオモチャに戦争継続、十時間辞書をひいても健康人の一時間ぐらいしか能率はあがらぬけれども、二六時中、目の覚めているかぎり徹頭徹尾辞書をひくにかぎる。梵語《ぼんご》*、パーリ語、チベット語、フランス語、ラテン語、これだけいっしょに習った。おかげで病気は退治したが、習った言葉はみんな忘れた。

　どうやら病気の治りかけた一日、千葉の方へ辰夫を訪ねた。辰夫は出張で不在だったが、あの母が、ヒステリイの翳《かげ》みじんもなく現われて、神へのごとき感謝の言葉をのべるのをきき、僕はもう少しで病気をブリ返すところであった。母親というものはまことに魔物であり曲者《くせもの》だ。人相別人のごとく変わり、武士の母のごとくであった。母親だけはとにかく信ずるに価する、とそのとき悟ったが、しかしこれにすら、例外はあるはずで、必ずしも辰夫に叫んだ僕の言葉が違ってはいない、と、これは今でも思っている。

暗い青春

まったく暗い家だった。いつも陽当たりがいいくせに。どうして、あんなに暗かったのだろう。

それは芥川龍之介《あくたがわりゅうのすけ》の家であった。私があの家へ行くようになったのは、あるじの自殺後二、三年すぎていたが、あるじの苦悶《くもん》がまだしみついているように暗かった。私はいつもその暗さを呪い、死を蔑《さげす》み、そして、あるじを憎んでいた。

私は生きている芥川龍之介は知らなかった。私がこの家を訪れたのは、同人雑誌をだしたとき、同人の一人に芥川の甥《おい》の葛巻義敏《くずまきよしとし》がいて、彼と私が編輯《へんしゅう》をやり、芥川家を編輯室にしていたからであった。葛巻は芥川家に寄宿し、芥川全集の出版など、もっぱら彼が芥川家を代表してやっていたのである。

葛巻の部屋は二階の八畳だ。陽当たりの良い部屋で、私は今でも、この部屋の陽射しばかりを記憶して、それはまるで、この家では、雨の日も、曇った日もなかったように、光の中の家の姿を思いだす。そのくせ、どうして、こう暗い家なのだろう。

この部屋には青いジュウタンがしきつめてあった。これは芥川全集の表紙に用いた青い布、私の記憶に誤りがなければ、あの布の余りをジュウタンにつくったもので、だから死んだあるじの生前にはなかった物のようである。陰鬱《いんうつ》なジュウタンだった。いつも陽が当たっていたが。

大きな寝台があった。葛巻は夜ごとにカルモチン*をのんでこの寝台にねむるのだが、普通量ではきかないので莫大《ばくだい》な量をのみ、その不健康は顔の皮膚を黄濁させ、小皺《こじわ》がいっぱいしみついている。

この部屋では、芥川龍之介がガス栓をくわえて死の直前に発見されたこともあったそうで、そのガス栓は床の間の違い棚の下だかに、まだ、あった。

この部屋で私は幾夜徹夜したか知れない。集まった原稿だけで本をだすのは不満だから、何か翻訳して、と葛巻が言う。だから、ここで徹夜したのは大概翻訳のためであったが、私は翻訳は嫌いなのだが、じゃあ小説書いて、とくる。私は当時はそう気軽に小説は書けないたちで、なぜなら、本当に書くべきもの、書かねばならぬ言葉がなかったから。私は一夜に三、四十枚翻訳した。辞書をひかずに、わからぬところは、ぬかして訳してしまうから早いのは当たりまえ、明快流麗、葛巻はそうとは知らなかった。

ところが葛巻は、私の横で小説を書いている。これがまた、私の翻訳どころの早さではない。遅筆の叔父とはあべこべ、水車のごとく、一夜のうちに百枚以上の小説を書いてしまう。この速力は知るかぎりでは空前絶後で、もっとも彼は一つも発表しなかった。

私はこの部屋へ通うのが、暗くて、実に、いやだった。私は「死の家」とよんでいたが、ああまた、あの陰鬱な部屋に坐《すわ》るのか、と思う。歩く足まで重くなるのだ。私は呪った。芥川龍之介を憎んだ。しかし、私は知っていたのだ。暗いのは、もとより、あるじの自殺のせいではないのだ、と。ジュウタンの色のせいでもなければ、葛巻のせいでもなかった。要するに、芥川家が暗いわけではなかったのだ。私の年齢が暗かった。私の青春が暗かったのだ。

青春は暗いものだ。

この戦争期の青年たちは青春の空白時代だというけれども、なべて青春は空白なものだと私は思う。私が暗かったばかりでなく、友人たちも暗かったと私は思う。発散のしようもないほどの情熱と希望と活力がある。そのくせ焦点がないのだ。

私は小説を書いた。文学に生きると言う。しかし、何を書くべきか、私は真実書かずにはいられぬような言葉、書かねばならぬ問題がなく、書き表わさねば止みがたい生き方も情熱もなかったのだ。ただ虚名を追う情熱と、それゆえ、絶望し、敗北しつつある魂があった。

あのころの同人では、あのころのうちに、もう三人、死んだ。一番目が根本君。彼は葛巻に絶交のハガキを送ったことがあった。その前夜、根本君のアパートへ同人が集まった。そのアパートは九段下《くだんした》にあり、私たちのたむろする三崎町《みさきちょう》のアテネ・フランセから近かったので、彼の不在の部屋へあがりこみ（管理人から扉をあけてもらって）何か雑誌の相談をしたのであったと思う。寒かったので、押し入れから根本君の布団をだし、それを敷いて葛巻が、布団をかぶっていた。そこへ根本君が帰ってきた。絶交のハガキはわれわれが帰ったあとで、ただちに書かれたもののようであった。

ハガキには、絶交の理由はわかるでしょう、と書いてあったが、葛巻はわからぬといい、私もまた、今もって、わからない。無断で上がりこんだのがいけないのか。布団を敷いたのが、いけないのか。根本君は肺病だった。官吏であった。力のないセキをしながら、いつもトボトボ歩いている陰気なマジメな人であった。笑うこともなかったし、ほとんど、話をしかけるということもなかった。そして、根本君は、まもなく死んだ。

根本君は何を、なぜ、怒ったか。私はそれを知りたいとは思わない。知る必要もないではないか。どうせ、人は、ヒステリイなんだ。怒りは常に親しい者に、そして、怒りの悲しさは、何とまあ、人の悲しい姿そのものであろうか。力のないセキを落としながら常にトボトボただ俯向《うつむ》いて歩いていた根本君は、大いなる怒りが、常にまた、その胸に秘められていたはずだった。何ものに向けられた怒りだか、根本君すらわからなかったはずだ。ただ、葛巻に向けられた怒りでなかったことだけはたしかだ。それは、根本君の青春だったに相違ない。

二番目は脇田君。彼は三田《みた》の学生であった。セムシであった。こんなヒネクレたところのない不具者は珍しい。私たちが劇団をつくろうとした時、彼は笑いながら、俺にできるのはノートルダムだけだ、と言った。彼は明るく爽《さわ》やかであった。彼の葬儀は世田《せた》が谷《や》だかの遠い寺で行なわれ、私は道に迷い、田舎道をぐるぐる歩き廻っているうち、もう葬儀が終わり、寺をでて帰路を歩いてくる同人諸君に会った。うららかなお天気。おだやかな田舎道。私はお寺を見つけずにかえってよかったと思った。私は頭をかいて、やっぱり死んじゃった、と苦笑しながら昇天して行く脇田君が見えるような気がした。サヨナラ、サヨナラ、と言っている。お達者で、と言っている。三田の学帽をふっている。サヨナラ、脇田君。

私は、この戦争中、爆撃の翌朝、電車が通らないので、東京へ歩く途中、大森《おおもり》で警報がでた。そのとき、家から顔をだして、立ち止まって思案している私に呼びかけた人があった。セムシであった。脇田君の死んだころと同じぐらいの年配だった。セムシ特有の蒼白《そうはく》な顔に、静かな笑顔があった。

「単機だそうです」

御安心なさい、という笑顔であった。

「うちの防空壕《ぼうくうごう》を御遠慮なく使ってください」

脇田君は大森の木原山に住んでいたのだ。私が彼を思いだしたのは言うまでもない。あたたかい心と、やさしい魂が私の心をみたしてくれた大きな感謝に、私はほてるような気持ちで、しばらくは夢心地で、逃げるように道を急いでいたものだ。

三人目は長島萃《ながしまあつむ》であった。

彼にとっては、私だけが、唯一の友達であったようだ。他の誰とも親しい交わりを欲していないようだった。文学を志す青年に、芥川龍之介の自殺した家が珍しくないはずはない。彼はしかし、そういう興味にテンタンで、雰囲気的なものなどに惹《ひ》かれることのない気質のようで、この家を訪ねたことは一度だけ、たしか、そういう話である。

彼はよく自殺して、しくじった。彼はたぶん遺伝梅毒だったと思う、周期的に精神錯乱し、その都度自殺を試みる。首くくりの縄が切れて気絶して発見されたり、致死量以上の薬をのみすぎて、助かったり、その都度、私のところへ遺書がくる。最後に発狂し、脳炎で死んだ。

私は長島の自殺が、いわば私への抵抗ではないかと思った。彼と私と争っていた。しかし、私の影と。私が真実あるよりも、彼はもっと高く深い何かを私に投影し、そして、私と争っていたようだ。彼の死後、手垢《てあか》にまみれたフランスの本だけが残された。その本のあちこちに書かれている彼の感想、その中におよそフランスの本自身とは縁のない言葉が現われてくる。「安吾はエニグムではない」「安吾は死を怖れている。しかし彼は、知識は結び目を解くのでなしに、結び目をつくるものだと自覚しているから」「苦悩は食慾《しょくよく》ではないのだよ。安吾よ」

この最後のは、どういう意味なのだろう。私にはわからない。彼はいつかコクトオのポトマックをぶらさげて、私のところへ現われてきたことがある。

「読んだかいこの本？」

私は、うなずいた。葛巻がコクトオの熟読者だから、私も彼の蔵書をかりて、読むことがあったから。

「笑いだしてしまったのだ。君はヘドが吐けないたちじゃないか。君は何をたべても、あたらない。しかし、君自身にも、毒はないね。君は蝮《まむし》じゃないね」

彼の笑顔はせつなそうだった。私は彼の言葉が理解できなかった。しかし、彼が私について考えるように、私が私について考えることの必要を認めていなかったので、私は彼に対しては、ただ、黙殺、無言でいるだけだった。

私は彼が自殺に失敗し、生き返り、健康をとりもどして私の前へ現われたとき、思わず怒ったものだった。

「自殺だなんて、そんなチャチな優越が。おい、笑わせるな」

彼の淋《さび》しい顔は今も忘れられない。

「知っているよ。しかし、ダメなんだ。俺は」

しかし、ダメなんだ、俺は。それは彼の周期的な精神錯乱のことであろうか。その意味だけではなかったようだ。彼は私ごとき者を怖れ、闘う必要はなかったのである。彼が私に投影していたものは、彼の何であったのか。しかし、彼は、その錯乱のたびに、私への抵抗から死へ急いだことは事実だと私は思う。安吾は死ねない。ともかく、俺は死ねる、ということだった。

彼の死床へ見舞ったとき、そこは精神病院の一室であったが、彼は家族に退席させ、私だけを枕頭《ちんとう》によんで、私に死んでくれ、と言った。私が生きていては死にきれない、と言うのだ。お前は自殺はできないだろう。俺が死ぬと、必ず、よぶから、必ず、よぶ。彼の狂った眼に殺気がこもってギラギラした。すさまじい気魄《きはく》であった。彼の精神は噴火していた。灼熱《しゃくねつ》の熔岩が私にせまってくるのではないかと思われたほどである。どうだ怖ろしくなったろう。お前は怖ろしいのだ、と彼は必死の叫びをつづけた。

彼はなぜ、そこまで言ってしまったのだろう？　そこまで、言うべきではなかった。私はたしかに怖ろしかったのだ。私は圧倒され、彼に殺される宿命を感ぜざるを得なかったのである。しかし、お前は怖ろしくなったろう、という叫びは、私にともかく余裕を与えた。私は反射的に傲然《ごうぜん》と答えていた。あたりまえだ、と。そして私はすべての力をこめて、彼を睨《にら》んでいた。

彼の顔に、にわかに激しい落胆があらわれた。そして、彼は沈黙してしまった。

けれども、私は、彼の死の瞬間の幽霊を怖れていたものである。しかし、幽霊の訪れはなかった。彼の心は柔和なのだ。彼の私への友情は限りない愛によってみたされていた。思えば彼は、その死床において、私をよぶ、という奇怪に古風な呪縛のカラクリを発案してまで、私をへこませ、一生の痛打、一撃を加えずにいられぬ念願があったのだろう。彼はそういう男であった。真実幽霊となって一撃しうるひたむきな情熱はない。それをカラクリに一撃しようとする茶番の心得はあった。その茶番に彼の悲願が賭《か》けられ、噴火する気魄と情熱が賭けられていても、それが茶番であることを彼自身もまた知っていた。常に悲しく知っていた彼の自殺も同じ茶番であったのだ。その一生を終わるとき、彼の幽霊は私を訪れる代わりに、蒼《あお》ざめた唯一語をむなしく虚空に吐きすてていたはずであった。茶番は終わった！　と茶番は彼の一生であった。

＊

青春ほど、死の翳《かげ》を負い、死と背中合わせな時期はない。人間の喜怒哀楽も、舞台裏の演出家はただ一人、それが死だ。人は必ず死なねばならぬ。この事実ほどわれわれは生存に決定的な力を加えるものはなく、あるいはむしろ、これのみが力の唯一の源泉ではないかとすら、私は思わざるを得ぬ。

青春は力の時期であるから、同時に死の激しさと密着している時期なのだ。人生の迷路は解きがたい。それは魂の迷路であるが、その迷路も死がわれわれに与えたものだ。矛盾撞着《どうちゃく》、もつれた糸、すべて死が母胎であり、ふるさとでもある人生の愛すべく、また、なつかしい綾《あや》ではないか。

私の青春は暗かった。私は死について考えざるを得なかったが、直接死について思うことが、私の青春を暗くしていたのではなかったはずだ。青春自体が死の翳だから。私は野心に燃えていた。肉体は健康だった。私の野性は、いつも友人たちを悩ましたものだ。なぜなら、友人たちはおおむね病弱で、ひよわであったから。

葛巻はカリエスだった。胸のレントゲン写真を私に見せ、自分も頬杖《ほおづえ》をついて眺めており、どう？　ちょっと、いやね、と言う。クスリと大人のような笑い方をする。そして君は健康だねえ、と言う。私はまったく健康だった。しかし健康な肉体、健康な魂ほど、より大きな度合いをもって、死にあやつられているものだ。

私は全く野心のために疲れていた。

その野心は、ただ、有名になりたい、ということであった。ところが私は、ただ有名になりたいと焦るばかりで、何を書くべきか、書かねばならぬか、真実、わが胸を切りひらいても人に語らねばならぬという言葉をもたない。野心に相応して、盲目的な自信がある。すると、語るべき言葉の欠如に相応して、無限の落下を見るのみの失意がある。

その失意は、私にいつも「逃げたい心」を感じさせた。私は落伍者《らくご》にあこがれたものだ。屋根裏の哲学者。パリの袋小路のどん底の料理屋のオヤジの哲学者ボンボン氏。人形に惚《ほ》れる大学生。私はパリへ行きたいと思っていた。私の母も私をパリへやりたい意向をもっていたが、私はしかし、暗い予感があって、パリの屋根裏で首をくって死ぬような、なぜか、その予感から逃れることができなかったので、積極的にパリ行きを申しでる気持ちにもならなかったのだ、思えば落伍者へのあこがれは、健康な心の所産であるかも知れぬ。なぜなら、野心の裏側なのだから。

そういう一日、私は友人にも、母にも、すべてに隠して、ひそかに就職にでかけて行った。神田《かんだ》のさるカフェーで支配人を求めていた。カフェーの名は忘れたが、私は新聞広告を見て意を決した。誰の目にもいちばんくだらなそうな職業だから、意を決したのだ。

私はその日をハッキリ覚えている。昭和五年、五月、五日であった。私は省線に乗った。切符の日付のスタンプが5, 5, 5, と三つ並んでいたので、忘れることができないのだ。

私は酒をのまなかったから、カフェーなどというものへ這入《はい》ったことはなかった。二度か三度、人に誘われて小さなバーへ這入ったことはあったと思うが、こんな大カフェーは始めてで、しかし午前中のことだから、人の姿は一人もない。何とも陰鬱《いんうつ》、邪悪、強慾《ごうよく》そのものの五十ぐらいの主人であった。蛇の感じで、地べたを這ってすりよる感じ、細い目が底光りをたたえている。ききとれぬような低いしゃがれ声で話しかけ、私の目をうかがっている。

支配人というのは、このカフェーの支配人のことではない、と言うのだ。当分はこのカフェーの支配人だが自分の目的はホテルの経営にあるのだから、やがてはホテルの支配人で、ホテルとそこに所属するバー、それが理想である、と言う。

観光事業に趣味があるか、ときくから、口から出まかせに、ある、と答えると、では抱負があるか、述べてみよ、と言う。考えてみたこともないのだからこれには全く閉口して、仕方がないから白状に及んだ。

私はホテルの支配人に出世する意志はないのである。私はカフェーの支配人が望みであった。タキシードかなんか着て（ボンボン先生はたしか年じゅうエンビ服だか礼装していた）酔っ払いの騒音の中で、松だかモミだか鉢植えの植物かなんかのかなたに、間抜け面《づら》でいとも厳粛に注意を怠らぬ顔付きをしている。誰が見ても、誰よりも馬鹿だ。こんな気のきかないヌカラヌ顔付きというものは人に具《そな》わる天性があって、誰にもできるというものでなく、私にはしごく向いているのだ。私はひそかに自信をいだいて出向いてきたので、そこには少なからぬ抱負もある。抱負は何ぞや。

「私は虫歯が痛むときに、痛いと言えないこの商売が気に入っているのです。会社につとめているでしょう。課長が私をよびつけて、君は朝から仏頂面をしているじゃないか、何か不平があるのか、言いたまえ、と怒鳴ります。すると私は、実は虫歯が痛いのです、と蚊の鳴くような声をだします。私は実際虫歯が持病で、この痛さには泣いているのです。私は我慢がないから泣き面をします。しかしです。カフェーでは私が泣き面をしても、課長みたいに仏頂面を気にかけるお客はありませんよ。常に黙殺され、無視され、バカのバカですから、私は虫歯が痛くても、痛くない顔付きをして、心ひそかに悲しむのみです。だから、天分があるのです。私は虫歯が痛くても、このカフェーの鉢植えの植物の彼方《かなた》に立つかぎり、植物よりも無自覚に、虫歯の痛みをこらえていることができます」

彼はウワ目でチラと見上げただけだった。いかなる感情も見せない水のような冷気であった。

「どうすれば店が繁昌《はんじょう》すると思うね」

私は全然ダメだった。私は私とこの職業を結びつける雰囲気的な抱負にだけ固執して、一晩まんじりともせず、私自身を納得させる虫歯の哲理に溺《おぼ》れていた。店を繁昌させる秘訣《ひけつ》については考えていなかったのだ。私は手ぬかりに気がついた。彼が私に求めることは、私が虫歯をこらえることではなく、店を繁昌させる秘訣であったにきまっている。

「美人ばかり集めることです。きまってますよ」

と、しかたがないので、私は大いばりで答えた。私がいばったのは、真理の威厳のためにであるが、彼は冷やかにうなずいて、

「それはきまっている」

私は狼狽《ろうばい》して、全く、のぼせてしまった。私はその任にあらざることを自覚したから、履歴書を返してくれ、とたのんだ。彼はそれが当然だといわぬばかりに履歴書を返してくれたが、自分のもとめているのはホテルの支配人たるべき人材で、カフェーの支配人などはとるにも足らぬ仕事だ、という意味のことを述べ、ホテルの経営はむつかしいものだ、とつけ加えた。それは私の軽率を咎《とが》めているようでもなく、彼自身の大きな抱負がおのずともれた一語であったかも知れない。彼は目的を果したろうか。大いに成功したような気が私はするのだが、私はその後、当分の間、この男の幻影に圧倒されていた。それは彼が最後に至るまで水のごとく無感情で、私に対して蔑《さげす》むとか説教するとか、そういう態度がなかったせいであった。つまり私が自らの軽率、

ひとりよがりの独り相撲に呆《あき》れ、嘆いていたせいだ。

ところで私が家人にも友人にも内密にこのような就職にでかけた心事がどのようなものであったかといえば、ただ、暗く、せつなかったという一語につきる。このようにしか生きられぬ私なのか、という嘆きであった。落伍者気どりの軽快な洒落《しやれ》心などはなかったものだ。

陰鬱、邪悪、冷酷な面魂の主人を見たそのとき、私が彼の人相に特別暗く身ぶるいしたのも、私が私を突き落とそうとする現実の暗さの影を見たからだ。

青春は絶望する。なぜなら大きな希望がある。少年の希望は自在で、王者にも天才にもみずから化して夢と現実の区別がないが、青春の希望の裏には、限定された自我がある。わが力量の限界に自覚があり、希望に足場が失われている。

これもそのころの話だ。私は長島と九段の祭りで、サーカスを見た。裸馬の曲乗りで、四、五人の少女がくるくる乗り廻るうちに、一人の少女が落馬した。馬の片脚が顔にふれた。ただ、それだけのことであった。少女の顔は鮮血に色どられていた。驚くべき多量の鮮血。一人の男衆が駈《か》けよりざま、介抱という態度でなし、手を摑《つか》んで、ひっぱり起こした。馬の曲乗りはなおくるくる廻っているから、その手荒さが自然のものでもあった。少女は引き起こされて立ち上がり、少しよろめいただけで、幕の裏へ駈けこんだが、その顔いっぱいの鮮血は観衆に呻《うめ》きのどよめきを起こしたものだ。

しかし一座の人々の顔は、いたわりでなしに、未熟に対する怒りであった。少女の顔にも、未熟に対する自責の苦痛が、傷の苦痛に越えている険しさだった。

無情も、このときは、清潔だった。落馬する。馬の片脚が顔にふれる。実に、なんでもない一瞬だった。怪我などは考えられもしないような、すぎ去る影のようなたわいもない一瞬にすぎないのだから、顔一面にふきだしている鮮血は、まるでそれもなんでもない赤い色にすぎないような気がしたものだ。

美しい少女ではなかった。しかし鮮血の下の自責に対する苦悶《くもん》の恐怖は私の心を歎賞で氷らせたものであった。引き起こされ立ち上がってよろめいて、すぐ駈けこんだ、それを取りまく彼方此方《あちこち》の一座の者の怒りの目、私は絶美に酔った。

私たちは小屋をでて、小屋の裏側へ廻ってみた。楽屋の口らしい天幕の隙間から、座頭らしいのが出てくるのを見たので、私の心は急にきまった、私は近づいて、お辞儀して、座頭ですか、ときくと、そうだ、と答えた。

私はどもりながら頼んでいた。私を一座に入れてくれということを。私にできることは脚本と、全体の構成、演出だが、その他の雑用に使われても構わないとつけたした。

私の身なりは、そういうことを申しでる男の例と違っていたからに相違ない。私はそのころはハイカラで身だしなみがよかったのである。彼は訝《いぶか》るというよりも、むしろ、けわしく私を睨《にら》んでいた。そして何を、と言うように、ただ二つ三つ捨てるようにうなずいて、一言も答えず、歩き去ってしまった。

私は全く狐につままれたような馬鹿げた気持ちであった。むしろ不快がこみあげていた。なぜ私がサーカスの一行に加わりたいと思ったか、私はしかし、加わる気などなかったのだ。ただ、そんなことを申しでてみたかっただけなのだ。

血まみれの少女の顔が私にそうさせたわけでもない。私は多少は感動した。しかし、大きな感動ではなかった。大きな感動にまで意識的に持って行っただけのことだ。

そのうえ、困ったことには、長島に見せるための芝居気まであったと私は思う。すくなくとも、しゃべりだしてのちは、長島という見物人をしつこく意識していた。しかし、やっぱり、青春の暗さ、そのやみがたい悲しさもあったのだろう。

「君は虚無だよ」

長島の呟《つぶや》きは切なげだった。彼は私をいたわっていたのだ。彼の顔はさびしげだった。愚行をあえてした者が彼自身であるような、影のうすい、自嘲《じちょう》にゆがめられた顔だ。

それは自嘲であったと今私は思う。

彼は私の前で、また、他の同人に向かっても、女について語ったことがない。いかなる美女にふりむく素振りもなかった。ところが、私は彼の死後、彼の妹、彼の家庭的な友人などから、はからざる話をきかされた。彼は常に女を追うていたのである。宿屋へ泊まれば女中を口説き、女中部屋へ夜這《よば》いに行き、いつも成功していたという。彼は貴公子の風貌《ふうぼう》だった。喫茶店の女に惚《ほ》れ、顔一面ホータイをまき、腕にもホータイをまいて胸に吊《つ》り、片足にもホータイをまいてビッコをひき、杖《つえ》にすがって連日女を口説きにでかけたという。

「助平は私たちの血よ」

お通夜の席で、彼の妹が呟いた。自嘲の寒々とした笑いであったが、兄の自嘲と同じものだ。私はそのとき、あの日の彼の自嘲の顔を思いだしていたのだ。愚行をあえてする者は彼自身であったのである。彼は人を笑えぬ男であった。自分のことしか考えることのできないタチの孤独者だった。

*

戦争中のことであったが、私は平野謙《ひらのけん》にこう訊《き》かれたことがあった。私の青年期に左翼運動から思想の動揺を受けなかったか、というのだ。私はこのとき、いともアッサリと、受けませんでした、と答えたものだ。

受けなかったと言い切れば、たしかそんなものでもある。もとより青年たる者が時代の流行《はやり》に無関心でいられるはずのものではない。その関心はすべてこれ動揺の種類であるが、この動揺の一つについて語るには時代のすべての関心に関聯《かんれん》して語らなければならない性質のもので、一つだけ切り離すと、いびつなものになりやすい。

私があまりアッサリと動揺は受けませんでした、と言い切ったものだから、平野謙は苦笑のていであったが、これは彼の質問が無理だ。した、しなかった、私はどちらを言うこともでき、そのどちらも、そう言いきれば、そういうようなものだった。

今、回想しつつあるこの年代は、もはや動揺の末期であった。葛巻を訪れると、昨日中野《なかの》重治《しげはる》が来たとか、窪川《くぼかわ》鶴次郎《つるじろう》が今帰ったところだとか、私は行き違って誰に会うこともなかったが、地下運動の闘士*が金策にきて今帰ったというまだ座布団の生あたたかい上に坐《すわ》ったこともあった。葛巻も留置され、私はあるじのいない部屋でたった一人徹夜していたこともあり、そのとき高橋《たかはし》幸一《こういち》が警察の外に身をひそめて一夜留置場の窓を眺めつづけていたという、驚くべき彼の辛棒力であるが、いつか私の家へ夜更けに訪ねてきたが、私の部屋から光が外へもれ、私の勉強の姿が見えるので、外に佇《たたず》んで私の勉強の終わるのを待ち、夜が明けて私が寝ようとするのを認めて、訪《おとな》いを通じたということもある。

サーカスの一座に加入をたのむ私であったが、私のやぶれかぶれも、共産主義に身を投じることで騒ぎ立つことはなくなっていた。私は私の慾情《よくじょう》について知っていた。

自分を偽ることなしに共産主義者ではあり得ない私の利己心を知っていたから。私の青春は暗かった。身を捧《ささ》ぐべきよりどころを、サーカスの一座に空想しても、共産主義に空想することは、もはや全くなくなっていたのだ。

私はともかくハッキリ人間に賭《か》けていた。

私は共産主義は嫌いであった。彼は自らの絶対、自らの永遠、自らの真理を信じているからであった。

われわれの一生は短いものだ。われわれの過去には長い歴史があったが、われわれの未来にはその過去よりもさらに長い時間がある。われわれの短い一代において、無限の未来に絶対の制度を押しつけるなどとは、無限なる時間に対し、無限なる進化に対して冒瀆《ぼうとく》ではないか。あらゆる時代がそのおのおのの最善をつくし、自らの生を尊び、バトンを渡せば、足りる。

政治とか社会制度は常に一時的なもの、他より良きものに置き換えらるべき進化の一段階であることを自覚さるべき性のもので、政治はただ現実の欠陥を修繕訂正する実際の施策で足りる。政治は無限の訂正だ。

そのおのおのの訂正が常に時代の正義であればよろしいので、政治が正義であるために必要欠くべからざる根柢《こんてい》の一事は、ただ、各人の自由の確立ということだけだ。

自らのみの絶対を信じる政治は自由を裏切るものであり、進化に反逆するものだ。

私は、革命、武力の手段を嫌う。革命に訴えても実現されねばならぬことは、ただ一つ、自由の確立ということだけ。

私にとって必要なのは、政治ではなく、まずみずから自由人たれということであった。

しかし、私が政治についてこう考えたのは、このときが始めてではなく、私にとって政治が問題になったとき、かなり久しい以前から、こう考えていたはずであった。だが、人の心は理論によってのみ動くものではなかった。矛盾撞着《どうちゃく》。私の共産主義への動揺は、あるいは最も多く主義者の「勇気」ある踏み切りについてではなかったかと思う。ヒロイズムは青年にとって理智的にも盲目的にも蔑《さげす》まれつつ、あこがれられるものであった。私は当時ナポレオンを熱読したものだ。彼がとらわれの島で死の直前まで語った言葉の哀れ呆《あき》れ果てた空疎さ、世にこれほどの距離ある言葉、否、言葉自体が茶番の阿呆《あほ》らしさでしかない。私の胸の青春は、笑いころげつつ、歎息し、時には涙すら滲《にじ》んだ夜もあった。言葉にのみイノチを見る文学がその言葉によってナポレオンを笑いうるのか、ナポレオンが文学を笑いうるのか、私にはわからなかった。

青春の動揺は、理論よりも、むしろ、実際の勇気についてではないかと私は思う。私には勇気がなかった。自信がなかった。前途に暗闇のみが、見えていた。

そのころアテネ・フランセの校友会で江《え》ノ島《しま》だかへ旅行したことがある。そのとき、私の見知らない若いサラリイマンに、妙になれなれしく話しかけられたものであった。彼は私だけを追いまわして、私にいつも話しかけ、私の影のようにつきまとって私を苦しめたものであるが、あたりに人のいないとき、彼はとつぜん言った。

「あなたには何人の、何十人のお嬢さんの恋人があるのですか」

私は呆気《あっけ》にとられた。彼は真剣であったが、落ち着いていた。

「あなたは、あなたを讃美《さんび》するお嬢さん方にとりまかれている。私はいつも遠くから見ていたのです。私は寂しくも羨《うらや》ましくもありますが、私の夢をあなたの現実に見ていることの爽《さわ》やかさにも酔いました。あなたは王者ですよ。美貌《びぼう》と才気と力にめぐまれて」

彼の言葉はかなり長いものだった。彼は私の友達になりたいのではなく、ただ、私に一言話しかける機会だけを待っていたというのである。私の現実に彼自身の夢の実現を見て悲しく酔っているということを。

そして彼は私に話すべく用意していた言葉だけを言い終わると、変にアッサリと立ち去った。そしてもう私の身辺へ立ち寄ろうとしなかった。

実際バカげた青年だった。

私にはお嬢さんの恋人どころか、友達だってありはしない。彼はいったい何を夢見ていたのだろう？　私の身辺の何事から、こんな思いもよらぬ判断がでてくるのだか、思い当たることは一つもなかった。

けれども私は長島と白水社でフランスの本を買って出たたそがれ、やっぱり見知らぬ青年によびとめられた。この青年は三十をすぎているようだった。彼は私とちかづきになることを長らく望んでいたのだという。

「十五分だけ」

彼は十五分に力をいれて言った。十五分だけ自分と語る時間を許せと言うのだ、私たちは喫茶店へはいった。

彼の語ったことは、しかし、彼自身の心境だけで、傍観者以外でありえない無気力、マルキストにもなれなければエピキュリアンにもなり得ない、安サラリイマンの汲々《きゅうきゅう》たる生活苦が骨の髄まで沁《し》みついた切なさについてであった。

彼は小男であった、そして安サラリイマンの悲劇、傍観者の無気力、虚無について語りながら、しかし彼は傲然《ごうぜん》と椅子にふんぞり返って、およそ何物をも怖れぬような威張りかえった態度であった。ただ、口べりに苦笑がうかんでいたが、私をも刺殺するような横柄な苦笑であった。

「君には自信がある。満々たる自信だ。君はいつも大地をふみしめて歩いているようだ。僕は君を見るたびに、反撥《はんぱつ》とあるなつかしさ、憎しみと切なさのようなものを、いつもゴッチャに感じていたものだ」

彼はこう私をおだてるようなことを言いながら、ますます傲然とふんぞりかえり、苦笑は深まり、私を嘲笑《ちょうしょう》するかのようなふうでもある。彼はとつぜん言葉を切りかえて、

「僕は近々日本を去る。支那《しな》へ行ってしまうのさ。何物と果たして訣別《けつべつ》しうるかね」

彼は悠々と立ち上がって私たちにいとまをつげ、傲然と消えてしまったものだ。

満々たる自信どころか、ひとかけらの自信、生きぬくよりどころのない私であった。私の踏む足はいつも宙に浮いていたのだ。私は私自らが、人生を舞台の茶番の芸人にすぎないような悲しさ、もどかしさに、苦しめられたものだ。なんとも異様なむなしさだった。彼らは私を嘲笑しているわけではなかったろう。傲然先生の口べりの苦笑も、彼にはそういうふうにしかその親愛を表わす手段を知らなかったに相違ない。

葛巻義敏なども、よそ目には最も幸福な人のように人々には思われていたのである。彼は柔和な貴公子で、芥川龍之介の甥《おい》である。人々は彼が多くの麗人たちにとりかこまれ、いずれアヤメと思案中、そういう多幸な憂鬱《ゆううつ》を嗅《か》ぎだしているようだった。ところが御本人ときては、ある令嬢に片思いで、夜は悶々《もんもん》ねむられず、カルモチンをガブのみにして、寝台からころげ落ちているのである。

そして葛巻と私は、芥川家の二階の一室で、言い争い、幾夜徹夜したであろうか。私はプンプン怒りながら翻訳している。彼は小説を書いている。どちらもひどい速力

なのだ。私はいつも暗かった。

私は思いだす。あの家を。いつも陽当たりの良い、そして、暗い家。戦争はあの家も小気味よく灰にしてしまったそうだが、私の暗い家は灰にならない。その家に私の青春がとじこめられている。暗さ以外に何もない青春が。思いだしても、暗くなるばかりだ。

二十七歳

魂や情熱を嘲笑《あざわら》うことは非常に容易なことなので、私はこの年代について回想するのに幾たび迷ったか知れない。私は今も嘲笑うであろうか。私は讃美するかも知れぬ。いずれも虚偽でありながら、真実でもありうることがわかるので、私はひどくばかばかしい。

この戦争中に矢田津世子《やだつせこ》が死んだ。私は死亡通知の一枚のハガキを握って、二、三分間、一筋か二筋の涙というものを、ながした。そのときはもう日本の負けることは明らかな時で、いずれ本土は戦場となり、私も死に、日本の男はあらまし死に、女だけが残って、殺気立った兵隊たちのオモチャになって殺されたりかわいがられたりするのだろうと考えていたので、私は重荷を下ろしたようにホッとした気持ちがあった。

つまり私はそのときもなお、矢田津世子にはミレンがあったが、矢田津世子もまた、そうであったと思う。

私は大井広介《おおいひろすけ》にたのまれて、戦争中、「現代文学」という雑誌の同人になった。そのとき野口冨士男《のぐちふじお》が編輯《へんしゅう》に当たって、私たちには独断で矢田津世子に原稿をたのんだ。その雑誌を見て、私はひどく腹を立てた。まるで私が野口冨士男をそそのかして矢田さんに原稿をたのませたように思われるからであった。果たして井上友一郎《いのうえともいちろう》がそうカン違いをして、編輯者の権威いずこにありやと言って大井広介にネジこんできたそうであるが、井上がそう思うのは無理もなく、それだけに、矢田津世子が、より以上に、そう思いこむに相違ないので、私の怒りは、ひどかったのだ。

けれども、そのとき、野口冨士男の話に、矢田さんが、原稿を郵送せずに、野口の家へとどけたという、矢田さんは美人ですねという野口の話をききながら、私はいささか断腸の思いでもあった。

まだ私たちが初めて知りあい、恋らしいものをして、一日会わずにいると息絶えるような幼稚な情熱のなかで暮らしていたころ、私たちは子供ではない、と矢田津世子が吐きすてるように言った。それは愛慾《あいよく》について子供ではないという意味ではなく、私たちは大島敬司という男にだまされて変な雑誌に関係していたので、大島に対する怒りの言葉であったが、私は変にその言葉を忘れることができない。

あなたは大人であったのか。私は？　私はばかばかしいのだ。何よりも、魂と、情熱のもっともらしい顔つきが、せつなく、ばかばかしくて仕方がないのだ。そのばからしさは、私以上に、あなたが知っていたような気がする。そのくせ、あなたは、郵便で送らずに、野口の家へわざわざ原稿をとどけるような芸当ができるのだが、それを女の太々《ふてぶて》しさと言ってよいのだか、悲しさというのだか、それまでを、ばかばかしいと言い切る自信が私にはないので、私はなおさら、せつないのだ。

そのころから、あなたは病臥《びょうが》したらしい。そして、あなたが死んで、ハガキ一枚の通知になるまで、私はあなたが、肺病でねていることすら知らなかった。

私の母は私とあなたが結婚するものだと思いこみ信じていたが、ぐうたらな私に思いを残して、死んでいた。あなたのお母さんは生きていたのだ。あなたの死亡通知の中には、生きているアカシの、お母さんの名があったから。矢田チエという、私は名すら忘れてはいない。私の母以上に、私たちの結婚をのぞんでいたはずであった。私があなたの家で御馳走《ごちそう》になり酔っ払うのを目を細くして喜んでいるお母さんであった。際限もなく私に話しかけるお母さん。けれども、その言葉は、あなたの通訳なしには、私にはほとんどわからなかった。ひどい秋田弁なのだから。

死亡通知は印刷したハガキにすぎなかったが、矢田チエという、生きているお母さんの名前は私には切なかった。そして、その印刷した文字には「幸うすく」津世子は死んだと知らせてあった。「幸うすく」、あなたは、必ずしも、そうは思っていないだろうと私は思う。人の世の、生きることの、ばかばかしさを、あなたは知らぬはずはない。

けれども、あなたのお母さんは「幸うすく」そう信じているに相違なく、その怒りと呪いが、一人の私に向けられているような気がした。そして、私は泣いた。二、三分。一筋か二筋の、うすい涙であった。そして私が涙の中で考えた唯一のことは、ある暗黒の死の国で、あなたと私の母が話をして、あなたが私の母を自分の母のように大事にしてくれる風景であった。そして、私は、泣いたのだ。

私は、このもっともらしい顔付きが切ない。こう書いてしまうと、これだけのもっともらしさになってしまう、表現のみじめさが切なく、ばかばかしいのだ。そうかと言って、そうであるまいとすると、私はてんから、情熱と魂を嘲笑してしまうような気がする。私は果たして書きうるのか。

＊

私はそのとき二十七であった。私は新進作家とよばれ、そのころ、全く、ばかげた、良い気な生活に明けくれていた。

当時の文壇は大家中堅クツワをならべ、世は不況のドン底時代で、雑誌の数が少なく、原稿料を払う雑誌などいくつもないから、新人のでる余地がない。そういう時代に、ともかく新進作家となった私は、ところが、生まれて三ツほど小説を書いたばかり、私は誘われて同人雑誌にはいりはしたが、どうせ生涯落伍者《らくご》だと思っており、モリエールだのボルテールだの、そんなものばかり読んでおり、自分で何を書かねばならぬか、文学者たる根柢《こんてい》的な意欲すらなかった。私はただ文章が巧《うま》かったので、先輩諸家に買いかぶられて、唐突に、新進作家ということになってしまったまでであった。

私は同人雑誌に「風博士」という小説を書いた。散文のファルスで、私はポオのX'ing Paragraph とか Bon Bon などという馬鹿バナシを愛読していたから、俺も一つ書いてやろうと思ったまでの話で、こういう馬鹿バナシはボードレエルの訳したポオの仏訳の中にも除外されているほどだから、まして一般に通用するはずはない。私は初めから諦《あきら》めていた。ただ、ボードレエルへの抗議のつもりで、ポオを訳しながら、この種のファルスを除外して、アッシャア家の没落などを大事にしているボードレエルの鑑賞眼をひそかに皮肉る快で満足していた。それは当時の私の文学精神で、私はみずから落伍者の文学を信じていたのであった。

私はしかし自信はなかった。ないはずだ。根柢がないのだ。文章があるだけ。その文章もうぬぼれるほどのものではないので、こんなチャチな小説で、ほめられたり、一躍新進作家になろうなどと夢にも思っていなかった。

そのころ雑誌の同人、六、七人集まって下落合の誰かの家で徹夜して、当時私たちは酒を飲まなかったから、ジャガ芋をふかして塩をつけて食いながら文学論で徹夜した。その夜明け、高橋幸一(今は鎌倉文庫の校正部長)が食う物を買いに外出して、ついでに文芸春秋を立ち読みして、牧野《まきの》信一《しんいち》が「風博士」という一文を書いて、私を激賞しているのを見いだしたのである。

人間のウヌボレぐらいタヨリないものはない。私はその時以来、昨日までの自信のないのは忘れてしまって、ほめられるのは当たり前だと思っていた。そのとき二十六だった。七月ごろであった。そしてその月に文芸春秋へ小説を書かされ、それ以来、新進作家で、私の軽率なウヌボレは二十七の年齢にも、つづいていた。

そのころ、春陽堂から「文科」という半職業的な同人雑誌がでた。牧野信一が親分格で、小林秀雄《こばやしひでお》、嘉村礒多《かむらいそた》、河上徹太郎《かわかみてつたろう》、中島健蔵《なかじまけんぞう》、私などが同人で、原稿料は一枚五十銭ぐらいであったと思う。五十銭の原稿料でも、原稿料のでる雑誌などは、大いに珍しかったほど、不景気な時代であった。五冊ほどで、つぶれた。私は「竹藪《やぶ》の家」というのを連載した。

この同人が行きつけの酒場があった。ウインザアという店で、青山二郎《あおやまじろう》が店内装飾をしたゆかりで、青山二郎は「文科」の表紙を書き、同人のようなものであったせいらしい。青山二郎は身代を飲みつぶす直前で、彼だけはジャンパンを飲みあかしたり、大いに景気よかったが、他のわれわれは大いに貧乏であった。私は牧野信一、河上徹太郎、中島健蔵と飲むことが多く、昔の同人雑誌の人たちとも連れ立って飲むことが多かった。私が酒を飲みだしたのは牧野信一と知ってからで、私の処女作は「木枯の酒倉から」というノンダクレの手記だけれども、実は当時は一滴も酒をのまなかったのである。改造の西田義郎も当時の飲み仲間であるが、私はこの酒場で中原中也《なかはらちゅうや》と知り合った。

ある夜更け、河上と私がこの店の二人の女給をつれて、飲み歩き、河上の家へ泊まったことがある。河上は下心があったので、女の一人をつれて別室へ去ったが、残された私は大いに迷惑した。なぜなら、実は私も河上の連れ去った娘の方にオボシメシがあったからで、残された女は好きではない。オボシメシと言っても、二人のうちならそっちが好きというだけのことではあるが、当時私はウブだから、残された女が寝ましょうよと言うけれどもその気にならない。そのうちに河上が、すんだかい、と言って顔をだした。彼は娘にフラレたのである。俺はフラレた、と言って、てれて笑いながら、娘と手をくんで、戻ってきた。この娘は十七であった。

その翌朝、河上の奥さんが憤然と、牛乳とパンを捧《ささ》げて持ってきてくれたが、シラフで別れるわけにも行かず、四人で朝からどこかで飲んで別れたのだが、そのとき、実は俺はお前の方が好きなんだと十七の娘に言ったら、私もよ、と言って、だらしなく仲がよくなってしまったのである。

この娘はひどい酒飲みだった。私がこんなに惚《ほ》れられたのは珍しい。八百屋お七の年齢だから、惚れ方が無茶だ。私たちはあっちのホテル、こっちの旅館、私の家にまで、泊まり歩いた。泊まりに行こうよ、連れて行ってよ、と言いだすのは必ず娘の方なので、私たちは友達のカンコの声に送られて出発するのであるが、私とこの娘とは肉体の交渉はない。娘は肉体について全然知識がないのであった。

私は処女ではないのよ、と娘は言う。そのくせ処女とはいかなるものか、この娘は知らなかった。愛人、夫婦は、ただ接吻《せっぷん》し、同じ寝床で、抱きあい、抱きしめ、ただ、そう信じ、その感動で、娘は至高に陶酔した。肉体の交渉を強烈に拒んで、なぜそんなことをするのよ、と憤然として怒る。全く知らないのだ。

そのくせ、ただ、単に、いつまでも抱きあっていたがり、泊まりに行きたがり、私が酒場へ顔を見せぬと、さそいに来て、娘は私を思うあまり、神経衰弱の気味であった。よろよろして、きりもなく何か口走り、私はいくらか気味が悪くなったものだ。肉体を拒むから私がばからしがって泊まりに行かなくなったことを、娘は理解しなかった。

中原中也はこの娘にいささかオボシメシを持っていた。そのときまで、私は中也を全然知らなかったが、彼の方は娘が私に惚れたかどによって大いに私を呪っており、ある日、私が友達と飲んでいると、ヤイ、アンゴと叫んで、私にとびかかった。とびかかったとはいうものの、実は二、三メートル離れており、彼は髪ふりみだしてピストンの連続、ストレート、アッパーカット、スイング、フック、息をきらして影に向かって乱闘している。中也はたぶん本当に私と渡り合っているつもりでいたのだろう。私がゲラゲラ笑いだしたものだから、キョトンと手をたれて、不思議な目で私を見つめている。こっちへ来て、いっしょに飲まないか、とさそうと、キサマはエレイ奴だ、キサマはドイツのヘゲモニーだと、変なことを呟《つぶや》きながら割りこんできて、友達になった。非常に親密な友達になり、最も中也と飲み歩くようになったが、その後中也は娘のことなど嫉《や》く色すらも見せず、要するに彼は娘に惚れていたのではなく、私と友達になりたがっていたのであり、娘に惚れて私を憎んでいるような形になりたがっていただけの話であろうと思う。

オイ、お前は一週に何度女にありつくか。オレは二度しかありつけない。二日に一度はありつきたい。貧乏は切ない、と言って中也は常に嘆いており、その女にありつくために、フランス語個人教授の大看板をかかげたり、けれども弟子はたった一人、四円だか五円だかの月謝で、月謝を貰《もら》うといっしょに飲みに行って足がでるので嘆いており、三百枚の翻訳料がたった三十円で嘆いており、常に嘆いていた。彼は酒を飲む時は、どんなに酔っても必ず何本飲んだか覚えており、それはつまり、飲んだあとで遊びに行く金をチョッキリ残すためで、私が有り金みんな飲んでしまうと、アンゴ、キサマは何というムダな飲み方をするのかと言って、怒ったり、恨んだりするのである。あげくに、お人好《よ》しの中島健蔵などへ、ヤイ金をかせ、と脅迫に行くから、健蔵は中也を見ると逃げだす始末であった。

その年の春、私は一か月あまり京都へ旅行した。河上の紹介で、そのころまだ京大の学生だった大岡昇平《おおおかしょうへい》が自分の下宿へ部屋を用意しておいてくれたが、そのとき加藤英倫と友達になった。彼は毎晩、私を京都の飲み屋へ案内してくれて、一週間ほど神戸《こうべ》へもいっしょに旅行した。加藤英倫も京大生で、スエデン人の母を持つアイノコで、端麗な美貌《びぼう》であるから、京都も神戸も女友達ばかり、黒田孝子という女流画家のかわいい女に惚れられており、この人は非常に美人であったが、英倫はさのみこの人を好んでいるようでもなく、神戸の何とかいう、実にまずい顔の、ガサツ千万な娘になんとなく惚れるような素振りであった。外見だけであったかも知れぬ。彼はセンチメンタル・トミー*であった。

これは蛇足だが、この神戸の旅行で、私はヘルマンの廃屋とかいう深山の中腹の五階建てかの大洋館へ案内された。ヘルマン氏は元来マドロスか何かで、貧乏なのんだくれであったが、兄が大金満家で、これが死に、遺産がころがりこんで一躍大金持ちになったのだそうで、そこでここに大邸宅をつくり、五階の上に塔をたて、この塔の中に探照燈を据えつけ、自分の汽車が西《にし》の宮《みや》駅へつくと、山の中腹の塔の上から探照燈をてらす。ヘルマン氏光の中へ現われ、光の中なる自動車に乗る。この自動車が邸宅へはいるまで、自動車とともに探照燈の光が山を動いて行くのだそうで、この探照燈は私が行ったとき、まだ廃屋の塔の中にそのまま置かれていた。軍艦などの探照燈と全く同じおおげさな物々しい物であった。

もう一つ、ブッタマゲルのはヘルマン先生の酒倉だ。庭の中の山の中腹へ横穴をあけて、当時の金で八万円の洋酒をとりよせ、穴の中へつめこんだ。驚くべき大穴倉だが、実に驚くべき洋酒の山で、私が行ったときも、ギッシリアキビンの山がつまっていたが、奥には本物もあったかも知れぬ。そこでヘルマン先生は、かねて飲み仲間の親友マドロスに隣地へ小意気なバンガローをたててやり、二人でひねもす、よもすがら、飲んでいたそうで、ヘルマン先生なりふり構わず、ボロ服に、貧乏時代からのマドロスパイプをくわえたまま、酒のほかには余念がなかったそうである。

独探のケンギ*を受けて、大正五年だかに国外退去を命じられたという。無実のケンギで、探照燈がたたって怪しまれたという話であったが、快男子を無益に苦しめたものである。飲み仲間のいたバンガローに当時は日本人の老画家が住んでいて、廃屋廃園に、私たちを案内してくれ、ヘルマン氏の思い出をきかせてくれたのであった。廃屋は各階ごとに寝室があり、寝室にはバスルームがつき、要するにヘルマン氏は、その日の気分によって、何階かで下界の海を眺めて酒をのみ、酔いつぶれて、バスにつかって、寝てしまう万全の構えがととのえられているわけだ。女なんか目もくれなかったというから、私はとても及ばぬ。これには私も、ブッタマゲた。

矢田津世子は加藤英倫の友達であった。私は東京へ帰ってきた。加藤英倫も東京へ来た。たぶん彼の夏休みではなかったのか。私には、もはや時日も季節もわからない。とにかく、私と英倫とほかに誰かとウインザアで飲んでいた。そのとき、矢田津世子が男の人と連れだって、ウインザアへやってきた。英倫が紹介した。それから二、三日後、英倫と矢田津世子が連れだって私の家へ遊びにきた。それが私たちの知り合った始まりであった。

*

さて、私はいよいよ語らなければならなくなってきた。私は何を語り、何を隠すべきであろうか。私は、なぜ、語らなければならないのか。

私は戦争中に自伝めく回想を年代記的に書きだした。戦争中は「二十一」というのを一つ書いただけで、発表する雑誌もなくなってしまったのだが、私がこの年代記を書きだした眼目は二十七、それから三十であった。つまり、矢田津世子についてであった。

私は果たして、それが書きうるかどうか、その時から少なからず疑っていた。ただ、私は、矢田津世子について書くことによって、何物かが書かれ、何物かが明らかにされる。私はそれを信じることができたから、私はいつか、書きうるようにならなければいけないのだと考えていたのであった。

初めからハッキリ言ってしまうと、私たちは最後まで肉体の交渉はなかった。しかし、メチルドを思うスタンダール*のような純一な思いは私にはない。私はただ、どうしても、肉体にふれる勇気がなかった。接吻したことすら、恋し合うようになって、五年目の三十一の冬の夜にただ一度。彼女の顔は死のように蒼《あお》ざめており、私たちの間には、冬よりも冷たいものが立ちはだかっているようで、私はただ苦しみのほかなにもなかった。たかが肉体ではないか、私は思ったが、また、肉体はどこにでもあるのだから、この肉体だけは別にして、という心の叫びをどうすることもできなかった。

そして、その接吻の夜、私は別れると、夜ふけの私の部屋で、矢田津世子へ絶交の手紙を書いたのだ。もう会いたくない、私はあなたの肉体が怖ろしくなったから、そして、私自身の肉体が厭《いや》になったから、と。そのときは、それが本当の気持ちであったのかも知れぬ。その時以来、私は矢田津世子に会わないのだ。彼女は死んだ。そして私はおくやみにも、墓参にも行きはしない。

その後、私は、まるで彼女の肉体に復讐《ふくしゅう》する鬼のようであった。私は彼女の肉体をはずかしめるために小説を書いているのかと疑《うたぐ》らねばならないことが幾度かあった。

私は筆を投げて、顔を掩《おお》うたこともある。

私は戦時中、ある人妻と遊んでいた。その良人《おっと》は戦死していた。この女の肉体は、最も微妙な肉体で、そういう肉体の所有者らしく、貞操観は何もなく、遊び以外に目的はないようだった。

この女は常にはただニヤニヤしているばかりのおよそだらしない、はりあいのない女であったが、遊びの時の奔騰する情熱はまるで神秘な気合いのこめられた妖精《ようせい》であった。別の人間としか思われない。

しかし、淫楽《いんらく》は、この特別な肉体によってすらも、人の心はみたされはせぬ。私が矢田津世子の肉体を知らないことに満ち足りる思いを感じるようになったのは、そのときからで、それはまた、あたかも彼女の死のあとだから、無の清潔が私を安らかにもしてくれた。

魅力のこもった肉体は、わびしいものだ。私はその後、娼婦《しょうふ》あがりの全く肉体の感動を知らない女を知ると、微妙な肉体の女とあいびきするのが、気がすすまぬようになっていた。

娼婦あがりの感動を知らない肉体は、妙に清潔であった。私は初め無感動が物足りないと思ったのだが、だんだんそうではなくなって、遊びの途中に私自身もふとボンヤリして、物思いに耽《ふけ》ることがあったり、ふと気がついて女を見ると、私の目もそうであるに相違ないのだが、憎むような目をしている。憎んでいるのでもないのだけれども、他人、無関心、そういうものが、二人というツナガリ自体に重なり合った目であった。

「憎んでいる？」

女はただモノうげに首をふったり、時には全然返事せず、目をそらしたり、首をそらしたりする。それを見ていること自体が、まるで私はなつかしいような気持ちであった。遊び自体が全く無関心であり、他人であること、それは静寂で、澄んでいて、騒音のない感じであった。

そして私は矢田津世子の肉体を知らないことを喜んだ。その肉体は、この二人の女ほど微妙な魅力もこもっておらず、静寂で、無関心であるはずはない。私にとって、女体の不完全な騒音は、助平根性をのぞけば、侘《わび》しくなるばかりだから。淫楽は悲しい。否、淫楽自体が悲しいのではなく、われわれの知識が悲しい。

私は先ほどスタンダールのメチルドのことにふれたが、あれはどうも、ひどい誇張で、本心であると思われない。私にとって、矢田津世子はもはや特別な女ではなく、私は今に、もっとバカげた、犬のような惚《ほ》れ方を、どこかの女にするような予感がつきまとっている。そのくせ私は、惚れることには、ひどく退屈しているのだが。

＊

英倫といっしょに遊びに来た矢田津世子は私の家へ本を忘れて行った、ヴァレリイ・ラルボォの何とかいう翻訳本であった。私はそれが、その本をとどけるために、遊びに来いという謎ではないか、と疑った。私は置き残された一冊の本のおかげで、頭のシンがしびれるぐらい、思い耽らねばならなかった。なぜなら私はその日から、恋の虫につかれたのだから。私は一冊の本の中の矢田津世子の心に話しかけた。遊びにこいというのですか。そう信じていいのですか。

しかし、決断がつかないうちに、手紙がきた。本のことにはふれておらず、ただ遊びに来てくれるようにという文面であったが、私たちが突然親しくなるには家庭の事情もあり、新潟鉄工所の社長であったSという家が矢田家と親戚《しんせき》であり、S家と私の新潟の生家は同じ町内で、親たちも親しく往来しており、私も子供のころはしばしば遊びに行ったものだった。私の母が矢田さんを親愛したのも、そのつながりがあるせいであり、矢田さんの母が私を愛してくれたのも、第一には、そのせいだった。私は遊びに行った初めての日、母と娘にかこまれ、家族の一人のような食卓で、酒を飲まされて寛《くつろ》いでいた。

その日、帰宅した私は、喜びのために、もはや、全く、一睡もできなかった。私はその苦痛に驚いた。ねむらぬ夜が白々と明けてくる。その夜明けが、私の目には、狂気のように映り、私の頭は割れ裂けそうで、そして夜明けが割れ裂けそうであった。

この得恋の苦しみ（まだ得恋には至らなかったが、私にとってはすでに得恋の歓喜であった）は、私は初めての経験だから、これは私の初恋であったに相違ない。しかし、この得恋の苦しみ、つまり恋を得たために幾夜かが眠り得なかった苦しみは、その後も、別の女の幾人かに、経験し、先ほどの二人の女のいずれにも、その肉体を初めて得た日、そして幾夜か、眠り得ぬ狂気の夜々があった。得恋は失恋と同じ苦痛と不安と狂気にみちている。失恋と同じ嫉妬《しっと》にすら満ちている。すると、その翌日は手紙が来た。私はその嬉《うれ》しさに、再び、ねむることができなかった。

そのころ「桜」という雑誌がでることになった。大島というインチキ千万な男がもくろんだ仕事で、井上友一郎、菱山修三、田村泰次郎《たむらたいじろう》、死んだ河田誠一《かわだせいいち》、真杉静枝《ますぎしずえ》などが同人で、矢田津世子も加わり、矢田津世子から、私に加入をすすめてきた。私は非常に不快で、加入するのが厭だったが、矢田津世子に、あなたはなぜこんな不純な雑誌に加入したのですか、ときくと、あなたと会うことができるから、と言う。私は夢のごとくに、幸福だった。私は二ッ返事で加入した。

私たちはしばしば会った。三日に一度は手紙がつき、私も書いた。会っているときだけが幸福だった。顔を見ているだけで、みちたりていた。別れると、別れた瞬間から苦痛であった。

「桜」はインチキな雑誌であったが、井上、田村、河田はいずれも善意にみちた人たちで、（菱山は私がたのんで加入してもらったのだ）私は特に河田には気質的にひどく親愛を感じていたが、彼は肺病で、才能の開花のきざしを見せただけで夭折《ようせつ》したのは残念だった。彼はすぐれた詩人であった。

インチキな雑誌であったが、時事新報が大いに後援してくれたのは、編輯《へんしゅう》者の寅《とら》さんの好意と、これから述べる次の理由によるせいだと思われる。

ある日、酔っ払った寅さんが、私たちに話をした。時事の編輯局長だか総務局長だか、ともかく最高幹部のWが矢田津世子と恋仲で、ある日、社内で日記の手帳を落とした。拾ったのが寅さんで、日曜ごとに矢田津世子とアイビキのメモが書き入れてある。寅さんが手帳を渡したら、大慌てでポケットへもぐしこんだという。寅さんはもとより私が矢田津世子に恋していることは知らないのだ。居合わせたのが誰々だったか忘れたが、みんな声をたてて笑った。私が、笑い得べき。私は苦悩、失意の地獄へつき落とされた。

私がウインザアで矢田津世子と初めて会った日、矢田津世子の同伴した男というのが、すなわち、時事の最高幹部なるWであった。加藤英倫が私に矢田津世子を紹介し、そのまま別れて私が自席で友人たちと話していると、矢田津世子がきて、時事のW氏に紹介したいから、W氏は一目であなたが好きになり、あの席からあなたを眺めて、すばらしい青年だと激賞していられるのです、と言った。そこで私はWの席へ行き、話を交わしたのであった。

「桜」の結成の記念写真が時事に大きく掲載された。私は特に代表の意味で、新しさだか、新しいモラルだか、文学だか、とにかく新しいということの何かについて、三回だかのエッセイを書かされていた。それは寅さんの「桜」に対する好意であり、寅さんはまた、私にはなはだ好意をよせてくれたのだが（寅さんの本名を今思いだした。彼は後日、作家となった笹本《ささもと》寅である）私はしかし寅さんの一言に眼前一時に暗闇となり、私が時事に書かされたことも実はWの指金であり好意であるような邪推が、―私は邪推した。せずにはいられなかった。Wの好意を受けたことの不潔さのために、わが身を憎み、呪った。

寅さんの話は思い当たることのみ。矢田津世子は日曜ごとに所用があり、「桜」の会はそのため日曜をさける例であり、私もまた、日曜には彼女を訪ねても不在であることを告げられていたのである。

いかなる力がともかく私を支え得て、私はわが家へ帰り得たのか、私は全く、病人であった。

私は全く臆病《おくびょう》になった。手紙は三日目ぐらいに来つづけていた。同人の会でも会ったし、その他の場所でも会っていた。

Wのことは同人間でも公然知れわたっていた。彼らは私の心事を察して、私の前では決してそれに触れぬようにいたわってくれたが、いたわりすらも、私には苦痛であった。

＊

創刊号の同人の座談会で、私は例の鼻ッ柱で威勢よく先輩諸先生の作品に悪口雑言をあびせつづけたものであったが、その中で一句、私の言葉に矢田津世子が同感した言葉があった。私はその言葉を忘れたが、それは恋人に対してのみ用いる種類の甘ったるい言葉であった。

校正の日、同人全部印刷所へつめていたが、まさしくその日は日曜であり、矢田津世子のみ、真杉静枝か河田かに校正をたのみ、姿を見せていなかった。その日が矢田津世子にどういう日かは、あらゆる同人が知っていたのだ。

座談会の例の一言に、河田だか、田村だか、井上だか、ふきだして、これは凄《すご》いね、このままケズらず載せたものかね、と見廻《みまわ》すと、真杉静枝が間髪を容《い》れず、ケズることないわ、ホントにそう言ったのですもの、と叫んだ。それは低いが、強烈な語気で、私はその後ずいぶん真杉さんとはおつきあいしたが、このような激しい語気はほかにきいたことがない。深い憎しみが、こめられていた。

私はしかし、わが身のごとくに、切なかったのだ。私が憎まれているがごとくに。私は矢田津世子をあわれみ、真杉静枝をむしろ呪った。同時に真杉静枝に内心深く感謝したのは、私も切に、この言葉のケズられざらんことを乞《こ》い、祈っていたから。

その一言は、私にとっては、絶望の中の灯であったのだ。悲しい願いがあるものだ。この一言が地上に形をとどめて残ってくれますように。せめて、この一言のみが、掻《か》き消え失《う》せてくれないように、と。

私はしかし、私の必死の希願について、みずから一語も発することができなかった。私はただ、幸いに残り得た一語のいのちを胸にだきしめていたのである。ああ、これは残そう。これはおもしろい言葉じゃよ、とそれに答えた河田の言葉を私は今も忘れることができないほどである。

私はすでにその前に、矢田さんと結婚したいということを母に言った。母も即座にうなずいていたが、やがて日数へて、いつ結婚するか、という。私は胸をしめつけられて、返事ができず、ようやく声がでるようになると、もう厭《いや》なんだ、やめたんだ、と答えて席を立った。

しかし、三日にあげず手紙が来ているのだから、母は私の言葉を痴話喧嘩《げんか》ぐらいにしか受けとらず、あるとき親戚の者がきたとき、私を指して、今度、矢田津世子と結婚するのだ、と言う。嘘だ！　結婚しないと言っているのに！　私は唐突に叫んだ。叫ぶことが、無我夢中であった。私の血は逆流していた。私は母の淋《さび》しい顔を思いだす。

そのころだった。例の十七の娘が、神経衰弱のごとくになって、足もとをフラフラさせ、私を訪ねてきて、酒を飲みに行こうよ、お金は私が持っているから、と言う。暮れがたであった。私は仕事があって今夜は酒がのめないからと嘘をつき、ともかく、そのへんまで送ろうといっしょに歩くと、女は憑《つ》かれたようにとりとめもなく口走り、せつなげな笑いが仮面のようにその顔にはりついている。そのうちに、ふと、知ってるわ、矢田さんに惚《ほ》れたんでしょう、と言った。恨む声ではなかった。せつなげな笑いが、まだ、はりついていた。気象の激しい娘であった。モナミだか千疋屋《せんびきや》だかで、テーブルの上のガラスの瓶をこわしたことがある。ボーイがきて、六円いただきます、と言う。娘は十二円ボーイに渡して、隣のテーブルの花瓶をとると、エイと土間に叩《たた》きつけて、ミジンにわって、サヨナラと出てきた。そういう気象を知っている私であるから、私に対する娘のあまりのか弱さに、私は暗然たる思いもあった。

「片思いなの？」

娘は私の顔をのぞいた。それは、優しい心によって語られた、愛情にみちた言葉であった。恨む心はミジンもなく、いたわる心だけなのだ。私は答える言葉もなく、答えたい心もなかった。

このへんで別れようよと私が言うと、ウン、娘はうなずいて、私の手を握り、まだつづいているあの切なげな笑いで、仕事がすんだら、また、のもうよね、そう言って、娘は手をふり、すなおに闇の底へ消えてしまった。これが娘と私との最後の別れであった。

私も、また、矢田津世子を恨む心はなかった。なじる心もなかった。矢田津世子は、私に向かい、いっしょに旅行しましょうよ、登山したい、山の温泉へ泊まりたい、と言う。私はただ笑い顔によって答え得るだけだ。その笑い顔は、私の心はあなたのことでいっぱいだ、いつもあなたを思いつづけている、しかし、私はあなたと旅行はできない。旅行して、あなたの肉体を知ると、私はWと同じ男に成り下がるような気がするから。あなたにとって、私が成り下がるのではなく、私自身にとって、Wが私と同格になるから。私はあなたについて、Wのことなど信じたくないのだ。それを忘れてしまいたい。それを知らずにあなたを恋したあのままの心を、私は忘れたくないのだ、と。もとより私の笑い顔がそのような意味であることを、矢田津世子が解きうる由もない。

河田誠一が矢田津世子を訪ねたのも、そのころだ。なぜ坂口と結婚しないか、それをすすめるために。その話を、私は河田から告げられず、矢田津世子から、きかされたのだ。

その知らせには、たしかに意味があった。なぜあなたは結婚しようと言わないのか。言ってくれれば、私はいつでも結婚するのに、という意味が。矢田津世子のあらゆる讃辞《さんじ》が、河田誠一にささげられて、私の前に述べられている。その心のあたたかさと、まじめさと、友情の深さについて。それは、すべて、河田の彼女への忠告を彼女がうけいれたというアカシであり、私に対するサイソクであった。私はそれに対しても、ただ、笑い顔によってのみ、答えていた。

私の心は、かたくなであった。石のごとくに結ばれていた。

要するに、私は自分の心情に従順ではなかったのである、本心とウラハラなことをせざるを得なくなる。それが私の性格的な遊びのようなもので、自虐的のようでもあるが、要するに、遊びだ。私はそのころ牧野信一の家で、長谷川何とかいう手相、指紋の研究家に手をみられて、君の性格はアマノジャクそのものだ、と言われた。しかし、アマノジャクとは何か。ヒネクレているということのほかに、アマッタレているという意味があると私は思う。物自体よりも物を雰囲気的に受けとろうとする気分的なセンチメンタリズムも多分にあり、要するに、いいところは一つもない。しかし、本人は案外いい気なもので、それに私は、センチメンタルではあるけれども、同時に野放図な楽天家でもあった。ええママヨ、どうにでもなれ、ということが、いつも、つきまとっているのだから。

矢田津世子と私は「桜」をやめた。二号目ぐらいで、菱山もやめたはずだ。私はもう、あのころのことはほとんど記憶にない。雑誌のことも、矢田津世子のことも。私は特に彼女のことをつとめて忘れようとした長い期間があるのだから。

そのころのことで変に鮮明に覚えているのは、中原中也と吉原のバーで飲んで、それがそのころであるのは私は一時女遊びに遠ざかっていたからで、中也とのんで吉原へ行くと、ヘヘン（彼はまずこういうセキバライをしておもむろに嘲笑《ちょうしょう》にかかるのである）ジョルジュ・サンドにふられて戻ってきたか、と言った。銀座《ぎんざ》でしたたかよっぱらって吉原へきて時間があるのでバーでのむと、ここの女給の一人と私がたちまち意気投合した。中也は口惜《くや》しがって一枚ずつ、洋服、ズボン、シャツ、みんなぬぎ、サルマタ一枚になって、ねてしまった。彼は酔っ払うと、ハダカになって寝てしまう悪癖があるが、このときは心中大いにおもしろくないからさらにふくれて、のびたので、だらしのないことははなはだしく、椅子からズリ落ちて大きな口をアングリあけて土間の上へ大の字にノビてしまった。女と私は看板後あいびきの約束を結び、ともかく中也だけは吉原へ送りこんでこなければならぬ段となったが、ノビてしまうと容易なことでは目を覚まさず、もとより洋服をきせうる段ではない。しかたがないから裸の中也の手をひっぱって外へでると、歩きながら八分は居眠り、八十の老爺《ろうや》のように腰をまげて、頭をたれ、がくんがくんうなずきながら、よろよろふらふら私に手をひっぱられてついてくる。うしろから女給が洋服をもってきてくれる。裸で道中なるものかという鉄則を破ってめでたく妓楼《ぎろう》へ押しこむことができたが、三軒ぐらい門前払いをくわされるうちに、ようやく中也もいくらか正気づいて、泊めてもらうことができた。そのとき入り口をあがりこんだ中也が急に大きな声で、

「ヤヨ、女はおらぬか、女は」

と叫んで、キョロキョロすると、

「何を言ってるのさ。この酔っ払い」

娼妓《しょうぎ》が腹立たしげに突きとばしたので、中也はよろけて、ひっくりかえってしまった。それを眺めて、私たちは戻ったのである。

私が連れこまれた女のアパートは、窓の外に医院があって薬品の匂いの漂う部屋であった。女はううんと背伸びをして、ふと気がついて、背伸びをしたいなと思う時でも、する気にならない時があるわね、と言った。ほかに意味も翳《かげ》もない単純な笑い顔だった。お人好《よ》しで、明るくて、頭が悪くて、くったくのない女であった。朝、目をさまして、とび起きて、紙フウセンをふくらまして、小さな部屋をつきまわって、一

人でキャアキャア喜んでいたり、全裸になって体操したり、そして、急に私にだきついてゲラゲラ笑いだしたり、娼家の朝の暗さがないので、私はこのかわいい女が好ましかった。

窓をあけて青空を眺めたら、私は急に旅行に行きたくなった。女も大賛成で、私は人から貰《もら》って三日目ばかりの時計、これは全く私に縁がないようにその宿命が仕組まれていたとしか思われないほど高級品であったから、女は大いに気をきかし、勇み立ち、この質屋、あの古物商、知りあいの商店の旦那《だんな》をよびだして、かけあったり、もういい加減で売っちゃえと言っても、ダメダメ安すぎる、大いにハリキッて倦《う》むことを知らない。質屋の出入りにも、腕をくるくるふりまわしながら飛んだり跳ねたり、ヘッピリ腰でのぞきこむかと思うと急に威勢よくコンチハと大きな声で戸をあけたり、まるで天性あらゆる宿命を陽気に送り迎えているとしか思われぬようだった。そして、私の沈黙の気質だの、陰鬱《いんうつ》な顔付きなどを全然気にかけていなかった。バスの車掌をしていたが、おツリの出し入れが面倒くさくてやめてしまったのだそうで、道を歩きながら車掌のマネをしてみせて、次は何々でございます、ストップねがいます、大きな声、往来の人々がビックリふりむいて顔を見るのを気にかける様子もない。

私たちは足掛け八日旅行した。たしか八日だったと思う。八日帰りがなんとか言ったが、金がなくなってしまったので、女が大いにケンヤクを主張して安温泉を廻《めぐ》って歩き、ヒルメシはカツドンばかり食わされた。私がおかしくて仕方がなかったのは、この女は人の顔の品定めなどテンからやらぬたちなのだが、バスに乗った時に限って女車掌の品定めをして、あら、あの子、凄《すご》いシャンだ、と言う。いっこうにシャンでもないから、君の会社はよっぽどデブばかりが揃ってたんだな、と笑うと、この時ばかりはいささかてれて、ウームと一と唸《うな》り、メーデーだか何だかに赤旗かつぐのが羨《うらや》ましくてバスの車掌になったのだけれども、共産党になれと言われて、閉口したのだそうである。全くこの女はオッチョコチョイで、出鱈目《でたらめ》だったが、共産党の地下運動にはカブトをぬぐ性質に相違なく、五十銭寄付したけれども、あとは降参、逃げだしたと言っていた。モグることができないタチであった。

私が旅館でふと思うのは、矢田津世子もWとこんなところへ来るのだろうな、ということだった。もっとも、われわれの旅館よりは高級であるに相違ない。待合であるかも知れぬ。なおそれよりも怖れたのは、この旅先で、矢田津世子とWの姿を見かけないか、ということだった。私と女が見られることへの怖れではなかった。純一に、彼らの姿を見かけることの、その事実を確かめさせられることの恐怖と苦痛であった。

私はそのころ、路上でふと立ちすくむことがあった。胸は唐突にしめつけられて、呼吸が一瞬とまっている。私はふりむいて一目散に逃げる衝動にかられているのだ。私は街角を怖れた。また、街角から曲がって出てくる人を怖れた。私は矢田津世子の幻覚におびえていたのだ。よく見れば似つかぬ女が、見た瞬間には矢田津世子に思われ、私はしばしば路上に立ちすくんでいたのであった。

別して私は温泉で、矢田津世子とWの幻覚になやまされた。こんな安宿に彼らが泊まるはずはないと信じながら、廊下で見かける人影に、とつぜん胸がしめつけられ、息がつまって、立ちすくむ。隣りの男女の話し声の、よくきけばおよそ似つかぬ女の声が、初めてきこえた一瞬だけは矢田津世子の声にきこえてしまう。

私は女給と泊まり歩いている私が、矢田津世子への復讐《ふくしゅう》であるような心はミジンもなかった。私は今、すぐこの足で、矢田津世子を訪ねて、結婚しましょう、と言えば、結婚することもできるのだった。それは疑うべからざることで、そのことだけでは、一とかけの疑念も不安もなかったのだ。もとより、憎む時間はあった。しかし、私があの人の影におびえて立ちすくむとき、私自身の恐怖の中には、あの人に苦痛と恥辱を与えたくない思いやりが常にこめられていたのだ。

同時に私はWを憎んでもいなかった。矢田津世子とW。矢田津世子と私。私の心には、この二つを対比し、対立させる考え方が欠けているか、あるいは非常に稀薄《きはく》であった。矢田津世子とW。私はそれを考える。最も多く考えた。しかし、矢田津世子と私、という立場に対立させて考えてはいなかった。つまり、同一線上に二つを並べていなかったのだ。

私が矢田津世子と結婚する。すると、むしろ、私たちは、彼女とWにハッキリ対立してしまう。結婚すれば、私は勝ちうる。果たして、勝ちうるであろうか。私はむしろ、対立と、自分の低さ、位置の低さを自覚するばかりではないか。

私はしかし、そのように考えていたわけではない。そのように考えることの必要が、必要すらも、欠けていたのだ。すなわち、私は、すでに結婚を諦《あきら》めていた。時に軽率な情念のそれをめぐって動くことをとめる術《すべ》はないけれども、より深い、おそらく心意の奥底で、大いなる諦めを結んでいた。不動盤石の澱《よど》みの姿に根を張った石に似た雲のような諦念《ていねん》がある。それは一人の愛する女を諦めているばかりではなかった。より大いなるものを諦めていた。より大いなる物とは？　それは私には、わからない。ただ、何物か、であるだけだった。そして、その大いなる何物かの重い澱みの片隅に、一人の女がいるだけのことであった。

私はむしろ、この明るいオッチョコチョイの女給をつれて、矢田津世子がいっしょに行こうと言った山々、上高地《かみこうち》や奥白根《おくしらね》の温泉宿へ行ってみればよかったと思った。なぜであるかはわからない。それはどうでもよいことだ。私はただ、私をそこへ誘った矢田津世子は、だから、たぶん、ほかの男とはそこへ行きはしないだろうと、ふと考えた。しかし、また、だから、たぶん、あるいは今ごろ、そこにいるのではないかと、とも考えた。とりとめもなく、ふと、思う。私は山を歩いている。穂高《ほたか》を、槍《やり》を、赤石《あかいし》を。すると、私のつれている女は、矢田津世子だった。そして私は、ものうい昼の湯の宿の物思いから、われにかえる。私の女が、ひとりでしゃべり、ひとりでハシャいでいるときにも、私はそれをきいたり見たりしているような笑い顔で、ふと物思いに落ちこんでいた。

「あなたは奥さんないの？　アラ、うそ。あるでしょう」と、女がきく。

「あるよ」

「お子さんは」

「一人だけ」

「あなたの奥さんは、とても美人よ。私、わかるわ。ツンとした、とても凄い美人なのよ」

「どうして、わかる」

「ほら、当たったでしょう。私の経験なのよ。私みたいな変チクリンなお多福をかわいがる人の奥さんは、御美人よ。私、何人も、その奥さんの顔を見てやったわ。美人女給を口説く人の奥さんは、みんな、ダメ。でもね、私をかわいがる人は、特別優秀なのよ。なぜだろうな。よっぽど私が、できそこないなのかしら」しかし、女は、どことなくかわいい顔立ちだった。それに、姿がスラリとして、色気があった。心が無邪気であるように、全身に、無邪気な翳がゆれていた。二十三とか四であったが、十

七、八の小娘のようなところがあった。全裸になって体操するのが大好きで、ひとり余念もなく、大らかで、たのしげで、だから清潔で、温泉の湯ぶねの中でも、のびたり、ちぢんだり、桶《おけ》をマリか風センにして遊んでいたり、いつも動いているのだ。男に裸体を見せることを羞《はずか》しがらず、腕や腹や股《もも》に墨筆で絵を書かせてはキャアキャアよろこび、だからむしろ心をそそる色情は稀薄であった。マネキンになりたいけれども、シャンじゃないからダメなんだ、とこぼしていたが、私はそのとき、なるほどこれは天来のマネキンとでもいうのだろうなと思ったほど、常に動きが、そして言葉が、生き生きとしていた。あれは、どこの宿であったか。もう旅の終わりで、あの日は沼津《ぬまづ》で映画だか芝居だか見て、私はそれを見ながら二合瓶をラッパのみにして、いくらか酔っていたのだが、それから長岡《ながおか》だかその隣りの温泉だかへ泊まったときであったと思う。女はいくらかシンミリして、

「ねえ、まだ、東京へ帰るのは厭《いや》だな。もう一週間ばかり、つきあわない。私、このへんの酒場で女給になって、稼ぐから」

「チップで宿銭が払えるものか」

「ああ、そうか」女はひどくガッカリした。もとより、それは気まぐれだった。気まぐれ千万な女なのだ。私を愛しているせいなどでは毛頭ない。しかし、気まぐれながら、いくらかシンミリしているので、それが珍しいことだったから、私は今も何か侘《わび》

しさを思いだす。私はその後、よく旅先の宿屋の部屋の孤愁の中で、このときの女のことを思いだしたものだった。

「このくらい遊んで帰ると、私だって、ちょっと、ぐあいが悪いのよ。あとは野となれ、山となれ、か。あなたの奥さん、さぞ怒っているだろうな。ねえ、マダム、怖い？」女の顔はいつもと違って、まじめであった。

「もう十日、もうひと月、ねえ私、このへんで稼いで、いっしょにいたいな。あなたのマダムをうんと怒らしてやりたいのよ。私、どこかのマダムを二、三人、殺してやりたいわ。厭になっちまうな」と言った。そして笑った。それはもう、いつものとおりの女であった。シンからお人好《よ》しの女でも、そんな残酷な気持ちがあるのかな、と私はおもしろかった。顔も知らない対象にまで嫉妬《しっと》だか癇癪《かんしゃく》だか起こしている、そのくせ、はっきりした対象にはむしろ嫉妬を起こしそうもない女であった。

　私はそのとき、矢田津世子は死んでくれればいちばんよいのだ、ということをハッキリ気づいた。そして、そんなことを祈っている私の心の低さ、卑しさ、あわれさ、私はうんざりしていた。全く一と思いに、この女とこのへんの土地で、しばらく住んでみようかと、女には何喰《く》わぬ顔で、思いめぐらしたほどであった。

私の心の何物か、大いなる諦め。その暗い泥のような広い澱みは、いわば、一つの疲れのようなものであった。その大いなる澱みの中では、矢田津世子は、たしかに片隅の一ときれの小さな影にすぎなかったが、その澱みの暗い厚さを深めたもの、大きな疲れを与えたものは、あるいは、矢田津世子であるかも知れぬと考える。

＊

私はそのころから、有名な作家などにはならなくともよい、どうにとなれ、と考えた。もともと私は、文学の初めから、落伍《らくご》者の文学を考えていた。それは青年の、むしろ気鋭な衒気《げんき》ですらあったけれども、やっぱり、虚無的なものではあった。私はしかし、再びそこへ戻ったのではなかったようだ。私の心に、気鋭なもの、一つの支柱、何か、ハリアイが失われていた。私はやぶれかぶれになった。あらゆる生き方に、文学に。そして私の魂の転落が、このときから、始まる。

私はもう、矢田津世子に会わなかった。まる三年後、矢田津世子が、私を訪ねて、現われるまで。

いずこへ

　私はそのころ耳を澄ますようにして生きていた。もっともそれは注意を集中しているという意味ではないので、あべこべに、考える気力というものがなくなったので、耳を澄ましていたのであった。

　私は工場街のアパートに一人で住んでおり、そして、常に一人であったが、女が毎日通ってきた。そして私の身辺には、釜《かま》、鍋《なべ》、茶碗《ちゃわん》、箸《はし》、皿、それに味噌《みそ》の壺《つぼ》だのタワシだのと汚らしいものまで住みはじめた。

「僕は釜だの鍋だの皿だの茶碗だの、そういうものといっしょにいるのが嫌いなんだ」

と、私は品物がふえるたびに抗議したが、女はとりあわなかった。

「お茶碗もお箸も持たずに生きてる人ないわ」

「僕は生きてきたじゃないか。食堂という台所があるんだよ。茶碗も釜も捨ててきてくれ」

　女はくすりと笑うばかりであった。

「おいしい御飯ができますから、待ってらっしゃい。食堂のたべものなんて、飽きるでしょう」

女はそう思いこんでいるのであった。私のような考えに三文の真実性も信じていなかった。

全く私の所持品に、食生活に役立つ器具といえば、洗面の時のコップが一つあるだけだった。私は飲んだくれだが、杯も徳利も持たず、ビールの栓ぬきも持っていない。部屋では酒も飲まないことにしていた。私は本能というものを部屋の中へ入れないことにしていたのだが食物よりもまず第一に、女のからだが私の孤独の布団の中へ遠慮なくもぐりこむようになっていたから、釜や鍋が自然にずるずる住みこむようになっても、もはや如是我説を固執するだけの純潔に対する貞節の念がぐらついていた。

人間の生き方には何か一つの純潔と貞節の念が大切なものだ。とりわけ私のようにぐうたらな落伍者の悲しさが影身にまで泌《し》みつくようになってしまうと、何か一つの純潔とその貞節を守らずには生きていられなくなるものだ。

私はみすぼらしさが嫌いで、食べて生きているだけというような意識が何より我慢ができないので、貧乏するほど浪費する、一か月の生活費を一日で使い果たし、使いきれないとわざわざ人にくれてやり、それが私の二十九日の貧乏に対する一日の復讐《ふくしゅう》だった。

細く長く生きることは性来私のにくむところで、私は浪費のあげくに三日間ぐらい水を飲んで暮らさねばならなかったり下宿や食堂の借金の催促で夜逃げに及ばねばならなかったり落武者の生涯は正史にのこる由もなく、惨また惨、当人に多少の心得があると、笑いださずにいられなくなる。なぜなら、細々と毎日欠かさず食うよりは、一日で使い果たして水を飲み夜逃げに及ぶ生活の方を私は確信をもって支持していた。私は市井の屑《くず》のような飲んだくれだが後悔だけはしなかった。

私が鍋釜食器類を持たないのは夜逃げの便利のためではない。こればかりは私の生来の悲願であって――どうも、いけない、私は生まれついてのオッチョコチョイで、何かというとむやみに大袈裟《おおげさ》なことを言いたがるので、もっともこうして自分をあやしながら私は生きつづけてきたのだ。これは私の子守唄《うた》であった。ともかく私はただ食って生きているだけではない、という自分に対する言い訳のために、茶碗ひとつ、箸一本を身辺に置くことを許さなかった。

私の原稿はもはやほとんど金にならなかった。私は全く落伍者であった。私はしかし落伍者の運命を甘受していた。人はどうせ思いどおりには生きられない。桃山《ももやま》城で苛々《いらいら》している秀吉《ひでよし》と、アパートの一室で朦朧《もうろう》としている私とその精神の高低安危にさしたる相違はないので、外形がいくらか違うというだけだ。ただ私が憂える最大のことは、ともかく秀吉は力いっぱいの仕事をしており、落伍者という萎縮《いしゆく》のために私の力がゆがめられたり伸びる力を失ったりしないかということだった。

思えば私は少年時代から落伍者が好きであった。私はいくらかフランス語が読めるようになると長島萃という男と毎週一回会合して、ルノルマンの「落伍者《ラテ》」という戯曲を読んだ（もっともこの戯曲は退屈だったが）。私はしかしもっと少年時代からポオやボードレエルや啄木《たくぼく》などを文学と同時に落伍者として愛しており、モリエールやヴォルテールやボンマルシエを熱愛したのも人生の底流に不動の岩盤を露呈している虚無に対する熱愛にほかならなかった。しかしながら私の落伍者への偏向はさらにもっとさかのぼる。私は新潟中学というところを三年生の夏に追いだされたのだが、そのとき、学校の机の蓋《ふた》の裏側に、余は偉大なる落伍者となっていつの日か歴史の中によみがえるであろうと、キザなことを彫ってきた。もとより小学生の私は大将だの大臣だの飛行家になるつもりであったが、いつごろから落伍者に志望を変えたのであったか。家庭でも、隣近所、学校でも憎まれ者の私は、いつか傲然《ごうぜん》と世を白眼視するようになっていた。もっとも私は稀代《きだい》のオッチョコチョイであるから、当時流行の思潮の一つにそんなものがあったのかも知れない。

しかし、少年時代の夢のような落伍者、それからルノルマンのリリックな落伍者、それらの雰囲気的な落伍者と、私が現実に落ちこんだ落伍者とは違っていた。私の身辺にリリスムは全くなかった。私の浪費精神を夢想家の甘さだと思うのは当たらない。貧乏を深刻がったり、しかめっ面をして厳しい生き方だなどという方が甘ったれているのだと私は思う。貧乏を単に貧乏とみるなら、それに対処する方法はあるもので、働いて金をもうければよい。単に食って生きるためなら必ず方法はあるもので第一、飯が食えないなどというのは元来がだらしのないことで、深刻でもなければ厳粛でもなく、ばかばかしいことである。貧乏自体のだらしなさや馬鹿さ加減がわからなければ文学などはやらぬことだ。

私は食うために働くという考えがないのだから、貧乏はしかたがないので、てんから諦《あきら》めて自分の馬鹿らしさを眺めていた。遊ぶためなら働く。贅沢《ぜいたく》のため浪費のためなら働く。けれども私が働いてみたところでとても意にみちる贅沢豪奢《ごうしゃ》はできないから、結局私は働かないだけの話で、私の生活原理は単純明快であった。

私は最大の豪奢快楽を欲し見つめて生きており多少の豪奢快楽でごまかすこと妥協することを好まないので、そして、そうすることによって私の思想と文学の果実を最後の成熟のはてにもぎとろうと思っているので、私は貧乏はさのみ苦にしていない。夜逃げも断食も、苦笑以外にさしたる感懐はない。私の見つめている豪奢快楽は地上に在り得ず、歴史的にも在り得ず、ただ私の生活の後ろ側にあるだけだ。背中合わせに在るだけだった。思えば私は馬鹿な奴であるが、しかし、人間そのものが馬鹿げたものなのだ。

ただ私が生きるために持ちつづけていなければならないのは、仕事、力への自信であった。だが、自信というものは、崩れる方がその本来の性格で、自信という形では一生涯に何日も心に宿ってくれないものだ。此奴《こいつ》は世界一正直で、人がいくらおだてくれても自らを誤魔化すことがない。私とておだてられたり讃《ほ》めたてられたりしたこともあったが、自信の奴は常に他の騒音に無関係なしろもので、その意味では小気味の良い存在だったが、これをまともに相手にして生きるためには、苦味にあふれた存在だ。

私は貧乏を意としない肉体質の思想があったので、雰囲気的な落伍者になることはなく、抒情《じょじょう》的な落伍者気分や厭世《えんせい》観はなかった。私は落伍者の意識が割合になかったのである。その代わり、常に自信と争わねばならず、なんらか実質的に自信をともかく最後の一歩でくいとめる手段を忘れることができない。実質的に——自信はそれ以外にごまかす手段のないものだった。

食器に対する私の嫌悪は本能的なものであった。蛇を憎むと同じように食器を憎んだ。また私は家具というものも好まなかった。本すらも、私は読んでしまうと、特別必要なもの以外は売るようにした。着物も、ドテラもユカタ以外は持たなかった。持たないように「つとめた」のである。中途半端な所有慾《よく》は悲しく、みすぼらしいものだ。私はすべてを所有しなければ充《み》ち足りぬ人間だった。

＊

そんな私が、一人の女を所有することはすでに間違っているのである。

私は女のからだが私の部屋に住みこむことだけ食い止めることができたけれども、五十歩百歩だ。釜鍋《かまなべ》食器が住みはじめる。私の魂は廃頽《はいたい》し荒廃した。すでに女を所有した私は、食器を部屋からしめだすだけの純潔に対する貞節を失ったのである。

私は女がタスキをかけるのは好きではない。ハタキをかける姿などは、そんなものを見るぐらいなら、ロクロ首の見世物女を見に行く方がまだましだと思っている。部屋のゴミが一寸《ちよつと》の厚さにつもっても、女がそれを掃くよりは、ゴミの中に坐《すわ》っていてほしいと私は思う。私が取手《とりで》という小さな町に住んでたとき、私の顔の半分が腫《は》れ、ポツポツと原因不明の膿《う》みの玉が一銭貨幣ぐらいの中に点在し、もっとも痛みはないのである。ちょうど中村地平《なかむらちへい》と真杉静枝が遊びにきて、そのとき真杉静枝が、蜘蛛《くも》が巣をかけたんじゃないかしら、と言ったので、私は歴々と思いだした。まさしく蜘蛛が巣をかけたのである。私は深夜にふと目がさめて、天井と私の顔にはられた蜘蛛の巣を払いのけたのであった。私は今でも不思議に思っているのであるが、真杉静枝はなぜ蜘蛛の巣を直覚したのだろう？　こんなことを考えつくのは感嘆すべきことであ

なくてはならないもの。その中で身をしばる。私は弱さも強さも蜘蛛の貪欲《どんよく》が不

るよりも、およそばかばかしいことではないか。

新しい蜘蛛の巣は綺麗《きれい》なものだ。古い蜘蛛の巣はきたなく厭《いや》らしく蜘蛛の貪欲《どんよく》が不潔に見えるが、新しい蜘蛛の巣は蜘蛛の貪欲まで清潔に見え、私はその中で身をしばられてみたいと思ったりする。新鮮な蜘蛛の巣のような妖婦《ようふ》を私は好きであるが、そんな人には私はまだ会ったことがない。日本にポピュラーな妖婦の型は古い蜘蛛の巣の主人が主で、弱さも強さも肉慾的であり、私は本当の妖婦は肉慾的ではないように思う。小説を書く女の人に本当の妖婦はいない。「リエゾン・ダンジュルーズ」の作中人物がそう言っているのだが、私もそれは本当だと思う。

私は妖婦が好きであるが、本当の妖婦は私のような男は相手にしないであろう。逆さにふってふりまわしても出てくるものはニヒリズムばかり、ほかには何もない。さよう。ほかにうぬぼれがあるか。当人は不羈《ふき》独立の魂と言う。鼻持ちならぬ代物だ。

人生の疲労は年齢には関係がない。二十九の私は今の私よりももっと疲労し、陰鬱《いんうつ》で、人生の衰亡だけを見つめていた。私は私の女について、何も描写する気持ちがない。私の所有した女は私のために良人《おっと》と別れた女であった。否むしろ、良人と別れるために私と恋をしたのかも知れない。それがたぶん正しいのだろう。

その当座、私たちはその良人なる人物をさけて、あの山この海、温泉だの古い宿屋だの、泊まり歩いていた。私は始めから特に女を愛していなかった。所有する気持ち

もなかった。ただ当てもなく逃げまわる旅寝の夢が、私の人生の疲労に手ごろな感傷を添え、敗残の快感にいささかうつつをぬかしているうちに、女が私の所有に確定するような気分的結末を招来してしまっただけだ。良人を嫌いぬいて逃げ廻る女であったが、本質的にタスキをかけた女であり、私と知る前にはさるヨーロッパの紳士と踊り歩いたりしていた女でありながら、私のために、味噌汁《みそしる》をつくることを喜ぶような女であった。

女が私の属性の中で最も憎んでいたものは不羈独立の魂であった。偉い芸術家になどなってくれるなと言うのである。平凡な人間のままで年老い枯木のごとくいっしょに老いてみたいというのである。私が老眼鏡をかけて新聞を読んでいる。女も老眼鏡をかけて私のシャツのボタンをつけている。二人の腰は曲がっている。そして背中に陽が当たっている。女はその光景を私に語るのである。そうなりたいのは女の本心であった。いくらかの土地を買って田舎へ住みましょうよ。頻《しき》りに女はそう言うのだ。

そういう女だから私が不満なわけではない。もともと私が女を「所有」したことがいけないので、私は女の愛情がうるさくてしかたがなかった。

「ほかに男をつくらないか。そしてその人と正式に結婚してくれないかね」

と私は言うが、女がとりあわないのにも理由があり、私ははなはだ嫉妬深《しっとぶか》く、嫉妬というより負け嫌いなのだ。女が他の男に好意をもつことに本能的に怒りを感じた。

そんな怒りは三日もたてば忘れ果て、女の顔も忘れてしまう私なのだが、現在に処して私の怒りの本能はエネルギッシュで、あくどい。女が私の言葉を信用せず、私の愛情を盲信するにも一応自然な理由があった。

私が深夜一時ごろ、時々酒を飲みに行く十銭スタンドがあった。屋台のような構えになっているので二時三時ごろまで営業してもめったに巡査も怒らない仕組みで、一時ごろ酒が飲みたくなる私にはつごうの良い店であった。三十ぐらいの女がやっており、客が引き上げると戸板のようなものを椅子の上へ敷いてその上へねむるのだそうで、非常に多淫《たいん》な女で、酔っ払うと客をとめる。けれども百万の人にもましてうすぎたない不美人で、私も時々泊まれと誘われたが泊まる気持ちにはとてもならない。土間に寝るのが厭なんでしょう、私があなたの所へ泊まりに行くからアパートを教えて、と言うが、私はアパートも教えなかった。

この女には亭主があった。兵隊上がりで、張作霖《ちょうさくりん》の爆死事件*に鉄路に爆弾を仕掛けたという工兵隊の一人で、その後の当分は外出どめのカンヅメ生活がたのしかった、とそんな話を私にきかせてくれた。無頼の徒で、どこかのアパートにいるのだが、女は亭主を軽蔑《けいべつ》しきっており、客の中から泊まる勇士がない時だけ亭主を泊めてやる。亭主は毎晩見廻りに来て泊まる客がある時は帰って行き、ヤキモチは焼かない代わりに三、四杯の酒と小づかいをせびって行く。この男が亭主だということは私以外の客は知らない。私は女に誘われても泊まらないので亭主は私に好意を寄せて打ち開けて話し、女も私には隠さず、あのバカ（女は男をそうよんだ）ヤキモチも焼かない代わりに食いついてエモリみたいに離れないのよ、と言った。私と男二人だけでほかに客のない時は、今晩泊めろ、泊めてやらない、ネチネチやりだし、男が暴力的になると女がいっそう暴力的にバカヤロー行ってくれ、水をひっかける、と言いも終わらず皿一杯の水をひっかけ、このヤロー、男がいきなり女の横ッ面をひっぱたく、女が下のくぐりをあけて這《は》いだしてきて武者ぶりつき椅子をふりあげて力まかせに男に投げつけるのだ。女は殺気立つと気違いだった。ガラスは割れる、徳利ははねとぶ。男はあきらめて口笛を吹いて帰って行く。好色多淫、野犬のごとくであるが、亭主にだけは妙に意地をはるのである。

男は立派な体格で、苦味走った好男子で、汚い女にくらべれば比較にならず、客のなかでこの男ほど若くて好い男は見当たらぬのだから笑わせる。天性の怠け者で、働く代わりに女を食い物にする魂の低さが彼を卑しくしていた。その卑しさは女にだけはよくわかり、また、事情を知る私にもわかるが、ほかの人にはわからない。彼がムッツリ酒をのんでいると、知らない客は場違いの高級の客のように遠慮がちになるほどだ。彼は黒眼鏡をかけていた。それはその男の趣味だった。

ある夜更けすでに三時に近づいており客は私と男と二人であった。女はかなり酔っており、その晩は亭主をすなおに泊める約束をむすんだうえで、今晩は特別私におごるからと女が一本男が一本、むりに私に徳利を押しつけた。そこへ新米の刑事が来た。新米といっても年齢は四十近い鼻ヒゲをたてた男だ。酒をのんで露骨に女を口説きはじめたが、以前にも泊まりこんだことがあるのは口説き方の様子で察しることが容易であった。女は応じない。応じないばかりでなく、あらわに刑事をさげすんで、商売の弱味で仕方なしに身体をまかせてやるのにありがたいとも思わずに、うぬぼれるな、女は酔っていたので婉曲《えんきょく》に言っていても、露骨であった。刑事は、その夜の泊まり客は私であり、そのために、女が応じないのだと考えた。

私はそのときハイキング用の尖端《せんたん》にとがった鉄のついたステッキを持っていた。私はステッキを放したことのない習慣で、そのかみはシンガポールで友達が十ドルで買ったという高級品をついていたが、酔っ払って円タクの中へ置き忘れ、つまらぬ下級品をつくよりはとハイキング用のステッキを買ってふりまわしていた。私の失った籐《とう》のステッキは先がはずれて神田の店で修繕をたのんだとき、これだけの品は日本に何本もない物ですと主人が小僧女店員まで呼び集めて讃嘆《さんたん》して見せたほどの品物であった。一度これだけのステッキを持つと、まがい物の中等品は持てないのだ。

貴様、ちょっと来い。刑事はいきなり私の腕をつかんだ。

「バカヤロー。貴様がヨタモノでなくてどうする。そのステッキは人殺しの道具じゃないか」

「これはハイキングのステッキさ。刑事が、それくらいのことを知らないのかね」

「この助平」

女が憤然立ち上がった。

「この方はね、私が泊まれと言っても泊まったことのない人なんだ。アパートをきいても教えてくれないほどの人なんだ。見損うな」

そこで刑事は私のことはあきらめたのである。そこで今度は男の腕をつかんだ。男は前にも留置場へ入れられたことがあり、刑事とは顔ナジミであった。

「貴様、まだ、うろついているな。その腕時計はどこで盗んだ」

「貰《もら》ったんですよ」

「いいから、来い」

男は馴《な》れているから、さからわなかった。落ち着いて立ち上がって、並んで外へでた。そのとき女は椅子を踏み台にしてスタンドの卓をとび降りて跣足《はだし》でとびだした。卓の上の徳利とコップが跳ねかえって落ちて割れ、女は刑事にむしゃぶりついて泣き喚《わめ》いた。

「この人は私の亭主だい。私の亭主をどうするのさ」

私はこの言葉は気に入った。しかし女は吠《ほ》えるように泣きじゃくっているので、スタンドの卓を飛び降りた疾風のような鋭さも竜頭蛇尾であった。刑事はいくらか呆気《あっけ》にとられたが女の泣き方がだらしがないので、ひるまなかった。

「この人は本当にこの女の人の旦那《だんな》さんです」

と私も出て行って説明したが、だめだった。男は私に黙礼して、落ち付いて、肩をならべて行ってしまった。そのときだ、ちょうどそこに露地があり、露地の奥から私の女が出てきたのだ。女は黒い服に黒い外套《がいとう》をきており、白い顔だけが浮いたように街燈のほの明かりの下に現われたとき、私はどういうわけなのか見当がつかなかったが、非常に不快を感じた。私たちのつながりの宿命的な不自然について、胸につきあがる怒りを覚えた。

私の女は私に、行きましょう、と言った。当然私が従わねばならぬ命令のようなものと、優越のようなものが露骨であった。私はむらむらと怒りが燃えた。私は黙って店内へ戻って酒をのみはじめた。私の前には女と男が一本ずつつくれた二本の酒があるのだが、私はもはや吐き気を催して実際は酒の匂いもかぎたくなかった。女は帰らないの、と言ったが、帰らない、君だけ帰れ、女は怒って行ってしまった。

ところが私はさんざんで、私はスタンドの気違い女に追いだされてしまったのである。この女は逆上すると気違いだ。行ってくれ、このヤロー、気取りやがるな、と女は私に喚いた。なんだい、あいつが彼女かい、いけ好かない、行かなきゃ水をぶっかけてやるよ。そして立ち去る私のすぐ背中にガラス戸をガラガラ締めて、アバヨ、もううちじゃ飲ませてやらないよ、とっとと消えてなくなれ、と言った。

私の女が夜更けの道を歩いてきたのには理由があって、女のもとへ昔の良人《おっと》がやってきて、二人は数時間睨《にら》み合っていたが、女は思いたって外へでた。男は追わなかったそうである。そして私のアパートへ急ぐ途中、偶然、奇妙な場面にぶつかって、露地にかくれて逐一見とどけたのであった。女の心事はいささか悲愴《ひそう》なものがあったが、私のようなニヒリストにはただその通俗が鼻につくばかり、私は布団をかぶって酔いつぶれ寝てしまう、女は外套もぬがず、壁にもたれて夜を明かし、明け方私をゆり起こした。女はひどく怒っていた。女は夜が明けたら二人で旅行にでようと言っていたのだ。しかし、私も怒っていた。起き上がると、私は言った。

「なぜ昨日の出来事のようなときに君は横から飛びだしてきて僕に帰ろうと命令するのだ。君は僕を縛ることはできないのだ。僕の生活には君の関係していない部分がある。たとえば昨日の出来事などは君には無関係な出来事だ。あの場合君に許されている特権は僕の留守の部屋へ勝手に上がりこんで僕の帰りを待つことができるというだけだ。君が偶然あの場所を通りかかったということによって僕の行為に掣肘《せいちゅう》を加える何の権力も生まれはしない。君と僕とのつながりには、つながった部分以上に二人の自由を縛りあう何の特権もあり得ないのだ」

女は極度に強情であったが、他にさしせまった目的があるときは、そのために一時を忍ぶ方法を心得ていた。彼女は否応《いやおう》なしに私を連れだして汽車に乗せてしまい、その汽車が一時間も走って麦畑のほかに何も見えないようなところへさしかかってから

「自由を束縛してはいけないたって、女房ですもの、当然だわ」

もはや私は答えなかった。私が女を所有したことがいけないのだ。しかし、それよりも、もっと切ないことがある。それは私が、私自身を何一つ書き残していない、ということだった。私はそのころラディゲの年齢を考えてほろ苦くなる習慣があった。ラディゲは二十三で死んでいる。私の年齢は何という無駄な年齢だろうと考える。今はもう馬鹿みたいに長く生きすぎたからラディゲの年齢などは考えることがなくなったが、年齢と仕事の空虚を考えてそのころは血を吐くような悲しさがあった。私はいったいどこへ行くのだろう。この汽車の旅行は女が私を連れて行くが、私の魂の行く先は誰が連れて行くのだろうか。私の魂を私自身が握っていないことだけがわかった。これが本当の落伍者《らくご》だ。生計的に落魄《らくはく》し、世間的に不問に付されていることは悲劇ではない。自分が自分の魂を握り得ぬこと、これほどの虚《むな》しさ馬鹿さ惨めさがあるはずはない。女に連れられて行く先のわからぬ汽車に乗っている虚しさなどは、末の末、最高のものを持つか、何物も持たないか、なぜその貞節を失ったのか。しかし私がこの女を「所有しなくなる」ことによって、果たしてまことの貞節を取り戻し得るかと

いうことになると、私はもはや全く自信を失っていた。私は何も見当がなかった。私自身の魂に。そして魂の行く先に。

＊

私は「形の堕落」を好まなかった。それはただ薄汚いばかりで、本来つまらぬものであり、魂自体の淪落《りんらく》とつながるものではないと信じていたからであった。

女の従妹《いとこ》にアキという女があった。結婚して七、八年にもなり良人がいるが、喫茶店などで大学生を探して浮気をしている女で、千人の男を知りたいと言っており、肉《に》慾《よく》の快楽だけを生き甲斐《がい》にしていた。こういう女は陳腐であり、私はその魂の低さを嫌っていた。一見綺麗《きれい》な顔立ちで、瘦《や》せこけた、いかにも薄情そうな女で、いつでも遊びに応じる風情で、私の好色を刺激しないことはなかったが、私はかかる陳腐な魂と同列になり下がることを好まなかった。私が女に「遊ぼう」と一言ささやければそれでよい。そしてその次に起こることはただ通俗な遊びだけで、遊びの陶酔を深めるための多少のたしなみも複雑さもない。ただ安直な、投げだされた肉慾があるだけだった。

そう信じている私であったが、私は駄目であった。あるとき私の女が、離婚のことで帰郷して十日ほどいないことがあり、アキが来て御飯こしらえてあげると言って酒を飲むと、もとより女はその考えのことであり、私は自分の好色を押えることができなかった。

この女の対象はただ男のおのおのの生殖器で、それに対する好奇心が全部であった。遊びの果てに私が見いださねばならぬことは、私自身が私自身ではなく単なる生殖器であり、それはこの女と対するかぎり如何《いかん》とも為《な》しがたい現実の事実なのであった。もしも私が単なる生殖器から高まるために、何かより高い人間であることを示すために、女に向かって無益な努力を重ねるなら、私はより多く馬鹿になる一方だ。事実私はすでにそれ以上に少しも高くはないのである。だから私はハッキリ生殖器自体に定着して女とよもやまの話をはじめた。

女は私が三文文士であることを知っているので、男にかわいく見えるにはどうすればよいかということを細々と訊《たず》ねた。女は主として大衆作家の小説から技術を習得している様子であったが、その道にかけては彼らの方が私より巧者にきまっているから私などそれに付け足す何もない、私がそう言うと女は満足した様子に見えた。女は学生たちの大半は物足らないのだと言った。私がハズをだまし、あなたがマダムをだまして、隠れて遊ぶのはたのしいわね、と女が言った。私は別にたのしくはない。私はただ陳腐な、それは全く陳腐それ自体で、鼻につくばかりであった。

女の肉体は魅力がなかった。女は男の生殖器の好奇心のみで生きているので、自分自身の肉体的の実際の魅力について最大の不安をもっていた。けれども、そういうことも、自分の肉慾の満足だけで生きている事柄自体に、最も魅力がないのだということについて、女は全然さとらなかった。

単なるエゴイズムというものは、肉慾の最後の場でも、低級浅薄なものである。自分の陶酔や満足だけをもとめるというエゴイズムが、肉慾の場においても、その真実の価値として高いものではあり得ない。真実の娼婦《しょうふ》は自分の陶酔を犠牲にしているに相違ない。彼女らはその道の技術家だ。天性の技術家だ。だから天才を要するのだ。それはわれわれの仕事にも似ている。真実の価値あるものを生むためには、必ず自己犠牲が必要なのだ。人のために捧《ささ》げられた奉仕の魂が必要だ。その魂が天来のものである時には、決して幇間《ほうかん》の姿のごとく卑小賤劣なものではなく、芸術の高さにあるものだ。そしていかなる天才も目先の小さな我慾だけに狂ってしまうと、高さ、その真実の価値は一挙に下落し死滅する。

この女は着物の着こなしの技巧などについて細々と考え、どんなふうにすればウブな女に見えるとか、どの程度に襟や腕を露出すれば男の好色をかきたてうるとか、そしてそういう計算から煙草も酒も飲まない女であった。しかしながら、この女の最後のものは自分の陶酔ということだけで、天性の自己犠牲の魂はなかった。裸になれば、それまでだ。どんなにウブに見せ、襟足や腕の露出の程度について魅力を考えても、裸になれば、それまでのことだ。その真実の魂の低さについて、この女は全く悟るところがなかった。

私はそのころ最も悪魔について考えた。悪魔はすべてを欲する。しかし、常に充《み》ち足りることがない。その退屈は生命の最後の崖《がけ》だと私は思う。しかし、悪魔はそこから自己犠牲に回帰する手段について知らない。悪魔はただニヒリストであるだけで、それ以上の何者でもない。私はその悪魔の退屈に自虐的な大きな魅力を覚えながら、同時に呪わずにいられなかった。私は単なる悪魔であってはいけない。私は人間でなければならないのだ。

しかし、私が人間になろうとする努力は、私が私の文学の才能の自信について考えるとき、私の思想の全部において、混乱し壊滅せざるを得なかった。

するともう、私自身が最も卑小なエゴイストでしかなかった。私は女を「所有した」ことによって、女の存在をただ呪わずにいられなかった。私は私の女の肉体が、その生殖器が特別魅力の少ないことについてまで、呪い、嘆かずにいられなかった。

「あなたのマダムのからだ、魅力がありそうね」

「魅力がないのだ。およそ、あらゆる女のなかで、私の知った女のからだの中で、誰よりも」

「あら、うそよ。だって、とても、かわいく、毛深いわ」

私は私の女の生殖器の構造について、今にも逐一語りたいような、低い心になるのであったが、私自身がもはやそれだけの屑《くず》のような生殖器にすぎないことを考え、私はともかく私の女に最後の侮辱を加えることを抑えている私自身の惨めな努力を心に寒々と突き放していた。

「君は何人の男を知った？」

「ねえ、マダムのあれ、どんなふうなの？　ごまかさないで、教えてよ」

「君のを、教えてやろうか」

「ええ」

女は変に自信をくずさずに、ギラギラした眼で笑って私を見つめている。

私はそのときふと思った。それは女のギラギラしている眼のせいだった。私はスタンドの汚い女を思ったのだ。あの女は酔っ払うといつも生殖器の話をした。男の、また、女の。そして、私に泊まらないかと言う時には、いつもギラギラした眼で笑っていた。

私は今度こそあのスタンドへ泊まろうと思った。いちばん汚いところまで、行けるところまで行ってやれ。そして最後にどうなるか、それはもう、俺は知らない。

＊

私はあの夜更けにスタンドを追いだされて以来、その店へ酒を飲みに行かなかった。そのころは十銭スタンドの隆盛時代で、すこし歩くつもりならどんな夜更けの飲酒にも困ることはなかったのだ。夜明けまでやっている屋台のおでん屋も常にあった。もっとも、この土地にはヨタモノが多く、そのために知らない店へ行くことが不安であったが、私はもはやそれも気にかけていなかった。

ある朝、私はその日のことを奇妙に歴々と天候まで覚えている。朝といっても十時半、十一時に近いころであった。うららかな昼だった。私は都心へ用たしに出かけるため京浜電車の停留場へ急ぐ途中スタンドの前を通ったのだが、私はその日に限って、なにがしかまとまった金をふところに持っていた。ちょうどスタンドの女が起きて店の掃除を終えたところであった。ガラス戸が開け放されていたので、店内の女は私を認めて追っかけてきた。

「ちょっと。どうしたのよ。あなた、怒ったの？」

「やあ、おはよう」

「あの晩はすみませんでしたわ。私、のぼせると、わけがわからなくなるのよ。また、飲みにきてちょうだいね」

「今、飲もう」

私はとっさに決意した。ふところに金のあることを考えた。用たしも流せ。金も流せ。自分自身を流すのだ。私はこの女を連れて落ちるところまで堕《お》ちてやろうと思った。私は落ち付いて飲みはじめた。女は飲まなかった。私は朝食前であったから、酔いが全身にまわったが、泥酔はしていなかった。

「泊まりに行こうよ」

と私は言った。女は尻込《しりご》みして、ニヤニヤ笑いながら、かぶりを振った。

「行こうよ。すぐに」

私は当然のことを主張しているように断定的であったが、女の笑い顔は次第に太々《ふてぶて》しく落ち付いてきた。

「どうかしてるわね。今日は」

「俺は君が好きなんだ」

女の顔にはあらわに苦笑が浮かんだ。女は返事をしなかったが、苦笑の中には言葉以上の言葉があった。私は女の顔が世にも汚い、その汚さは不潔という意味が同時にこもった、そしてからだが団子のかたまりを合わせたような、それはちょうど足の短い畸型《きけい》の侏儒《しゅじゅ》と人間との合いの子のように感じられるどう考えても美しくない全部のものを冷静に意識の上に並べなおした。そして、その女に苦笑され、蔑《さげす》まれ、あわれまれている私自身の姿について考えた。うぬぼれの強い私の心に、しかし、怒りも、反抗もなかった。悔いもなかった。そういう太虚の状態から、人はたぶんいろいろの自分の心を組み立て得、意志し得る状態であったと思う。私はしかし堕ちて行く快感をふと選びそしてそれに身をまかせた。私はこの日の一切の行為のうちで、この瞬間の私がいちばん作為的であり、卑劣であったと思っている。なぜなら、私の選んだことは、私の意志であるよりも、ひとつの通俗の型であった。私はそれに身をまかせた。そして何か快感の中にいるような亢奮《こうふん》を感じた。

私は卓の下のくぐりをあけて犬のように這入《はい》ろうとした。女は立ち上がって戸を押えようとしたが、私の行動が早かったので、私はなんなく内側へ這入った。けれども女を押えようとするうちに、女はもうすりぬけて、あべこべに外側へくぐり出ていた。両方の位置が変わって向き直った時には私はさすがにてれかくしに苦笑せずにいられなかった。

「泊まりに行こうよ」

と私は笑いながらも、しつこく言いつづけた。

「商売の女のところへ行きな」

と女の笑顔はますます太々しかった。

「昼ひなか、だらしがないね。私はしつこいことはキライさ」

と女は吐きだすように言った。

私の頭には「商売の女のところへ」という言葉が強くからみついていた。この不潔な女すら羞《はずか》しめうる階級が存在するということは私の大いなる意外であった。私はアキを思いだした。その思いつきは私を有頂天にした。アキなら否むはずはない。特別の事情のないかぎり否むはずはあり得ない。この侏儒と人間の合いの子のような畸型な不潔な女にすら羞しめられる女がアキであるということをこの畸型の女も知るはずはなく、もとよりアキも、私以外に誰も知らない。この発見のたのもしさは私の情慾《じょうよく》をかきたてた。私はもう好色のかたまりにすぎなかった。そして畸型の醜女《しこめ》の代わりにアキの美貌《びぼう》に思いついた満足で私の好色はふくらみあがり、私は新たな目的のために期待だけが全部であった。

私は改めて酒を飲んだ。女は酒をだし渋ったが、私が別人のように落ち付いたので、意味がわからぬ様子であった。私はビール瓶に酒をつめさせた。それをぶら下げて、でかけた。

アキは気取り屋であった。金持ちの有閑マダムであるように言いふらして大学生と遊んでいたが、およそ貧乏なサラリーマンの女房で、豪奢《ごうしゃ》な着物は一張羅だった。その気取りに私は反撥《はんぱつ》を感じていた。気取りに比べて内容の低さを私は蔑んでいたのである。思いあがっていた。そのくせ常に苛々《いらいら》していた。それはただ肉慾がみたされないためだけのせいであり、常に男をさがしている眼、それが魂の全部であった。

私はアキをよびだして、海岸の温泉旅館へ行った。すべては私の思うように運んだ。

私はアキを蔑んでいると言った。そしてこの気取り屋が畸型の醜女にすら羞しめられる女であることを見いだした喜びでいっぱいだったと言った。そういうふうに一度は考えたに相違ないのは事実であったが、それはただ考えたというだけのことで、私の情慾を豊かにするための絢《あや》であり、私の期待と亢奮は全く好色がすべてであった。私は人を羞しめ傷つけることは好きではない。人を羞しめ傷つけるに堪えうるだけの自分の拠《よ》りどころを持たないのだ。吐くツバは必ず自分へ戻ってくる。私は根柢《こんてい》的に弱気で謙虚であった。それは自信のないためであり、他への妥協で、私はそれを卑しんだが、脱けだすことができなかった。

私はしかし酔っていた。アキは良人《おっと》の手前があるので夜の八時ごろ帰ったが、私はチャブ台の上の冷えた徳利の酒をのみ、後ろ姿を追っかけるように、突然、なぜアキを誘ったか、その日の顚末《てんまつ》をしゃべりはじめた。私はアキの怒った色にも気づかなかった。私は得意であった。そしてアキの帰ったのちに、さらに芸者をよんで、夜更けまで酒をのんだ。そして翌日アパートへ帰ると、胃からドス黒い血を吐いた。五合ぐらいも血を吐いた。

しかし、アキの復讐《ふくしゅう》はさらに辛辣《しんらつ》だった。アキは私の女にすべてを語った。それはあくどいものだった。肉体の行為、私のしわざの一部始終を一々描写してきかせるのだ。私の女のからだには魅力がないと言ったこと、他の誰よりも魅力がないと言ったこと、すべて女に不快なことは掘りだし拾いあつめて仔細《しさい》に語ってきかせた。

＊

私は女のねがいは何と悲しいものであろうかと思う。馬鹿げたものであろうかと思う。

狂乱状態の怒りがおさまると、女はむしろ二人だけの愛情が深められているように感じているとしか思われないような親しさに戻った。そして女が必死に希《ねが》っていることは、二人の仲の良さをアキに見せつけてやりたい、ということだった。アキの前で一時間も接吻《せっぷん》して、と女は駄々をこねるのだ。

こういう心情がいったいすなおなものだろうか。私は疑《うたぐ》らずにいられなかった。どこかしら、歪《ゆが》められている。どこかしら、不自然があると私は思う。女の本性がこれだけのものなら、女は軽蔑《けいべつ》すべき低俗な存在だが、しかし、私はそういうふうに思うことができないのである。最もすなおな、自然に見える心情すらも、時に、歪められているものがある。まず思え。嫌われながら、共に住むことが自然だろうか。愛なくして、共に住むことが自然だろうか。

私はむかし友達のオデン屋のオヤジを誘ってとある酒場で酒をのんでいた。酒場の女給がある作家の悪口を言った。オデン屋のオヤジは文学青年でその作家とは個人的に親しくその愛顧に対して恩義を感じていた。それで怒って突然立ち上がって女を殴り大騒ぎをやらかしたことがある。義理人情というものは大概この程度に不自然なものだ。殴った当人は当然だと思い、正しいことをしたと思って自慢にしているのだから始末が悪い。彼が恩義を感じていることは彼の個人的なことであり、決して一般的な真実ではない。その特殊なつながりをもたない女が何を言っても、彼の特殊な立場とは本来交渉のないことだ。私は復讐の心情は多くの場合、このオデン屋のオヤジの場合のように、どこか車の心棒がはずれているのだと思う。大概は当人自体の何か大事な心棒を歪めたり、はずしたままで気づかなかったりして、自分の手落ちの感情の処理まで復讐の情熱に転嫁して甘えているのではないかと思う。

まもなく私と女は東京にいられなくなった。女の良人が刃物をふり廻《まわ》しはじめたので、逃げださねばならなくなったのだ。

私たちはある地方の小都市のアパートの一室をかりて、私はとうとう女と同じ一室で暮らさねばならなくなっていた。私はしかしこれは女のカラクリであったと思う。

私と同じ一室に、しかもほかの知り人から距《へだた》って、二人だけで住みたいことが女のねがいであったと思う。男が私の住所を突きとめ刃物をふりまわして躍りこむから、と言うのだが、私はたぶん女のカラクリであろうと始めから察したので、それを私は怖れないと言うのだが、女は無理に私をせきたてて、そして私は知らない町の知らない小さなアパートへ移りすむようになっていた。

私は一応従順であった。その最大の理由は、女と別れる道徳的責任について自分を納得させることができないからであった。私は女を愛していなかった。女は私を愛していた。私は「アドルフ」の中の一節だけを奇妙によく思いだした。遊学する子供に父が訓戒するところで「女の必要があったら金で別れることのできる女をつくれ」と言う一節だった。私は、「アドルフ」を読みたいと思った。町に小さな図書館があったが、フランスの本はなかった。岩波文庫の「アドルフ」はまだ出版されていなかった。私はしかし図書館へ通った。私自身に考える気力がなかったので、私は私の考えを本の中から探しだしたいと考えた。読みたい本もなく、読みつづける根気もなかった。私はしかし根気よく図書館に通った。私は本の目録をくりながら、いつも、こう考えるのだ。俺の心はどこにあるのだろう？　どこか、このへんに、俺の心が、かくされていないか？　私はとうとう論語も読み、徒然草《つれづれぐさ》も読んだ。もちろん、いくらも読まないうちに、読みつづける気力を失っていた。

するると皮肉なもので、突然アキが私たちをたよって落ちのびてきたのだ。アキは淋《りん》病《びょう》になっていた。それがわかると、男に追いだされてしまったのだ。もっとも、男に新しい女ができたのが実際の理由で、淋病はその女から男へ、男からアキへ伝染したのが本当の径路なのだというのだが、アキ自身、どうでもいいや、というとおり、どうでもよかったに相違ない。アキは薄情な女だから友達がない。天地に私の女以外にたよるところはなかった。

私の女が私をこの田舎町へ移した理由は、私をアキから離すことが最大の眼目であったと思う。それは痛烈な思いであったに相違ない。なぜなら、女はその肉体の行為の最大の陶酔のとき、必ず迸《ほとばし》る言葉があった。アキ子にもこんなにしてやったの！そして目が怒りのために狂っているのだ。それが陶酔の頂点における譫言《うわごと》だった。その陶酔の頂点において目が怒りに燃えている。常に変わらざる習慣だった。なんということだろう、と私は思う。

この卑小さは何事だろうかと私は思う。これが果たして人間というものであろうか。この卑小さは痛烈な真実であるよりも奇怪であり痴呆《ちほう》的だと私は思った。いったい女は私の真実の心を見たらどうするつもりなのだろう？　一人のアキは問題ではない。私はあらゆる女を欲している。女と遊んでいるときに、私はおおむねほかの女を目に描いていた。

しかし女の魂はさのみ純粋なものではなかった。私はあるとき娼家《しょうか》に宿り淋病をうつされたことがあった。私は女にうつすことを怖れたから正直に白状に及んで、全治するまで遊ぶことを中止すると言ったのだが、女は私の遊蕩《ゆうとう》をさのみ咎《とが》めないばかりか、うつされてもよいと言って、全治せぬうちに遊ぼうとした。それには理由があったのだ。女の良人は梅毒であり、女の子供は遺伝梅毒であった。夫婦の不和の始まりはそれであったが、女は医療の結果について必ずしも自信をもっていなかった。そして彼女の最大の秘密はもしや私に梅毒がうつりはしないかということ、そのために私に嫌われはしないかということだった。そのために女は私とのあいびきの始まりは常に硫黄《いおう》泉へ行くことを主張した。私が淋病になったことは、女の罪悪感を軽減したのだ。女はもはやその最大の秘密によって私に怖れる必要はないと信じることができた。彼女はすすんで淋病のうつることすら欲したのだった。

私はそのような心情をいじらしいとは思わなかった。いじらしさとは、そのようなことではない。むしろ卑劣だと私は思った。私は差引計算や、バランスをとる心掛けが好きではない。自分自身を潔く投げだして、それ自体の中に救いの路《みち》をもとめる以外に正しさはないではないか。それはともかく私自身のたった一つの確信だった。その一つの確信だけはまだそのときも失われずに残っていた。私の女の魂がともかく低俗なものであるのを、私は常に、砂を噛《か》む思いのように、噛《か》みつづけ、しかし、私自身がそれ以上の何者でもあり得ぬ悲しさをさらに虚《むな》しく嚙みつづけねばならなかった。正義！　正義！　私の魂には正義がなかった。正義とは何だ！　私にもわからん。正義、正義。私は布団をかぶって、ひとすじの涙をぬぐう夜もあった。

私の女はいたわりの心の深い女であるから、よるべないアキの長々の滞在にも表面にさしたる不快も厭《いや》がらせも見せなかった。しかし、その復讐は執拗《しつよう》だった。アキの面前で私に特別たわむれた。アキは平然たるものだった。苦笑すらもしなかった。

アキは毎日淋病の病院へ通った。それから汽車に乗って田舎の都市のダンスホールへ男を探しに行った。男はなかなか見つからなかった。夜更けにむなしく帰ってきて冷たい寝床へもぐりこむ。病院の医者をダンスホールへ誘ったが、応じないので、病院通いもやめてしまった。医者にふられちゃったわ、とチャラチャラ笑った。その金属質な笑い方は爽《さわ》やかだったが、夜更けにむなしく戻ってきて一人の寝床へもぐりこむ姿には、老婆のような薄汚い疲れがあった。何一つ情慾《じょうよく》をそそる色気がなかった。私はむしろ我が目を疑った。一人の寝床へもぐりこむ女の姿というものは、こんなに色気のないものだろうか。布団を持ちあげて足からからだをもぐらして行く泥くさい女の姿に、私は思いがけない人の子の宿命の哀れを感じた。

アキの品物は一つ一つ失くなった。私の女からいくらかずつの金を借りてダンスホールへ行くようになった。しかし男は見つからなかった。それでも働く決意はつかないのだ。踊り子や女給を軽蔑し、妙な気位をもっており、うぬぼれに憑《つ》かれているのだ。

最後の運だめしと言って、病院の医者を誘惑に行き、すげなく追いかえされて戻ってきた。夕方であった。私が図書館から帰るとき、病院を出てくるアキに会った。私たちはそこから神社の境内の樹木の深い公園をぬけてアパートへ帰るのである。公園の中に枝を張った椎《しい》の木の巨木があった。

「あの木は男のあれに似てるわね。あんなのがほんとにあったら、壮大だわね」

アキは例のチャラチャラと笑った。

私はアキが私たちの部屋に住むようになり、その孤独な姿を見ているうちに、次第にわかりかけてきたように思われる言葉があった。それはエゴイストということだった。アキは着物の着こなしについて男をだます工夫をこらす。しかし、裸になればそれまでなのだ。自分一人の快楽をもとめているだけなのだから、刹那《せつな》的な満足の代りに軽蔑と侮辱を受けるだけで、野合以上の何物でもあり得ない。肉慾の場合においても単なるエゴイズムは低俗陳腐なものである。すぐれた娼婦《しょうふ》は芸術家の宿命と同じこと、常にみずから満たされてはいけない、また、満たし得る由もない。己れは常に犠牲者にすぎないのだ。

芸術家は——私はそこで思う。人のために生きること。奉仕のために捧《ささ》げられること。私は毎日そのことを考えた。

「己れの欲するものをささげることによって、真実の自足に到ること。己れを失うことによって、己れを見出すこと」

私は「無償の行為」という言葉を、考えつづけていたのである。

私はしかし、私自身の口によって発せられるその言葉が、単なる虚偽にすぎないことを知っていた。言葉の意味自体はあるいは真実であるかも知れない。しかし、そのような真実は何物でもない。私の「現身《うつしみ》」にとって、それが私の真実の生活であるか、虚偽の生活であるか、ということだけが全部であった。

虚しい形骸《けいがい》のみの言葉であった。私は自分の虚しさに寒々とする。虚しい言葉のみ追いかけている空虚な自分に飽き飽きする。私はどこへ行くのだろう。この虚しい、ただ浅ましい一つの影は。私は汽車を見るのが嫌いであった。特別ゴトンゴトンという貨物列車が嫌いであった。線路を見るのは切なかった。目当てのない、そして涯《はて》のない、無限につづく私の行路を見るような気がするから。

私は息をひそめ、耳を澄ましていた。女たちのめざましい肉慾の陰で。低俗な魂の陰で。エゴイズムの陰で。私がいったい私自身がそのほかの何物なのであろうか。いずこへ？　いずこへ？　私はすべてがわからなかった。

三十歳

冬であった。あるいは、冬になろうとするころであった。私の三十歳の十一月末か十二月の始めごろ。

あのころのことは、殆《ほとん》ど記憶に残っていない。二十七歳の追憶のところで書いておいたが、私はこのことについては、忘れようと努力した長い年月があったのである。そして、その努力がもはや不要になったのは、あの人の訃報《ふほう》が訪れた時であった。私は始めてあの人のこと、あのころのことを思いだしてみようとしたが、その時はもう、みんな忘れて、とりとめのない断片だけがあるばかり、今もなお、首尾一貫したものがない。

日暮れであった。いや、いつか、日暮れになったのだ。あの人が来たとき、私がハッキリ覚えているのは、私がひどく汚らしい顔をしていたことだけだ。私はその一週間ぐらい顔を剃《そ》らなかったのだ。

私は自分のヒゲヅラがきらいである。汚らしく、みすぼらしいというより、なんだか、いかにも悪者らしく、不潔な魂が目だってくる。ヒゲがあると、目まで濁る。陰《いん》鬱《うつ》で、邪悪だ。

そのくせ不精な私は、なかなかヒゲを剃ることができない。私のヒゲはかたいので、タオルでむす必要があるから、それが煩わしいのである。仕事をしながら頬杖《ほおづえ》をつくと、掌《てのひら》にヒゲが当たる。すると私は不愉快になり、濁った暗い目を想像して居たたまらなくなるのであるが、不精な私はそれをどうすることもできない。鏡を見ないように努め、思いださないように努める。

私は「いずこへ」の女とズルズルベッタリの生活から別れて帰ってきたのであった。母の住む蒲田《かまた》の家へ。「いずこへ」の女と私は女の良人《おっと》の追跡をのがれて逃げまわり、最後に、浦和《うらわ》の駅近くのアパートに落ち着いた。そこで私たちはハッキリ別れをつけて、私はいったん私のもといた大森のアパートへ戻って始末をつけて、母の家へ戻ったのだ。

すると、その三日目か四日目ぐらいに、あの人が訪ねてきたのだ。四年ぶりのことである。母の家へ戻ったことを、遠方から透視していたようであった。常に見まもり、そして帰宅を待ちかねて、やってきたのだ。別れたばかりの女のことも知りぬいていた。

私はいったい、なぜだろうかと疑った。あの人に私の動静を伝える人の心当たりがないのである。この不思議は十二年間私の頭にからみついて放れなかった。私が真相を知り得たのは去年の春のことであった。

山口県のMという未知の人から、私は突然手紙をもらった。次のようなものである。

突然お手紙を差し上げます。その前に、ただ今不用意に突然と書きましたが、私に致しますと、あなたにお手紙差し上げますのは、十年来の願いでありますので、その訳を一言のべさせていただきます。

昭和十年ごろ（そのころ私は早稲田の第二学院の生徒でした）下落合の矢田津世子さんのお宅で雑誌「作品」の御作拝見しました。たしか、いくつも拝見させていただきましたが、その中で題名を記憶していますのは「淫者山に入る」という作品だけでございます。しかし、題を忘れたと申しましても、その時の私の印象の強烈さは、とうてい今申し上げても御信じにならないほどでありました。少しキザな表現ですが、戸塚付近の散歩に、あなたのお名前をくりかえして歩いていたこともございます。

ちょうどそのころ、偶然あなたが私の同郷の知人の所有のアパートに棲《す》んでいらっしゃることを知りました。私の知人とは、佐川という人で、アパートは大森堤方のみどり荘と十二天アパートで、その後者にあなたがいられることを知ったわけです。

管理人からあなたの御噂をきいたきり、当時の私は怖ろしくて、御逢《おあ》いすることができませんでした。その管理人は、あなたについて、非常に私を怖れさせることを申しますので、いくども御部屋の前でたたずみながら、断念して戻りました。(中略)それから十年、終戦後の御作を読むうち、「戯作について」の日記の記事に、茫然《ぼうぜん》と致したのです。

あのころの私は毎日のように矢田さんをお訪ね致しておりました。矢田さんの寛大な心に甘えて、私はダダッ子のように黙って坐《すわ》って、あの方の放心とも物思いともつかぬ寂しい顔や、複雑な微笑の翳《かげ》を目にとめて、私は泌《し》みるような澄んだ思いになるのでした。矢田さんは、寂しい人です。どうして、こんなに寂しい人なのだろう。美《び》貌《ぼう》と才気にめぐまれたこの人の心をあたためる何物もないのだろうか、私はいつも自問自答していたのです。

あなたと矢田さんが、あのような関係にあったとは! 矢田さんにも幸福な時があったんだ、私は当時を追憶して、思いは切なく澄むばかりです。(下略)

手紙の中に同封して、何かのお役に立てば、と、写真が一枚はいっていた。M氏の下宿の窓から矢田さんの部屋の窓をうつしたもので、屋根と窓と空があるばかりの写真であった。

矢田さんが私の何年かの動静を手にとるごとく知っていたのはムリがない。あのアパートの私の部屋は管理人室の向かいにあった。そこへ毎日、女が通っていた。M氏は私の動静を、私がたとえば友人には秘密のことまで知っていたに相違ない。そしてそれはすべて矢田さんに語り伝えられていたであろう。

私はその三年間、あの人のことを思いつめていたのだ。そう言ってしまえば、たしかにそうだ。私の感情はあの人をめぐって狂っていた。恋愛というものは、いわば一つの狂気であろう。私の心にすむあの人の姿が遠く離れれば離れるほど、私の狂気は深まっていた。

私はあの人をこの世で最も不潔な魂の、不潔な肉体の人だというふうに考える。そう考え、それを信じきらずにはいられなくなるのであった。

そして、その不潔な人をさらに卑しめ辱しめるために、最も高貴な一人の女を空想しようと考える。すると、それも、いつしか矢田津世子になっている。気違いめいたこの相剋《そうこく》は、平凡な日常生活の思わぬところへ別の形で現われてもいた。

そして私が「いずこへ」の女と別れる時には、私はどうしてもこの狂気の処置をつけなければならないことを決意していたのである。求婚の形でか、より激しく狂気の形でか、強姦《ごうかん》の形でか、とにかく何か一つの処置がなければならぬことだけは信じていた。

矢田津世子も、たぶん、そうであったらしい。二人は別々に離れて、同じような悲しい狂気に身悶《みもだ》えていたらしい。

あの人が訪ねてきたとき、私はちょうど、玄関の隣りの茶の間に一人で坐っていた。そして私が取り次ぎにでた。

あの人は青ざめて、私を睨《にら》んで立っていた。無言であった。睨みつづけることしか、できないようであった。私の方から、お上がりなさい、と言葉をかけた。テーブルをはさんで椅子にかけて、二人は睨みあっていた。

私は私のヒゲヅラが気にかかっていたのを忘れない。その私にくらべれば、矢田さんは一つのことしか思いこんでいなかったようだ。やがて私をハッキリと、ひときわ睨みすくめて、言った。

「私はあなたのお顔を見たら、一と言だけ怒鳴って、扉をしめて、すぐ立ち去るつもりでした。私はあなたを愛しています、と、その一と言だけ」

私はそう驚きもしなかったようだ。はじめから、もう、ただならぬものがあったから、われわれがわれわれの最も重大なことにふれる日だということを、私はすでに知っていたに相違ない。

私が最も驚いたのは、一と言だけ怒鳴って、という、怒鳴って、という表現だった。あの人が通常使う言葉ではない。そこには気違いじみた殺気があった。私はあの人がすこし狂ったのじゃないかと思った。

あの人は目をとじていた。言うべきことを言ったのだ。そして、扉をしめて立ち去らずに、なお私の前にいるだけのことである。

こうなれば、私自身の言うべきことも、ただ一つしかないだけのことだ。私はしかし、あの人のように一途《いちず》に決意をこめてはおらず、余裕があったので、愛とか恋とかいう言葉の表現や発音が、間の抜けたバカげたものになりはしないか、気がかりで、言葉の選択と表現法に長くこだわる時間がすぎた。

「僕もあなたを愛していました。四年間、気違いのように、思いつづけていたのです。この部屋で、四年前、あなたが訪ねてこられた日から気違いのようなものでした。いわばそれから、あなたのことばかり思いつめていたようなものです」

私がこう言い終わると、あの人がスックと立ち上がったように思ったが、実際は、あの人が顔を上げただけなのだ。その顔が青ざめはてて、怒りのために、ひきしまり、狂ったように、きつかったのだ。

「四年前に、なぜ、四年前に」

変に、だるく、くりかえした。

「なぜ、四年前に、それをおっしゃってくださらなかったのです」

そして、かすかに、つけ加えた。

「四年間……」

すると、あの人は、うつろな目をあけたまま、茫然と虚脱し、放心しているのだ。

私はたぶんいろいろな悲しいことを思ったであろう。

何を考え、何を言ったか、あとはもう、私はほとんど覚えていない。

「外へでましょう」

と私が言って、出たのを覚えている。私は身も心も妙にひきしまり、寒気の抵抗の中で二人で歩きつづけていなければならないような気持ちであった。もう日暮れであった。寒い風がふいていた。

私たちは、蒲田から大森へ、また、大森から大井まで歩いた。

*

大井町で別れると、その時から、私はもう不安と苦痛に堪えがたい思いであった。たしか三日のあとに逢う約束であったと思う。三日という長い時間が息絶えずに待ちきれるか、私は夜もろくに眠れなかったが、そのような狂気について、私はもはや追想の根気もなければ、書きしるしたい気持ちもない。

恋愛の情は同じ一つの狂気とはいえ、あの人と私の心は同じものではなかった。

あの人の心については、私はいろいろに言うことができるが、そしてそのどの一つもたぶん違っていないと思うが、しかし、すべてを言いきることは、むつかしい。

私の魂は荒廃し、すれ、獣類的ですらあったが、あの人は老成していた。それはなべて女のもつ性格の然らしめる当然であったようだ。

私は全く無能力者であった。私の小説などは一年にいくつと金にならず、おおむね零細な稿料であり、定収にちかいものといえば、都新聞*の匿名批評ぐらいのもの、それとて二十円ぐらいのもので、あとは出版社や友人からの借金で、食わなくとも酒はのむというような生活であった。故郷の兄からも補助を仰いでおり、また、竹村書房からは、時々相当まとまった借金もしていた。苦心の借金も、すべてこれを酒に費やしたと見て間違いない。

矢田津世子はそのころすでにかなり盛名をはせていたが、その作品は私を敬服せしめるものではなかったので、私は矢田津世子との再会によって、むしろ発奮の心を失ってしまったようだ。

矢田津世子に、あなたは天才ですから、威張って、意地を張り通して、くさらずに、やり通さなければいけません。くさって、諦《あきら》めて、投げてしまうのがいけないのです、と言われるたびに、なにを、つまらぬことを、私はあの人の良妻ぶったツマラナサを冷然と見くびるばかりであった。私はただ、むなしかっただけである。なんとなくバカらしいような落胆を感じた。私は愛人に憐《あわ》れまれていることの憤りを言うのではない。そのようなとき、彼女の盛名の虚《むな》しさを一途に嘲殺《ちょうさつ》していたかも知れない。

それが彼女にひびかぬワケはなかった。彼女は突然ヒステリックに言うのであった。

「私、女流作家然とみすぼらしい虚名なんかに安んじて、日本なんかにオダテラレ甘やかされていい気になっていたいなどと思ってはいないのです」

私はそのダシヌケなのに呆気《あっけ》にとられてしまう。しかし、あの人の顔は血の気がひいて、とがり、こわばっているのであった。

「私が女学校をでてまもないころ、私に求婚した最初の人があったんです。私が求婚に応じてあげなかったものですから、私の住む日本にいるのが堪えられないと、今は満洲《まんしゅう》に放浪し、呑《の》んだくれているのですけど、私のことを一生に一人の女だといって、世間の常識がどうあろうとも、自分の心には、妻だと言いきっているのです。粗野で、狂暴で、テンカン持ちのように発作的な激情家で、呑んだくれですけど、その魂には澄みわたった光がこもっているのです。日本も、そしてすべてのものを捨てて、満洲へ、あの人のところへ、とんで行きたくなることがあります。あの方の胸には清らかな光が宿っているから」

あなたの胸には、それがない。光もなければ、夢もない、陰鬱《いんうつ》な退屈と、悪意の眼があるばかりである。そう語っているのであろうが、なにを、甘ッちょろい、私の心は波立ちもせず、退屈しきっているのみだ。

しかし、甘くない何物もあるはずはない。存外にも、甘そうな見かけの物に、はなはだ甘からざる何かがあるもので、恋をする女の心、その眼の深さ冷たさ鋭さは、表面の甘っちょろい反射本能的な言動などとは比較にならぬものがあるようだ。

たとえば、あの人は、私のことを、あなたは天才だからなどと言いながら、そんな見方に定着しない意地悪い鋭さで、無慙《むざん》に現実的な観察を私の全部に行きとどかせていたのだ。

たとえば、私の無能力ということ、貧困ということ、世に容《い》れられぬ天才の不遇などという甘い見方とは露交わらぬ冷酷な目で、私の今いる無能力と貧困の実相をきびしく見つめていた。

ありていに言えば、正体はむしろこうであったろう。

あの人の本心が私のことをあなたは天才だからと言っているのではなく、私の虚栄深い企《たくら》みの心が、オレは天才だから不遇で貧乏で怠け者なんだ、そうあの人に言わせようとしていたのだ。あの人はその私の虚栄のカラクリの不潔さに堪えがたいものがあったのだ。

私は年が代わると、すぐ、松の内のすぎたばかりのころであった思いがするが、母の住む家をでて、本郷のKホテルの屋根裏へ引っ越した。

このホテルは戦災で焼けたということであるが、明治時代の古い木造の洋風三階建てで、その上に三畳ぐらいの時計塔のようなものが頭をだしていた。私が借りて住んだのは、この時計塔であった。特別の細い階段を上がるのだ。風が吹くと今にももぎれて落ちそうに揺れるから、風のおさまるまで友人の家へ避難するというような塔であった。

私には母といっしょの日本の古い家という陰惨な生活がたえられなかったのであるが、も一つの大きな理由は、別れた女がくるかも知れぬ。その女に逢《あ》ってしまうと、私はまたズルズルと古いクサレ縁へひきこまれるに相違ないという予感があった。なぜなら、私は矢田津世子に再会した一週ほどの後には、二人のツナガリはその激しい愛情を打ち開けあったというだけで、それ以上どうすることもできないらしいということを感じはじめていたからであった。

矢田津世子は、別れた女の人に悪いじゃないの、と言うのであった。そんな義理人情、私はさりげなく返答をにごしているが、肚《はら》では意地悪くあの人の言葉の裏の何ものかを見すくめて、軽蔑《けいべつ》しきっている。

またOさんに悪いから。Oさんは自殺するから、と言った。あの人と女流作家のOさんは友人以上に愛人であった。あの人と私のことがわかると、Oさんは自殺するであろう、というのだ。もとより私はそんな言葉は信じていない。

私は時計塔の殺風景な三畳に、非常に部屋に不似合いに坐《すわ》っている常識的で根は良妻型の有名な女流作家を見て見ぬようにヒソヒソと見すくめている。

この女流作家が怖れているのは、私の別れた女への義理人情や、同性愛の愛人へのイタワリなどであるはずはない。

この女流作家の凡庸な良識が最も怖れているのは、私の貧困、私の無能力というこ となのだ。殺風景なこの時計塔と、そこに猿のように住む私の現実を怖れているのだ。彼女は私の才能をあるいは信じているかも知れぬ。また、宿命的な何かによって、狂気にちかい恋心をたしかに私にいだいているかも知れない。

しかし、彼女をひきとめている力がある。彼女の真実の眼も心も、私のすむこの現実に定着して、それが実際の評価の規準となっている。彼女は叫んだ。

「私は女流作家然とみすぼらしい虚名なんかに安んじて、日本なんかに、オダテラレ、甘やかされて、いい気になっていたいなどと思ってはいないんです」

そして、日本も、また、すべてのものを捨てて、満洲へ行ってしまいたいのだ、という。

嘘だ。大嘘、マッカな嘘である。

私は冷たく考えた。事実、私は卑屈そのものでもあった。彼女の心は語っている。私の貧困と、私の無能力が、みすぼらしくて不潔だ、と。よろしい。私は卑屈に、うけいれる。じっさい、私は不潔で、みすぼらしい魂の人間なんだ。しかし、そういうあなたの本心はどうだ。あなたこそ、小さな虚しい盛名に縋《すが》りついているんじゃないか。その盛名が生きがいなんだ。虚栄なんだ。見栄《みえ》なんだ。その虚栄が、恋心にもかかわらず、私の現実を承認できないのじゃないか。

名声も、日本も、すべてを捨てて、満洲へ去りたいなどと虚栄児にも時には孤独者の夢想ぐらいはあるだろう。

だが、すべては、私のワガママであったと思う。私は卑屈であり、卑劣であったが、思い上がっていたのである。

私があるとき談話の中で「女」という言葉を使ったとき、「女の人」とおっしゃい、とあなたは言った。私はヘドモドして、ええ？ ハァ、女の人、うわずって言い直して、あやまったりしたが、私はしかし、口惜しさで、あなたを軽蔑しきっていた。

つまり私が、知り合いのさる女人をさして、その女が、と言った。すると矢田津世子は、その女の人とおっしゃい、と言うのだ。私の言葉づかいは粗暴無礼であるが、その女が、その女の人に変わったところで、その上品が何ものだというのであろう。

イヤらしい通俗性、イヤらしい虚栄、それがあなたのマガイのない姿なのだ。そしてそれが、単に虚名をもたないばかりで、時計塔の住人を猿のようなミジメなものに考えさせているのだ。

私はしかし、その後の数年、物を書くとき、気がかりで困ったものだ。その女、ではいけなくて、その女の人でなければならぬような、デリカシイのない言葉づかいをウッカリやらかしていないかと気がかりで困ったのだ。

そして私は、あさましいことに、女という字を書くたびにウッとつかえて、わざわざ女の人と書き直したことが何度あったかわからない。

私はそれだけの人間でもあるのだ。なぜそれだけの人間として、矢田津世子の凡庸な虚栄につつましく対処し、うけいれることができなかったのだろう。

私はつまり思いあがっていたのだ。

＊

当時を追憶して私が思うことは、私はあれほどの狂気のような恋をした。しかし、恋愛とは狂気なものではあるが、純粋なものではない、ということについてだ。狂気とか、狂人という、いわば一つを思いつめた世界も、それを純一に思いつめたせいではなく、思いつめ方に複雑で不純な歪《ゆが》みがあり、その歪みが結局、狂気の特質ではないかと私は思ったほどである。つまり、人間を狂気にするものは、人間の不純さであるかも知れぬ、というワケになろう。

しかし、狂気の恋愛は、純粋なものと思われやすい。私とても、それを一応純粋なものと思うのは普通であり、すくなくとも、その狂的な烈しさにおいて、これを純粋とよぶことはありうべきことである。つまり情熱のみの問題としては、一応純粋と言うべきであろう。

我々はおおむね七、八歳前後の幼年期に、年長の婦人に強い思慕をよせがちであるが、これは動物的なもので、だからそのために神経衰弱になるような人間的性格をともなわないものである。

成年の恋愛は人間のものである。情熱の高さのみが純粋であっても、人間が、純粋であるはずはあり得ない。

私はしかし、当時においては、情熱が高ければ純粋なものだ、という考え方を捨てるだけの経験がなかった。だから自己の不純さについて多くの苦しみを重ねもしたし、反面、情熱の高さ烈しさに依存して、それを一途《いちず》にまもることにも苦心した。その一々を思いだしてみることは、何の役にも立たないだろう。

今さら矢田津世子に再会したことがいけなかったのだ。私はあの人に会いたいと思いつづけていた。しかし、会わない方がいい、会ってはいけないという考えもあった。なぜであるか、当時の私にはシカと正体のつかみがたい不安と怖れであったが、それが正しかったのである。

あの人と会わない三年間に、あの人は私にとって、実在するあの人ではなくなっていた。

私は「いずこへ」の女といっしょにくらした二年ちかいあいだ、女と別れること、むしろ逃げることばかり考えていた。そのくせ、このまま、身を捨て、世を捨てる、なぜそれができないのかとも考えた。

私はたぶん、あのころは、何のために生きているのか知らなかったに相違ない。自殺とか、世を捨てるとか、そんなことを思う時間も多かった。そして私を漠然と生きさせ、生きぬこうとさせた力の主要なものは、たぶん「勝敗」ということ、勝ちたいということ、であったと私は思う。

勝利とは、何ものであろうか。各人各様であるが、正しい答えは、各人各様でないところにあるらしい。

たとえば、将棋指しは名人になることが勝利であると言うであろう。力士は横綱になることだと言うであろう。そこには世俗的な勝利の限界がハッキリしているけれども、そこには勝利というものはない。私自身にしたところで、人は私を流行作家というけれども、流行作家という事実が私に与えるものは、そこには俗世の勝利感すら実在しないということであった。

人間の慾《よく》は常に無い物ねだりである。そして、勝利も同じことだ。真実の勝利は、現実に所有しないものに向かって祈求されているだけのことだ。そして、勝利のあり得ざる理をさとり、敗北自体に充足をもとめる境地にも、やっぱり勝利はないはずである。

けれども、私は勝ちたいと思った。負けられぬと思った。何事に、何物に、であるか、私は知らない。負けられぬ、勝ちたい、ということは、世俗的な焦りであっても、私の場合は、同時に、そしてより多く、動物的な生命慾そのものにほかならなかったのだから。

私は「いずこへ」の女が夜の遊びをもとめる時に、時々逆上して怒った。

「君はそのために生きているのか！　そのためにオレが必要なのか！」

私にとって、私がそのことを怒るべき時期であったに相違ない。あの女とは限らない。どの女であるにしても、その事柄を怒らずにいられない時期であったと思う。

私は女の生理を呪った。女の情慾を汚らしいものだと思った。その私は、女以上に色好みで、汚らしい慾情に憑《つ》かれており、金を握れば遊里へとび、わざわざ遠い田舎町まで宿場女郎を買いに行ったりしていたのである。

私はこうして女の情慾に逆上的な怒りを燃やすたびに、神聖なものとして、一つだけ特別な女、矢田津世子のことを思いだしていた。もとより、それはバカげたことだ。もとより当時からそのバカらしさは気づいていたが、そうせずにいられなかっただけである。

一つの女体としての矢田津世子が、他のあらゆる女体と同じだけの汚らしさ悲しさにみちたものであることを、当時の私といえども知らぬはずはない。それどころか、女の情慾の汚らしさに逆上的な怒りを燃やすたびに、私はむしろ痛切に、矢田津世子がそれと同じものであることを痛く苦く納得させられ、その女の女体から矢田津世子の女体を教えられているのであった。

それにもかかわらず、逆上的な怒りのたびに、矢田津世子の同じ女体を、一つ特別な神聖なものとして思いだしてもいるのだ。

その矢田津世子は、私のあみだした生存の原理、魔術のカラクリであったのだろう。世に容《い》れられず、といえば大きすぎるが、世に拗《す》ね、人に隠れ、希望を失い、自信を失い、何がために生きるか目安を失い果てている私は、私の生命の火となるものを魔術のカラクリに托《たく》す以外にしかたがなかったであろう。

それがカラクリであるにしても、ともかく、その二年間、私は矢田津世子によって生きていた。それを生命の火としていた。そのバカらしさを知りながら、その夢に寄生していたのである。

＊

矢田津世子と再会して、混乱の時期が収まったとき、私の目に定着して、ゆるぎも見せぬ正体をあらわしたのは、矢田津世子の女体であった。その苦しさに、私は呻《うめ》いた。

三年間、私が夢に描いて恋いこがれていた矢田津世子は、もはや現実の矢田津世子ではなかったのだ。夢の中だけしか存在しない私の一つのアコガレであり、特別なものであった。

今日の私はその真相を理解することができたけれども、当時の私はそうではなかった。私の恋人は夢の中で生育した特別な矢田津世子であり、現実の矢田津世子ではなくなっていることを理解できなかったのだ。私はただ、驚き、訝《いぶか》り、現実の苦痛や奇怪に混乱をつづけ、深めていた。

現実の矢田津世子は、夢の中の矢田津世子には似ず、呆《あき》れるほど、別れたばかりの女に似ていた。むしろ、同じものであったのだ。同じ女体であったから。私はしかし、当時は、恋する人の名誉のために、同じ、という見方を許すことができなかったから、私の理解はくらみ、ますます混乱するばかりであったのである。

二十七歳のころは、私は矢田津世子の顔を見ているときは、救われ、そして安らかであった。三十歳の私は、別れたあとの苦痛の切なさは二十七のころと同じものであったが、顔を合わせている時は、苦しさだけで、救いもなく、安らかな心は影だになかった。

私はあの人と対座するや、猟犬の鋭い注意力のみが感官の全部にこもって、事々に、あの人の女体を嗅《か》ぎだし、これもあの女に似てるじゃないか、それもあの女と同じじゃないか、私は女体の発見に追いつめられ、苦悶《くもん》した。

そのくせ、二十七の矢田津世子はむしろ軽薄みだらであり、三十の矢田津世子は、緊張し、余裕がなかったのだ。

二十七の矢田津世子は、私に二人だけの旅行をうながし、二人だけで上高地をブラブラしたいとか、尾瀬沼《おぜぬま》へ行ってみたい、などと頻《しき》りに誘ったものである。それは時が夏でもあったが、薄い短い服をきて、腕も素足もあらわに、私はそれを正視するに堪えなかったものである。しかし、当時のあの人はむしろ無邪気であったのだろう。

三十の矢田津世子は武装していた。二人で旅行したいなどとは言わなかった。私も言わなかった。二十七の私たちは、愛情の告白はできなかったが、向かい合っているだけで安らかであり、甘い夢があった。三十の私たちは、のっぴきならぬ愛情を告白しあい、武装して、睨《にら》み合っているだけで、身動きすらもできないありさまであった。

私も、あの人も、大人になっていたのだ。私は「いずこへ」の女との二年間の生活で、その女を通して矢田津世子の女体を知り、夢の中のあの人と、現実のこの人との歴然たる距《へだた》りに混乱しつつも、最も意地わるくこの人の女体を見すくめていた。

矢田津世子も、彼女の夢に育てられた私と、現実の私との距りの発見に、私以上に虚をつかれ、度を失い、収拾すべからざるものがあったのではないかと私は思う。矢田津世子が何事を通してそのような大人になったか、私にはわからぬけれども、彼女が私の現身《うつしみ》に見いだし、見すくめ、意地わるくその底までもシャブリつづけていたものは、私が見つめていた彼女の女体よりも、もっと俗世的な、救いのないものではなかったかと私は思った。その当時から、そう思っていた。

さきに私は、当時の私を生かすもの、ともかく私の生命の火のごときものが、勝敗であったと言った。思うに私は少年のころから、勝利を敗北の形で自覚しようとする無意識な偏向があったようだ。

私はすでに二十の年から、最もしばしば世を捨てることを考え、坊主になろうとし、そしてそのような生き方が不純なものであると悟って文学に志しても、私が近親を感じるものは落伍《らくご》者の文学であり、私のアコガレの一つは落伍者であった。

私は恋愛においても、同じことを繰り返したようである。その繰り返しは、私の意識せざるところから、おのずから動きだしていたものであるが、それが今日の私に何を与えたであろうか。私にはわからない。おそらく私の得たものは、今日あるもの、そして、今書きつつあること、今書かれつつあるこのことを、それと思うべきであるのかも知れない。

私はしかし、今日、私がこのように平静でありうるのも、矢田津世子がすでに死んだからだと信ぜざるを得ないのである。

思えば、人の心は幼稚なものであるが、理窟《りくつ》ではわかりきったことが、現実ではママならないのが、その愚を知りながら、どうすることもできないものであるらしい。

矢田津世子が生きているかぎり、夢と現実との距りは、現実的には整理しきれず、そのいずれかの死に至るまで、私の迷いは鎮まる時があり得なかったと思われる。

矢田津世子よ。あなたはウヌボレの強い女であった。あなたは私を天才であるかのようなことを言いつづけた。そのくせ、あなたは、あなたの意地わるい目は、最も世俗的なところから、私を卑しめ、蔑《さげす》んでいた。

また、あなたは私が恋人であるように、唯一の良人《おっと》たる人であるように、くずれたような甘い言葉や甘い身のコナシを見せようと努力していた。そんな努力を払ったのは、後にも先にも、私一人に対してであったかも知れない。しかし、努力であったことに変わりはない。そうしながら、あなたは、私を憎み、卑しみ、蔑んでいたのである。変なくずれた甘さを見せかけるために、あなたの憎しみや卑しめや蔑みは、狂的に醱酵《はっこう》して、私の胸をめがけて食いこんでいた。

あなたとても、同じことであったろう。しかし、私はあなたを天才だなどとは言わなかった。才媛《さいえん》とすらも言わなかった。私には、余裕がなかった。しかし、あなたを唯一の思いつめた恋人であるということは、たしかに言った。すべての心をあげて、叫ぶように言った。たしかに、そうだと信じていたのだから。そのくせ、それを叫ぶ瞬間には、私はいつもそれがニセモノであることに気がついて、まごつき、混乱し、その間の悪さ、恰好《かっこう》のつかなさ、空虚さに、ゲンナリしてしまったものだ。その間の悪さは、何か私が色魔で、現にあなたをタブラカシつつあるように、私自身に思わせたりしたが、それはつまり私が役者でなかったせいで、あらゆる余裕がなかったせいにほかならない。しかし、それがあなたに与えた打撃は、ひどかったに相違ない。あなたは、私に、最も大きな辱しめを受け、卑しめられていると思ったであろう。あなたはすでに大人ではあったが、私のそれが、私が役者ではないせいで、余裕のないせいであるということを見破るほどの大人ではなかった。あなたも、恋の技術家ではなかったのである。

私が必死であったように、あなたの変に甘えたクズレも必死で、あなたが役者でなく、余裕のないせいであったかも知れない。その判断をつける自信は、今もなければ、未来もないに相違ない。

しかし、クズレた甘さというものは、キチガイめくものがあった。滑車が、ふとすべりだして、とまらなくて、自分でどうすることもできないようなダラシなさがあった。それは瞬間であった。その次には、もう、あなたは私をさらに狂的な底意をこめて、憎しみ、卑しめ、蔑んでいたのだ。

あなたのクズレた甘さときては、全然不手際な接ぎ木のように、だしぬけに猫の鳴き声のような甘え方を見せるのだ。その白痴めく甘さと、キチガイの底意をこめた憎しみ卑しめ蔑みに、私はモミクチャに翻弄《ほんろう》された。あなたに翻弄の意志はなくとも、私の受けるものは翻弄のみであった。

同じことを、あなたは私に対しても、言い、叫びたいであろう。あなたも、私を呪ったに相違ない。

私たちは、三十分か、長くて一時間ぐらい対座して、たったそれだけで、十年も睨みあったように、疲れきっていた。別れぎわの二人の顔は、私は私の顔を見ることはできないけれども、あなたのヒドイ疲れ方にくらべて、それ以下であったとは思わない。あなたはお婆さんになったように、やつれ、黙りこみ、円タクにのって、その車が走りだすとき、鉛色の目で私を見つめて、もう我慢ができないように、目をとじて、去ってしまう。

別れたあとでは、二十七のあのころと同じように、苦痛であった。しかし、対座している最中の疲れは、さらにヒドイものであった。会うたびに、私たちは、別れることを急いだものだ。

＊

矢田津世子と最後に会った日は、あの日である。たそがれに別れたのだが、あのときはまだ雪は降っていなかったようだ。

その日は速達か何かで、御馳走《ごちそう》したいから二時だか三時だか、帝大前のフランス料理店へ来てくれという、そこで食事をして、私は少し酒をのんだ。薄暗い料理屋であった。

私は決して酔っていなかった。その日は、速達をもらった時から、私は決意していたのである。

私は、矢田津世子に暴力を加えても、と思い決していた。むしろ、同意をもとめて、変にクズレた、ウワズッたヤリトリなどをしたくはなかった。問答無用、と私は考えていたのだ。

食事中は、そのことは翳《かげ》にも見せず、何やら話していたはずであるが、もともと私たちの話はいつも最も不器用にしかできないところへ、そういう下心があっては、それが相手に感づかれずにいるものではない。

下心を知り合って、二人は困りきっていた。私は矢田津世子が私の下心を見ぬいたことを知っていたし、それに対して、いろいろに心を働かせていることを見抜いていた。

私は矢田津世子と対座するたびに、いつも、鉄の壁のような抵抗を感じていた。彼女も、同じものを私から感じていたであろう。

鉄の壁の抵抗とは、矢田津世子が肉体を拒否しているということではない。その点は、むしろ、アベコベなのだ。

私たちはお互いに、肉体以上のものを知り合っていた。肉体は蛇足のようなものであった。

私たちはすでに肉体以上のものを与え合っていた。肉体を拒否するイワレは何もない。肉体から先のものを与え合い、肉体以後の憎しみや蔑みがすぐ始まっていたのだ。

私はすでに「いずこへ」の女を通して、矢田津世子の女体を知りつくし、蔑み、その情慾《じょうよく》を卑しんでいた。矢田津世子も、何らかの通路によって、私の男体を知りつくしていたに相違ない。

私たちは、慾情的でもあった。二人の心はあまりに易々と肉体を許し合うに相違なく、それを欲し、それのみを願ってすらいた。それを見抜き合ってもいた。

お互いの肉慾のもろさを見抜き合い、蔑み合う私たちは、特にあの人の場合は、その蔑みに対して、鉄の壁の抵抗をつくって見せざるを得なかったであろう。二十七のあの人は、気軽に二人だけの愉《たの》しい旅行を提案することができたのに、そして、なぜ、あのとき、それを実行しなかったのであろうか。惜しみなく肉体を与えるには、時期があるものだ。矢田津世子はそれを呪っていた。その肉体に、憎しみや、卑しめや、蔑みの先立っている今となっては、あまりに残酷ではないか。

矢田津世子が、それをハッキリ言ったのは、この日であった。

下心を知りあって、そのためにフミキリのつかなくなった私は、よけいに苛々《いらいら》ジリジリと虚《むな》しい苦痛の時間を持たねばならなかった。だから私が、出ましょう、とうながして、私の部屋へ行きましょう、と誘うと、矢田津世子はホッとした様子であった。それは、なんとまァ、くだらない疲れを重ねさせたじゃないの、と言うようにも思われた。

しかし、私の宿への道を、無言に、重苦しく歩いていると、とつぜん、矢田津世子が言った。

「四年前に、私が尾瀬沼へお誘いしたとき、なぜ行こうとおっしゃらなかったの。あの日から、私のからだは差し上げていたのだわ。でも、今は、もうダメです」

矢田津世子は、すべてをハッキリ言いきったつもりなのだが、その時の私は、すべてを理解することはできなかった。

私は、もっと、意地わるく、汚らしく、考えた。

私はまず、四年前に、みずからすすんでからだを与えようとしたことを、執念深く、今となって言い訳しているのだというふうに考えた。つづいて、下心を見ぬき合い、その一室へ歩きつつある今となって、みずからすすんで肉体のことを言いだすのは、それもテレカクシにすぎないのだ、ということであった。

「なぜ、ダメなんです」

と、私はきいた。

「今日は、ダメです」

と、答えて、言いたした。

「今日は、ダメ。また、いつかよ」

まるで、鼻唄《はなうた》か、念仏みたいな、言い方であった。

私は、もう、返事をしなかった。私は一途《いちず》にテレカクシを蔑《さげす》み、下品な情慾をかきたてていたにすぎない。

私はどんな放浪の旅にも、懐から放したことのない二冊の本があった。N・R・F発行の「危険な関係」の袖珍本《しゅうちんぼん》で、昭和十六年、小田原《おだわら》で、私の留守中に洪水に見舞われて太平洋へ押し流されてしまうまで、何より大切にしていたのである。

私はこの本のたった一か所にアンダーラインをひいていた。それはメルトイユ夫人がヴァルモンに当てた手紙の部分で「女は愛する男には暴行されたようにして身をまかせることを欲するものだ」という意味のくだりであった。

私はそのくだりを思いだしていた。そして、そこに限ってアンダーラインをひいていたことを、その道々苦笑したが、後日になっては、見るに堪えない自責に襲われ、ほとんど、強迫観念に苦しむようになったのである。

＊

私の部屋はMホテルの屋根の上の小さな塔の中であった。特別のせまい階段を登るのである。

せまい塔の中は、小型の寝台と机だけで一パイで、寝台へかけるほかには、坐《すわ》るところもなかった。

矢田津世子は寝台に腰かけていた。病院の寝台と同じ、鉄の寝台であった。

私は、さすがに、ためらった。もはや、情慾は、全く、なかった。ノドをしめあげるようにしてムリに押しつめてくるものは、私の決意の惰性だけで、私はノロノロとにじりよるような、ブザマなありさまであった。

私は矢田津世子の横に腰を下ろして、たしかに、胸にだきしめたのだ。しかし、その腕に私の力がいくらかでも籠《こも》っていたという覚えがない。

私は風をだきしめたような思いであった。私の全身から力が失われていたが、むしろ、磁石と鉄の作用の、その反対の作用が、からだを引き放して行くようであった。私の惰性は、しかし、つづいた。そして、私は、接吻《せっぷん》した。

矢田津世子の目は鉛の死んだ目であった。顔も、鉛の、死んだ顔であった。閉じられた口も、鉛の死んだ唇であった。

私が何事を行なうにしても、もはや矢田津世子には、それに対して施すべき一切の意識も体力も失われていた。表情もなければ、身動きもなかった。すべてが死んでいたのであった。

私は茫然《ぼうぜん》と矢田津世子から離れた。全く、そのほかに名状すべからざる状態であったと思う。私は、ただ、叫んでいた。

「出ましょう、外を歩きましょう」

そして、私は歩きだした。私について、矢田津世子も細い階段を下りてきた。

表通りへでると、私はただちに円タクをひろって、せかせかと矢田津世子に車をすすめた。

「じゃァ、さようなら」

矢田津世子は、かすかに笑顔をつくった。そして、

「おやすみ」

と軽く頭を下げた。

それが私たちの最後の日であった。そして、再び、私たちは会わなかった。

私は、塔の中の部屋で、夜更けまで考えこんでいた。そして、意を決して、矢田津世子に絶縁の手紙を書き終えたとき、午前二時ごろであったと思う。ねむろうとしてフトンをかぶって、さすがに涙が溢《あふ》れてきた。

私の絶縁の手紙には、私たちには肉体があってはいけないのだ、ようやくそれがわかったから、もうわれわれの現身《うつしみ》はないものとして、われわれは再び会わないことにしよう、という意味を、原稿紙で五枚ぐらいに書いたのだ。

翌日、それを速達でだした。街には雪がつもっていた。その日、昭和十一年二月二十六日。血なまぐさい二・二六事件の気配が、そのときはまだ、街には目立たず、街は静かな雪道だけであったような記憶がする。

いっしょに竹村書房へも手紙をだした。数日後、竹村書房へ行ってみると、その手紙が戒厳令司令部のケンエツを受けて、開封されているのだ。

してみれば矢田さんへ当てた最後の手紙も開封されたに相違ない。むごたらしさに、しばらくは、やるせなかった。

矢田さんからの返事はなかった。

古都

一

京都に住もうと思ったのは、京都という町に特に意味があるためではなかった。東京にいることが、ただ、やりきれなくなったのだ。住みなれた下宿の一室にいることも厭《いや》で、鵜殿《うどの》新一の家へ書きかけの小説を持ち込み、そこで仕事をつづけたりしていた。京都へ行こうと思ったのは、鵜殿の家で、ふと手を休めて物思いに耽《ふけ》った時であった。

「いつ行く?」

「すぐこれから」

鵜殿はトランクを探しだした。小さなトランクではあったが、千枚ばかりの原稿用紙だけが荷物で、大きすぎるくらいであった。いらない、と言ったが、金に困った時これを売ってもいくらかになるだろうから、と無理に持たされた。

書きかけの長篇ができ次第、竹村書房から出版することになっていたので、京都行きを伝えるために電話をかけたが、不在であった。その晩は尾崎士郎の家へ一泊し、翌日、竹村書房の大江もそこへ来てくれて、送別の宴をはろうというわけで、尾崎さん夫妻が、大江と僕を両国橋《りょうごくばし》の袂《たもと》の猪を食わせる家へ案内してくれた。自動車が東京駅の前を走る時、警戒の憲兵が物々しかった。君が京都から帰るころは、この辺の景色も全然変わっているだろう、と、尾崎士郎が感慨をこめて言ったが、昭和十二年早春。宇垣内閣流産*のさなかであった。

僕が猪を食ったのは、この時が始めてであった。尾崎士郎も二度目で、彼は二、三日前に始めて食って、味が忘れかねて案内してくれたのである。少し臭味があるが、特に気にかかるほどではない。驚くほどアッサリしていて、いくら食ってももたれることがない、という註釈《ちゅうしゃく》づきであった。

飾り窓に大きな猪が三匹ぶらさがっていた。その横に猿もぶらさがっていたが、恨みをこめ、いかにも悲しく死にましたという形相で、とても食う気持ちにはなれない。猪の方は、のんびりしたものである。ただ、まるまるとふとり、今や夢見中で、夢の中では鉢巻をしめてステテコを踊っている様子であった。豚や牛では、とても、こうはいかないだろう。牛などは、生きている眼も神経質だ。猪という奴は、屍体《したい》を目の前に一杯傾けても、化けて出られるような気持ちには金輪際襲われる心配がない。無限に食った。大丈夫だ。もたれない、尾崎士郎がけしかける。

そこを出たのは八時前で、まだ終列車には間があったので、大江と二人、女のところへ一言別れを告げに行った。黙って行く方がよくはないか、と大江が言うが、僕はハッキリ別れた方がいいと思った。大江と女は東京駅まで送って来た。女とは、それまでに、もう、別れたようなものではあったが、気持ちの上のつながりは、まだ、いくらかあった。

「君は送ってくれない方がいいよ」と僕は女に言った。「プラットフォームで汽車の出る時間待つぐらい厭な時間はないぜ」

けれども、女は送ってきた。

「気軽に一言さようならを言うつもりだったんだが、大江の言うとおり、会わない方がよかったのだ。どうせ最後だ。二度と君と会うはずはないのだから、暗い時間をできるだけ少なくしなければならないはずだったのに」

「わかってるのよ。二度と会えないと思うし、会わないつもりでいるけど、別れる時ぐらい甘いこと一言だけ言って。また、会おうって、一言だけ言ってよ」

僕は、それには、返事ができなかった。

「君も、どこか、知らない土地へ旅行したまえ。たったひとりで、出掛けるのだ。そうすれば、みんな、変わる。人はみんな、自分といっしょに、自分の不幸まで部屋の中へ閉じこめておくのだ。僕なんかが君にとって何でもなくなる日があるはずだというのに、その日をつくるために努力しないとすれば、君の生き方も悪いのだ。ほんとの幸福というものはこの世にないかも知れないが、多少の幸福はきっとある。しかし、今、ここにはないのだ。特に、プラットフォームで、出発を見送るなんて、やりきれないことじゃないか」

しかし、女は去らなかった。プラットフォームに突っ立って、大江にも話しかけず、ただ、黙って、僕の顔をみつめていた。その眼は、怒っているように、睨《にら》むようにすら見えた。汽車が動きだすと、女は二、三歩追いかけて、身体を大切になさいね、身体全体がただその一言の言葉だけであるように、叫んだ。不覚にも、僕は、涙が流れた。大江は品川《しながわ》まで送ってくれた。

二

隠岐和一《おきわいち》の別宅は、嵯峨《さが》にあった。その別宅には隠岐の妹が病を養っていて、僕の逗留《とうりゅう》には向かなかったので、伏見《ふしみ》に部屋を探してくれた。計理士の事務所の二階で、八畳と四畳半で七円なのだ。火薬庫の前だから特に安いのかと思ったら、伏見という所は何でも安い所であった。しかし、この二階には、そう長くいなかった。そうして、語るべきこともない。

引っ越した晩、隠岐と僕は食事がてら、弁当仕出し屋を物色にでかけた。伏見稲荷《いなり》のすぐ近所で、仕出し屋はいくらもある。しかし、どれも薄汚くて、これと定めるには迷うのだ。京阪《けいはん》電車の稲荷駅を出た所に、弁当仕出しの看板がでている。手の指す方へ路地をはいると、まず石段を降りるようになり、溝が年じゅう溢れ、陽の目を見ないような暗い家がたてこんでいる。路地は袋小路で、突き当たって曲がると、弁当仕出しと曖昧《あいまい》旅館が並びそれが、どんづまりになっている。こんな汚い暗い路地へ客がくることがあるのだろうか。家はいくらか傾いた感じで、壁はくずれ、羽目板ははげて、家の中はまっくらだ。客ばかりではない。人が一人迷いこむことすらあり得ないような所であった。

「これはひどすぎる」

隠岐は笑った。僕も一応は笑ったが、しかし、これでもよかったのだ。むしろ、これがちょうど手ごろだとすら思えた。ただ命をつなぐだけ、それでいい。汚いにしても、普通の弁当仕出し屋と趣が違っている。仕出し屋として汚いのではないのだ。溝の溢れた袋小路。昼も光のないような家。いつも窓がとじ、壁は落ち、傾いている。溝からか、悪臭がたちこめ、人の住む所として、すでに根柢《こんてい》的に最後を思わせる汚さと暗さであった。ただ命をつなぐだけなら、俺にはこの方がいいのだ。光は俺自身が持つよりしかたがない……僕はそう思った。そうして、戸をあけて這入《はい》ろうとしたが、戸は軋《きし》むばかりで開かず、人の気配もなかった。弁当のことは宿の人に頼むことにして、僕たちは稲荷の通りへでて、酒をのんで別れた。

ところが、宿主の計理士が頼んでくれた弁当屋がこの家で、それればかりではなく、三か月ぐらいの後、この宿を出なければ、ならなくなったとき、計理士が代わりに探してくれた部屋が、この弁当屋の二階の一室であったのである。こうして、僕は、人生の最後の袋小路に住むことになった。僕が気取って言うのではない。僕と隠岐が始めてこの袋小路へ迷いこんだとき、二人が一様にそう感じて、なぜともなく笑いだした路地なのだった。

伏見稲荷の近辺は、京都でもいちばん物価の安い所だ。伏見稲荷は稲荷の本家本元だから、ふだんの日でも相当に参詣者《さんけい》はある。京阪電車の稲荷駅から神社までは、参詣者相手の店が立ち並び、特色のあるものと言えば伏見人形、それに鶏肉の料理店が大部分を占めている。ところが、この鶏肉が安いのだ。安いはずだ。半ば公然と兎の肉を売っているのだ。この参道の小料理屋では、酒一本が十五銭で、料理もそれに応じている。この辺は、京都のゴミの溜《たま》りのようなものであって、新京極《しんきょうごく》辺で働いている酒場の女も、気のきかない女に限って、みんなここに住んでいる。それに、一陽来復を希《ねが》う人生の落ち武者が、稲荷のまわりにしがない生計を営んで、オミクジばかり睨んでいるし、せまい参道に人の流れの絶え間がなくとも、流れの景気に浮かされている一人の人間もいないのだ。

しかし、僕の住む弁当屋は、その中でも頭抜けていた。弁当は一食十三銭で、労働者でも満腹し、僕は一日二食であった。酒は一本十二銭。それも正味ほぼ一合で、仕入れは一樽《たる》四十円であったから、儲《もう》けというものがいくらもない。僕は毎晩好きなだけ酒をのみ、満腹し、二十円ぐらいで生きていられるのであった。

この弁当屋で僕はまる一年余暮らした。その一年間、東京を着て出たままのドテラと、その下着の二枚の浴衣《ゆかた》だけで通したと言えば、不思議であろうが、微塵《みじん》も誇張ではないのである。夏になればドテラをぬぎ、春は浴衣なしで、ドテラをじかに着ている。多少の寒暑は何を着ても同じものだ。そうして、時々は酒をのみに出掛けもしたし、祇園《ぎおん》のお茶屋へも行った。そういう店で、とりわけ厭《いや》がられもしなかったのだ。つまり京都には僕のような貧乏書生が沢山おり、三分の二人前ぐらいには通用する。それは絵描きの卵なのだ。ぼうぼうたる頭を風にまかせ、その日のお天気に一生をまかせたような顔をして、暮らしている。人々はこの連中を絵師さんだの先生とよび、とても大雅堂なみにはもてないけれども、とにかく人間なみにはしてくれる。警察の刑事まで、そうだった。だから僕も絵師さんとよばれ、二か月ぐらいも顔をそらず洗わなくとも平気なような、手数の省ける生活を営むことができたのである。

三

弁当屋は看板に△食堂と書いてあるが、また、金山食堂とも言った。金山というのは主婦の姓で、亭主の姓は丸岡であった。これだけでもわかるように、亭主は尻《しり》に敷かれている。二人には子供がなく、主婦の姉の子を養女にして、これがアヤ子十七歳、三人家族で、使用人はない。

この夫婦が冗談でなく正真正銘の夫婦であることを信じるまでには、いくつかの疑念を通る必要があった。主婦は四十三、齢と同じぐらいに老けて、しかし、美人であった。髪の毛がちぢれて赤く、ちょん髷《まげ》ぐらいに小さく結んで、年じゅう親爺《おやじ》をどなりつけながら、駻馬《かんば》のような鼻息である。文楽の人形の町人の身振りは、手を盛んに動かし、首をふり、話の壺《つぼ》でポンと膝《ひざ》をたたいたりして賑《にぎや》かなこと夥《おびただ》しいが、この主婦が女のくせにそれと同じ身振りである。気の強いこと夥しいくせに、「うちはなァ、気が弱いよってに、そないなこと、ようできん」という科白《せりふ》を五人前ぐらい使用する。本人は本気でそう言っているのだから、薄気味悪くなるのである。五尺四寸ぐらいもあって、しかし、すらりと、姿は綺麗《きれい》だ。けれども、痩《や》せている胸のあたりは、どうしても、女の感じではなかった。

　一方、親爺の方は、五尺に足らないところへ、もう腰が曲がっている。まだ六十だというのに七十から七十四、五としか思われぬ。皺《しわ》の中に小さな赤黒い顔があって、抜け残った大きな歯が二、三枚牙《きば》のように飛び出している。歩く時には腰が曲がっていないのだが、まず一服という時には海老《えび》のようにちぢんでしまう。部屋にぐったり坐《すわ》っているとき、たとえば煙草だとか、煙管《きせる》だとか、同じ部屋の中のものを取りに行く時が特にひどくて、立ち上がって、歩いて行くということがない。必ず這《は》って行くのである。這いながら、うう、うう、うう、と唸《うな》って行く。品物を取りあげると、今度はそのまま尻の方を先にして元の場所へ這い戻るのだが、やっぱり、うう、うう、うう、と唸りで調子をとりながら戻ってくるのだ。年じゅう帯をだらしなく巻き、電車の踏切のあたりで、垂れかけた帯をしめ直し、トラホームの目をこすり、ついで袖《そで》の先で洟《はな》をこすっているのだ。

　世の常の結婚ではないのである。世の常の結婚でないとすれば、この二人が、どのようにして結ばれたのであろうか。多少の恋心というものがなくて、あの女がどうしていっしょになるはずがあろう。けれども、二人の結婚については、僕はほとんど知っていない。訊《き》いてもみなかったのだ。ただ、問わず語りに訊いたところでは、主婦は昔どこか売店の売り子をしていて、親爺がこれに熱をあげて、口説き落としたのだと言う。売り子のころはいくつぐらいだったのか、それも訊いてみなかったが、騙《だま》されたのですがな、と主婦は言う。親爺は昔札つきの道楽者で、たらしこまれたのだと言うのだが、ほんとはどうだかわかりゃしない。だが親爺は、聖護院《しょうごいん》八ッ橋の子供であった。京都の名物の数あるうちでも、八ッ橋は横綱であろう。聖護院八ッ橋は正真正銘の元祖なのだが、親爺はそこの長男で、しかし、妾腹《しょうふく》であった。だから、この女といっしょになると、つぐべき家を正妻の子供にゆずる意味で、みずから家出したのだという。りっぱなぼんぼんであったのだ。しかし、今、その面影は微塵もなく、誰の見る目も、最も家柄の悪いうちのできそこなった子供の成れの果てだとしか思わない。

親爺は食事ごとに一本ずつの酒をのむ。それだけが生き甲斐《がい》という様子であった。その次に碁が好きだ。ところで、好きこそ物の上手なれ、という諺《ことわざ》もあるが、また、下手の横好き、という言葉もあり、しかし、これぐらい好きなくせに、これぐらい、下手だというのも話のほかだ。ただ、生き死にの原則だけ知っているにすぎないのだ。もとより、上達の見込みもない。僕も碁はいくらか好きで（このあとで熱中していくらか強くなったのだが、この時はまだそんなに好きではなかった）田舎初段に井目《せいもく》置く手並みであったが、親爺を相手にすると、井目風鈴で百のコミをだしても、勝つ。つまり、親爺の石はおおかた全滅してしまうのだ。ばかばかしくて二度とやる気にはなる訳がなさそうなものではあったが、ほかの遊びというものに興を持ちきれない僕は、ただ気を紛らすための理由だけで、こんな碁でも、結構、たのしかった。親爺の乞《こ》うにまかせて、相手になっていたのである。

親爺も手並みが違いすぎて、いくらか、気になったのであろう。やがて、関という人を客に招くようになった。関さんは四十三歳。ここの主婦と同年である。昔は伏見で酒屋であったが、失敗して、今は稲荷のアパートの一室にくすぶっている。酒の取り引きのことで、親爺の古い知己であった。碁は僕と親爺の中間で、まず、僕に六、七目の手並みであったが、それでも親爺に勝ること数百倍だ。

関さんは失業中だから、喜び勇んで、毎晩くる。食堂は店をしめるのが二時で、関さんの碁も、それまで頑張る。関さんは単純きわまる人で、自分の慾《よく》に溺《おぼ》れるばかり、思いやりがとんとないから、下手な親爺と打つよりは、あくまで僕とやりたがる。僕はほとほと困却し、親爺はふくれる。僕も弱って、ここに一策を案出した。これは至極名案であったが、後には、自縄自縛、自らを墓穴へうずめる大悪計ともなったのである。

親爺にすすめて、碁会所を開かせることにしたのであった。幸い食堂の二階広間があいたままになっており、ここは僕の二階と別棟《べつむね》だから、大勢の客が来てもうるさくない。碁会所には必ず初心者も現われるから、その相手には親爺があつらえ向きである。次に関さんを碁会所の番人にする。碁席は同時に関さんの寝室ともなり、給金はないけれども、食事を給する。関さんはその奥さんが林長二郎《はやしちょうじろう》の家政婦で、乏しい月給をさいて衣食住を支給されているのだから、ちょうどよい。次には、僕で、十秒ばかり歩くだけで、好きな時に、適度に碁を打つことができる。三方目出度《めでた》し目出度しである。

碁会所は警察の許可もいらなかった。関さんの勇み立つこと。僕も乗り気で、下手な字で看板を書いてやろうと思ったら日ごろは大ケチの親爺まで、無理に僕の手を押しとどめ、看板屋へみずから頼みにでかけるという打ち込み方であった。この看板屋がまた、絵心があるというのか、袋小路のどん底の傾いて化け物の現われそうな碁席であったが、白塗りに赤字でぬき、華奢《きゃしゃ》な書体で、美術倶楽部《クラブ》と間違えそうな看板だった。親爺は満悦、袋小路の入り口へぶらさげ、停留場を降りると、誰の目にもつくのである。

しかしながらへボ三人では碁席の維持ができにくい。そこで初段の人を雇ってきた。さて、蓋《ふた》をあけてみると、この初段が大悪評だ。別の初段に変えてみると、これも悪評、あれも悪評。そのうち常連の顔ぶれも定《きま》ってみると、みんな僕以下の下手ばかりで、先生などはいらないから、ただ碁を打てばいいのだと言う。常連会議一決して、先生をお払い箱にしてしまった。

けれども、一日に一人や二人は強い人も来るのである。みんな常連がヘボだから、二度と来なくなってしまう。京都では、僕のような風体の者が絵師さん、つまり先生で、親爺は先生と呼ぶ。親爺は物覚えの悪い男で、僕の所へ速達が来ても、え、坂口はん、きいたことのない名前やなあ、と言う。だから年じゅうお客の名前をトンチンカンに呼び違え、陰では符牒《ふちょう》でよんでいるのだ。だから、僕はこの家では名無し男で、常に先生であり、ただ先生で、先生以外の何者でもなかった。結局碁会所の常連たちにも僕はただの先生で、名前がなく、先生以外の何者でもあり得ないことになってしまった。

みんな先生と言うものだから、知らない人は碁の先生だと思ってしまう。知らないお客は大概僕より遙かに強い連中だから、僕も慌てた。そのうちに、あの碁会所はヘボ倶楽部だ。大変な先生がいるというような噂がたち、ヘボ倶楽部とは巧《うま》いことを言いやがる、と一同感心、カラカラと大笑したが、気がついてみると、とにかく、自分のことである。これだけ常連が揃っているのだから誰か一人ぐらい世間並みなのがいそうなものだが、と顔見合わせ、そういうことになってみると、常連の中では、とにかく僕がいちばん強いしいちばん若い。先生、しっかり頼みまっせ、というようなわけで、僕も大志をかため島という二段の先生について修業を重ねることとなった。寝ては夢、さめては幻、毎日毎日、ただ、碁であった。部屋の中にはたちまち碁の書物が積み重なり、新聞の切り抜きが散乱し、道を歩く時には碁のカードを読んでいる。碁会所へ来るので顔見知りの特高の刑事に、ヤア、大変な勉強ですな、と四条《しじょう》通りで肩を叩《たた》かれる。散歩といえば、古本屋で碁の本を探すだけで、京都じゅうの碁の古本は、あらかた僕が買い占めたようなものだ。その代わり、二か月ぐらいたつと、とにかく、田舎初段に三目ぐらいで打てるようになった。近所にチヌの浦孤舟という浪花《なにわ》節《ぶし》の師匠がいて、この近辺ではいちばん強く、ヘボ倶楽部を吹聴《ふいちょう》した発頭人であったが、まもなく再び碁会所へ現われるようになり、僕も互先で打つようになった。

東京を捨てたとき胸に燃やしていた僕の光は、もう、なかった。いや、この袋小路の弁当屋へ始めて住むことになった時でも、まだ僕の胸には光るものは燃えていたはずだったのだ。隣りの二階は女給の宿で赤い着物がブラ下がり、その下は窓の毀《こわ》れた物置きで、その一隅《いちぐう》に糸くり車のブンブン廻《まわ》る工場があった。裏手は古物商の裏庭で、ガラクタが積み重なり、四六時中拡声器のラジオが鳴りつづけ、夫婦喧嘩《げんか》の声が絶えない。それでも北側の窓からは、青々と比叡《ひえい》の山々が見えるのだ。だが、僕には、もう、一筋の光も射してこない暗い一室があるだけだった。机の上の原稿用紙に埃《ほこり》がたまり、空虚な身体を運んできて、冷たい寝床へもぐりこむ。後悔すらなく、ただ、酒をのむと、誰かれの差別もなく、怒りたくなるばかりであった。

毎晩十二時に碁をやめる。常連の中の呑《の》み助は、これから車座を組んで十二銭の酒をのむ。山口という巡査上がりの別荘番は、アル中で、頭から絶え間もなく血がふきだし、それを紙で拭《ふ》きとっては、コップ酒を呷《あお》っている。祇園《ぎおん》乙の検番の杉本老人は色話にだけ割り込んできて、あとは端唄《はうた》を唸っている。脳病のインチキ薬を売っている二人組の一方は印絆纏《しるしばんてん》、一方は羽織袴《はおりはかま》で、戸の開く音に必ずギクリとするのであるが、喧嘩の相手か刑事を怖れているのであろう。これも稲荷山を商売に四柱推命という占いをやる男で、常連の誰彼の差別もなく卦《け》を立ててみては、あれも悪い、これも悪いで、とても気の毒で正直に教えてあげられん、と言うのだが、なるほど、たぶんそうだろうと僕も思わずにはいられなかった。この占い者は茶色の髭《ひげ》を生やして、まだ三十だというのに五十五、六の顔をしていた。やっぱり参詣《さんけい》の人を相手に茶店の二階を借りて可視線燈という治療をやっている老人は、人殺しの眼付きをしているし、水兵あがりの按摩《あんま》がいて片目は見えるのであるが、この男の猥談《わいだん》には杉本老人も顔をそむけてしまうのだった。百鬼夜行なのだ。けれども、百鬼夜行の統領が僕だった。関さんは一同から杯を貰《もら》い、お愛想を言うかと思うと、絡んだり厭味《いやみ》を言ったり、親爺《おやじ》だけはたった一人黙っていて、海老《えび》のようにグッタリまるくなっている。そういう中に主婦だけが、軍鶏《シャモ》のようなキイキイ声で、ポンと膝《ひざ》を叩いたり、煙管《きせる》を握った手を振り廻《まわ》して、誰にも劣らずしゃべっている。

たらふく飲み、たらふく睡《ねむ》り、二十円ぐらいで生きていられるのであった。考えるということさえなければ、なんという虚《むな》しい平和であろうか。しかも、僕は考えることを何より怖れ、考える代わりに、酒をのんだ。いわば、二十円の生活に魂を売り、余分の金を握るたびに、百鬼の中から一鬼を選んで率《ひ》き従えて、女を買いに行くのであった。

この連中のましなところは、とにかく主婦を口説かなかったというだけだ。え、おっさん早く死んだらどうかいな。あとは引き受けるよってに。こういう露骨な冗談を、僕は毎日きいた。誰かしら、それを言いだすのであった。親爺は牙《きば》をむきだして、ヒヒヒヒと笑う。必ずしも、腹を立ててはいないのだ。いや、諦《あきら》めてしまったのだ。しかし、諦めきれるであろうか！　とはいえ、今は、この冗談がこの食堂の時候見舞いのようなものだ。棺桶《かんおけ》に片足つっこんでおいてからにほんまにしぶとい奴《やつ》っちゃないか。なかなか、いきおらんで。この冗談がユーモアとして通用し、笑い痴《し》れているのである。これは、たしかに冗談だった。しかし、また、たしかに、冗談ではなかったのだ。なぜなら主婦は、亭主の死をいかに激しく希《ねが》いつづけていただろうか。彼女の祈願は、ただ、それのみではなかったか。

稲荷の山へ見廻りに来て、その足でここへ立ち寄る香具師《やし》の親分があった。すると主婦は化粧を始め、親分は奥の茶の間へドッカと坐《すわ》って、酒をのみだすのであった。親分が酔うころになると、子分はみんな帰ってしまう。すると親爺も、主婦の目配せで追い払われて、二階の碁席へ、例のとおり、うう、うう、と唸《うな》りながら這《は》い込んでくる。額に青筋を立て、押し黙って、異常な速度で、碁を打ちはじめる。ああ、また、変な客が来ているのだな。人々はたちまち悟るのであったが、何人が曾《かつ》て親爺に同情を寄せたであろうか。一片の感傷を知り、一本の眉《まゆ》をしかめる人すらもなかったのだ。否、むしろ、その宿命が当然だ、と、人々は思い込んでいたのであろう。

これは碁客ではないけれども、伏見で石屋を営んでいる五十三、四の小肥《ぶと》りの男で、一か月に必ず一度飲みに来て十五、六時間飲み通すのがきまりであったが、それは、まるで、親爺がまだ死なないことを確かめに来るようだった。

四

四柱推命の占い師が関さんに頼まれて卦を立てた。僕の所へ来て、関さんの卦ばかりはどこを取り上げて慰めてやるところもない。天性の敗残者で、これからますます落ち目になる一方だと言うのであった。これ以上落ち目になるとは、どんなことだろう。だが、僕も、それが事実だと思わずにはいられなかった。

碁会所の常連全部見渡しても、関さんだけが頭抜けて無邪気な男であった。だが、どん底の生活では、無邪気な奴ほど救われない。関さんは、碁会所の常連たちの悪評の的であった。常連の一人に相馬という友禅の板場職人がいて、山本宣治の葬式の先頭に赤旗を担いだ男で、勇み肌の正義感から時々逆上的な喧嘩をしたが、およそ憎めない男がいた。無邪気な点では関さんと甲乙なく、僕の言うことは大概理解してくれたのだが、関さんとだけは打ち解けてくれなかった。

関さんは商売よりも自分の楽しむ方がまず先だ。お客が来ると大喜びで、お茶のサービスもそこそこに一戦挑む。たちまち夢中になってしまう。敗北するや口惜しがること夥《おびただ》しく、今のは怪我敗けだ、ほんとは俺の方が強いのだといきりたつし、勝てばたちまち気をよくして、あんたは下手だと大威張りである。万事が露骨で角がある。おまけに勝負に夢中だから、お客が後から詰めかけて来ても、お茶も注《つ》がず、座布団すらも出してやらない。常連はそれでもなんとか自分でするが、知らないお客は、いつまでたっても一人ぼっちでボンヤリしている。関さんが手ごろな相手を物色してくれないからである。勢い常連の数がふえない。

席料一日十銭、会員は一か月一円だった。安いといえば大安だが、稲荷界隈《かいわい》では何から何まで安いのだ。結局常連の会費だけが収入で、一か月二十四、五円の上がりしかなかったようだ。上がり高が増さないから、親爺と主婦は大ぼやきだ。関さんが三杯目の御飯を盛ると横目で睨《にら》み、二杯目ぐらいの御飯しか御櫃《おひつ》の中へ置かなかったり、関さんは身体の動かん商売やさかいになどと頻《しき》りにチクチク何か言う。すると常連が一斉に呼応して、サービスが悪い、勝っても負けても態度が悪どい、井戸端会議の騒がしさだ。どん底には辛抱や思いやりはないのである。わがままで、唯我独尊、一杯の茶のサービスが人格にかかわる問題だった。

関さんはたちまち拗《す》ねて、今度は、座布団をだし、お茶を注ぐのを専一にやりだし、決して碁の相手にならぬという一人ストライキをやりだした。相手のないお客が、関さん、どうや、と言っても、いいえ、わたしはあきまへん。お茶を注がんならんさかい。これがわたしの役目どす。こういうふうに答える。そうして、青筋をたてて、ふくれている。ますますお客の評判が悪い。

先生がいろいろと言うてくらはるよってに辛抱もしてみましたけど……関さんは僕の所へやってきて、もう、とても我慢がならないからほかの口を探してくるというのであった。そうして、前後二度、ほんとに勤め口を見つけだして姿を消した。しかし、二度ながら、四日目には、もう、戻って来たのだ。主婦が僕の部屋へやってくる。朝のうちだ。僕をゆり起こして、ほんまに先生、お休みのところ済んまへんこっちゃけれども——とブリブリしながら、ふと二階に物音がするから上がってみたところが、関さんが戻っていて、掃除をしたり、碁盤をふいたりしている、と言うのであった。いいじゃないか。戻って来たのなら、おいておやり。僕は布団を被《かぶ》ってしまう。午《ひる》ごろ起きて階下へ行くと、関さんは甲斐甲斐《かいがい》しく襷《たすき》などかけ、調理場の土間にバケツの水をジャアジャアぶちまけて洗い流し、ついでに便所の掃除までしている。ふだんなら甚席の掃除まで怠けて、拭き掃除など決してやらぬ人なのだ。

一度は伏見の呉服屋へ番頭につとめていたのだそうだ。番頭も大袈裟《おおげさ》だ。たぶん、下男とか風呂番《ふろばん》ぐらいのところだろうが、関さんの話のままに取り次ぐとこうなのである。そこの娘が女学校の五年生だが、いくらか白痴で、しかし素敵な美人だそうだが、関さんに色目を使ってしかたがない。これが女中だとか、娘にしても出戻り娘とか何とか薹《とう》のたった女ならとにかくとして、四十三にもなって、女学生の主家の娘と通じることは良心が許さぬ。あの晩、娘が誰よりもおそく風呂にはいって、折りから関さんが何も知らずに風呂の戸をあけるとその娘がおいでおいでをしていたがあまりうす気味悪くてついに逃げだして来たのだと言う。

二度目は友禅の小工場の私宅であった。そこの主人は四十がらみの未亡人だが、お経の用でもなく若い坊主をしげしげ家へ引き込むという噂の女で、関さんに今夜忍んでこいという目配せをした。まさかに、と思っていると、そこが便所への通路でもないのに、夜更けに関さんの部屋の廊下を往復する。勤めて一日目というのに何が何でも早すぎるとその晩は行かずにいると、翌日、未亡人の態度が突然変わって出て行けがしにするので、いたたまれなくなって戻って来た、と言うのであった。

関さんの話は万事がこうだ。もとより当てになりはしない。けれども、常連の一人一人をつかまえて、一々この話をきかせている。むろん、僕にも、親爺にも、主婦にもだ。関はん、えらいまた、色男のことやないかいな、と冷やかされても、ヘッヘッヘ、いや、どうも、と喜んでいる、作り話だろうとでも言いだす人があろうものなら、青筋を立ててしまうのである。いえ、そんなことあらしまへん。坐り直して、顫《ふる》えながら相手を睨み、ほんなら、行って、きいてみておいでやす。誰がいちいち呉服屋へ行ってあなたの家の白痴の娘が……ときかれるものか。あたかも、生存の根柢《こんてい》を疑《うたぐ》られ、おびやかされたという激怒であった。

しかし、碁会所にしてみれば、こんなに厭《いや》がられ、出て行けがしにされながらも、結局、関さんがなければならぬ人だったのだ。何人が誇りなくして生き得ようか。関さんとても、誇りはあった。しかも、あらゆる人々が、関さんの誇りを一々つぶしているのである。そうして、あらゆる人々が関さんに求めるところは、要するに、自分と対等の位置に立つな、碁会所の奴隷になれと言うことだった。その報酬は、ただ寝室と、十三銭の定食のその残飯だ。碁会所の番人の志願者はいくらもあるが、関さんの条件ではあり得ない。だから、食堂の親爺《おやじ》も主婦も、関さんが戻った当座は、むっとした顔をしながら、食事のお菜に御馳走《ごちそう》し、御飯も鱈腹《たらふく》たべさすのだった。

碁席を別にして、この家の二階は二間あった。僕がその一室へ越して間もなく、いつからだか確かな記憶はないのだが、ノンビリさんと称《よ》ばれる若者が他の一室へやってきた。主婦の姉の三男だかで、和歌山の人、二十六歳の洋服の職人だった。僕が名無しの先生で通るように、この男もノンビリさんで通用して、僕は姓名を全然知らない。東京で洋服の修業をしたが、病気で帰郷し、一年ぐらいブラブラし、まだ本復はしていなかったが、母親と食堂の主婦が手紙で打ち合わせ、京都で勤め口を探すために、ていよく故郷を追い出されたのだ。

　ノンビリさんと称ばれるけれども、およそノンビリしていやしない。いつもオドオドし、しゃべりだすと口角に泡をため、顔に汗ばむのであった。坐職《ざしょく》のせいか、両足が極度に細く、ガニ股《また》で、居ても立っても歩いても、常に当惑しているという様子であった。生まれて以来、人に好かれたことがなく、常に厄介者に扱われて育ち上がった様子でもあった。

　二人の姉妹が手紙の上でどういう相談をしたのであろうか。いわば、食堂の主婦ですら、一杯食わされたという感じであった。つまり、就職が定まり次第、本人が下宿代を支払うのはわかりきった話であるが、それまでは生家の方から口前を入れるからという約束であったに相違ない。ところが、当の本人が布団といっしょに送られてきて、それから後は梨の礫《つぶて》、ついぞ一文の送金もない。三か月たち、四か月たち、就職口もないのであった。

もっとも、途中に、三週間ぐらいだけ、就職したことがあった。たちまち、追い出されて来たのである。この追い出され方が、また、奇想天外、ほかの誰でもとてもこうはできないのである。その店に職人の仲間が五人いたが、中に一人の腕ききがいて、仕事の腕がいいばかりでなく、倉庫から店の服地を持ち出して売り飛ばし酒色に代える妙を得ていた。夜業が終わると、職人一同が揃って出掛けて一杯やったり何かするが、半分ぐらいは例の腕ききが支払い、あとのところは代わり番こぐらいに奢《おご》り合う。ノンビリさんだけは支払ったことがないのである。わしが払うと思うとるうちに誰かしらん払うてしまうさかいに、とか、わしはつきあいに馴《な》れんさかいに、どないして払うていいのやらわからんなどと言い訳しているのであったが、だいたい、金のあるはずのない関さんを自分の方から誘いだして喫茶店で一杯のコーヒーをのみながら、必ず関さんに払わせてくる男であった。

僕が散歩にでると、だまって後からついてくる。三、四丁も行ったころ、先生、と呼びかけて肩を並べ、それからは金輪際離れない。稲荷の山から東福寺《とうふく》へぬけ三十三間堂を通り宮川町《みやがわ》から四条通り新京極へ現われてもまだ、離れない。ここで僕は失敬するよと言っても、でも、先生、邪魔しいへんさかい、と言って、僕が呑《の》み屋へ這《は》いれば自分も這いってくるのであった。自分は何も注文せず、僕の隣りに坐《すわ》っている。しかたがないから何かあつらえてやると、先生、ほっといとくれやす、うち、欲しゅうないよってに、と厭々《いやいや》ながら恩にきせて食べるのだった。

先生、おききしたいことがおますのやけど、と、あるのやらないのやらわからぬような細い眼をチラチラさせて、なァ、先生、女の子の手え握る瞬間とらえるには、どないコツがおますやろか。手え握りとうてしかたないのやけど、うち、臆病《おくびょう》やさかい、心臓がドキンドキンいうばかりで、どむならん。……こういうことを言いだすのだ。事おとなしく言葉でどうなるという相手ではなかった。僕は激怒し、野良犬を追いだすように追いだしてしまう。どうして僕が怒ったか、もちろん、彼にはわからないのだ。

同僚たちに愛されるはずはなかった。たちまちのうちに厭がられ、彼らだけの生活内で可能なあらゆる厭がらせを受けたのである。食事のオカズまでまきあげられて、しかたなしに、毎日お茶で飯だけすすりこむ。ついに、たまりかねて主人の所へ密告に行った。受けた侮辱の数々を述べ立て、例の腕ききの職人が倉庫の服地をチョロまかして酒色に費やしていることを密告した。ところが、その時までフムフムときいていた主人が、この密告をきくに及んで、突然、馬鹿野郎！　と一喝したというのである。それぐらいのことは、先刻、こちらが知っている。それだけの腕があるから、やらせておくのだ。貴様はどうだ。たった今、クビにするから出て行ってくれ。友達のつきあいもできない職人は店の邪魔だ。――こうして、叩《たた》き出されて来たのである。

彼はビックリ顔色を変え、布団や荷物を持ちだす手段も浮かばず一目散に飛びだして、まっさおな顔をして食堂へ三週間ぶりに戻ってきたのは、深夜の三時ごろであった。さすがに彼も、公園のベンチに腰を下ろして、途方に暮れたというのであった。

要するに、この男は、異常にしんねりむっつりとして、人の神経がわからぬくせに、神経質でオドオドし、あらゆる点でノンビリしてはいないのである。無学な人が創りだした渾名《あだな》でも、渾名というものは大概肯綮《こうけい》に当たっており、人を頷《うなず》かせる所があるものだ。ところがノンビリさんに限って、およそ人になるほどと思わしめる所がない。してみれば、この渾名をつけた人が、よほど、どうかしているのだ。つまり、この渾名にも、それ相当の理由はあって、しかもその唯一の理由のために他の属性は全く掻《か》き消され顚倒《てんとう》されてしまっている。それほども強く唯一の理由が、その人々の人生観の大根幹をなしているのだ。すなわち、食堂の主婦と親爺は、たった一つの大根幹が人生のすべてであって、他の属性はどうでもよかった。そうして、この若者がどうしてノンビリさんと称ばれるに至ったかと言えば、下宿の支払いがノンビリしている、という、唯この一つの理由からであったのである。

しかしながら、収入のないノンビリさんが支払いをノンビリするのはしかたがなかった。彼は、まだ京都で働きたくはなかったのだ。故郷で今しばらく病を養っていたかったのだ。母と叔母《おば》が勝手に手紙で打ち合わして、布団といっしょに、荷物のように送り出されて来たのであった。のみならず、主婦ともあろう女が、どうして、この事態を予想したであろうか。言うまでもなく、儲《もう》かることを打算していたに相違ない。姉とか、父母という関係ですら、打算をほかに考えることはないはずだった。してみると、彼女の姉が、さらに一枚、上手の役者であったのだろう。気の毒なのはノンビリさんで、食事のたびに口前の催促され、お櫃《ひつ》の蓋《ふた》をあけるたびに、主婦が血の気の失《う》せた横目で睨《にら》んでいる。わしア、もう、自殺しとうなったと、彼はそういうふうに呟《つぶや》くのだった。

この時、関さんは親切だった。彼は翌日、ノンビリさんをうながして、主人の所へあやまりに行った。その翌日には、彼が一人で、出掛けて行った。それでも駄目だと知ると、また、翌日には、リヤカーにノンビリさんの荷物を積んで帰ってきた。クヨクヨせんかて、よろし。ようがす。必ず、いい口見つけてあげますさかい。関さんは勇気をつけた。そうして事実、十日に一度ぐらいずつ、いや、一か月に一度ぐらいかも知れないが、ノンビリさんの口を探しに行ったのである。むろん、むだ足にすぎなかった。関さんは果たして口を探したろうか。知り合いの隠居の所へ押しかけて、碁でも打って来たのかも知れぬ。

日支事変が始まった。京都の師団も出征する。師団長も負傷した。親爺の生まれが聖護院八ッ橋であることは前にも述べたが、親爺は家督を譲った代わりに自分の倅《せがれ》に

（この倅は主婦の子供ではない）八ッ橋製造の権利をもらって、聖護院とはマークの違う八ッ橋を作らせている。この八ッ橋を軍需品として師団へ納めることになったのである。倅は大変な鼻息だ。自分の生母を棄て、女と走ってしがない暮らしに老いこんでいる親爺を扱うに下僕のようだ。親爺は主婦への面当てから、それを倅の出世のように喜んで、下僕のように扱われながら幇間《ほうかん》のように相好くずしているのである。ところで、ついぞ来たこともない親爺の家へやって来てどういう用事があるかと思えば、師団へ納める八ッ橋の箱をつめてくれ、と言うのである。ボール紙の小箱へつめて、十銭だか、十二銭だかで納めるのだが、この箱づめが一箱一厘、すなわち十箱一銭、で百つめて、ようやく十銭という賃銀だ。冗談も休み休み言うがいい、今時八ッの女の子でもこんな仕事はしないであろう。一箱つめるにも角があったり何かして相当骨が折れるのだ。ところが、親爺は二ッ返事で承知した。安いも高いもないのである。倅の出世に大喜びだし、ノンビリさんと関さんという有閑人士が二人いるから、十銭の金がはいるだけでも喜ぶはずだと思ったのだった。

トラックが袋小路の入り口へ横づけになり、寝間と茶の間に八ッ橋の山が築かれ、関さんもノンビリさんも召集される。しかし、関さんは二十つめると、二階に客が来ましたさかいに、と逃げてしまい、ノンビリさんは物の五ッとやらないうちに、うち、朝からなんや気分が悪うて、貧血が来そうやさかい、と、これも二階へ逃げのび、布団を被《かぶ》って、ねてしまった。それ以来、ノンビリさんは全然八ッ橋に手をださず、関さんは親爺にくどく言われた時だけ、十ぐらいずつやりかけて、客があるとか、今日はほかに用があるとか言いつくろって逃げてしまう。あんたはん、まだ八十や。たった八銭やないか、と言われ、は、その金は貰《もら》わんといいさかい、差し上げますわ。冷然とこう言い放って、二階へ上がってしまった。関さんもはなはだ意地が悪いのだ。

もちろん、このような安価な仕事をお為《ため》ごかしに押しつけることが悪い。しかし、悪意は、親爺にはなかったのである。果たせる哉《かな》、倅が自動車を乗りつけて見廻《みまわ》りに来て、おおかたでき上がるころと思いのほか、十分の一とつまりはしない。カンカンに自分の親爺を怒鳴りつけ、それからは、毎晩のように見廻りにくる。親爺は弁当の配達もできぬ。店の仕事は主婦に委《まか》せて、朝から夜中まで箱づめにかかり、ふるえる手に手当たりしだい八ッ橋を毀《こわ》し、無理に箱にねじこんでいる。こういう破目になってみれば、主婦もまた、しかたがない。そうそう油も売っていられず、箱づめの助勢にかかり、恨み骨髄に徹して、二階へ駈《か》け上がり、ほんまに慾《よく》のない人たちやないかいな。お公卿《くげ》さんの生まれの方はうちらと違うていやはるわ。まあ、きいとくれやす、と、常連の誰彼に軍鶏《シャモ》の声で説明している。しかし、もともと、無理な仕事を押しつけられた親爺に落ち度があったのだ。親爺以外の何人が、こんな仕事を引き受けよう。しかしながら、子の愛にひかされ、子供のために嬉々《きき》として慾得もない親爺の弱身につけこんで、引き受けてのない労働を押しつけるとは、狡猾《こうかつ》無類の倅であった。しかし、親爺は、子の愛からか、意地からか、引き受け手のない無理な仕事をまんまと倅に押しつけられたということを、金輪際信じようとはしなかった。そうして、好きな碁もやらず、青筋をたてて、うう、うう、うう、と唸《うな》りながら、とうとう全部箱につめてしまったのである。それのみではなかった。すでに関さんノンビリさんの助力のないことがわかりながら、さらに第二回目のトラックを引き受けた。そうして、これもまた、ついに、片づけてしまったのだ。盲目の愛からか、腹いせからか。怖るべき意地であった。

しかしながら、これについても、蛇足があるのだ。あんたはん、なんとして、これが意地ですかいな。と、主婦が僕に言うのである。慾ですわな。五千、六千とつもってみなはれ大きゅうおす。それを忘れてからに、このおっさんが、やりますかいな。

ほんまに、そうや。と、親爺は酒をのむ僕を見あげて、ヒヒヒヒと笑った。それは神々しいぐらい無邪気であった。

居酒屋の聖人

我孫子《あびこ》から利根《とね》川をひとつ越すと、ここはもう茨城県で、上野から五十六分しかかからぬのだが、取手という町がある。昔は利根川の渡しがあって、水戸様の御本陣など残っている宿場町だが、今は御大師の参詣《さんけい》人と鮒《ふな》釣りの人以外には旅人の立ち寄らぬ所である。

この町では酒屋が居酒屋で、コップ酒を飲ませ、これを「トンパチ」とよぶのである。酒屋の親爺の説によると『当八』の意で、一升の酒でコップに八杯しかとれぬ。つまり、一合以上なみなみとあって盛りがいいという意味だそうだ。コップ一杯十四銭くらいから十八、九銭のところを上下していて、仕入れの値段で毎日のように変っている。ひどく律義な値段であるが、東京から出掛けてくる僕の友達は大概眼をつぶったり息を殺したりして飲むような酒であった。僕は愛用していた。

トンパチ屋の常連は、近所の百姓と工場の労務者たちであったが、百姓の酔態というものは僕の想像を絶していた。僕自身もそうであるが、東京のオデンヤの酔っ払いというものは、おのおの自分の職域において気焔《きえん》をあげるものである。ところが、百姓たちは、俺のうちの茄子《なす》は隣りの茄子よりりっぱだとか、俺は日本一のジャガ芋作りだとか、決して、こういう自慢話はしないのである。自分の職域に対する気焔は一切あげない。そして、酔っ払うと、まず腕をまくりあげ、近衛をよんでこい、とか、総理大臣は何をしとる、とか、俺を総理大臣にしてみろとか、大概言うことがきまっている。たちまち三人ぐらい総理大臣ができ上がって、おのおの当たるべからざる気焔をあげ、政策が衝突して立ち廻りに及んだり、和睦《わぼく》して協力内閣ができ上がったり、とにかくトンパチ屋というものは議会の食堂みたいなものだ。

浅間山中の奈良原という温泉に一夏暮らして、毎日村の（といっても十五軒しか家がない）人たちとコップ酒を飲んでいた時にも、やっぱりこういう気焔をあげる人たちであった。中に一人、いっこうに野良《のら》へ出ない親爺があった。この親爺は野良へ出る代わりに毎日昆虫網を担いで山中をさまよっている。烏アゲハを探しているのだ。この辺は昆虫採集家の往来する所で、そういう一人がこの親爺に向かって、アゲハは三百円もするという耳よりな話を吹きこんで行ったのである。その時以来この親爺は野良の仕事をやめてしまった。もっとも、烏アゲハを三百円の金に代えたという話をきいたことがない。けれども彼は悠々と毎日昆虫網を担いで森林を散策しているのである。

僕も少し気になったので、東京の牧野信一へ手紙を出して、烏アゲハが三百円もするかどうか尋ねてみた。牧野信一は二十年も昆虫を採集していて、僕もお供を仰せつかって小田原山中アゲハを追い廻《まわ》したことなどあったからである。折り返し返事が来て、烏アゲハはたしかに値段のある昆虫だけれども、神田辺で売っている標本は三円ぐらいだったと記憶しているという文面だった。

ある晩、奈良原部落の全住民集まって大宴会がひらかれたが、その晩、昆虫親爺の乱酔たるやはなはだしく、総理大臣を飛び越して、俺は奈良原の王様だといばりだした。昆虫親爺には年ごろのかわいい娘が二人いるが、この二人が左右からなだめすかして、ようやく王様を連れて帰る始末であった。酔っ払った王様はひどく機嫌が悪かった。総体に、酔っ払った総理大臣というものは、みんな機嫌が悪いのである。

取手の町はずれの西と東におのおの一人ずつの怠け百姓がいて、オワイ屋をやっている。この二人で取手の糞尿《ふんにょう》一切とりあつかっているのだが、性来の怠け者だから糞尿の汲《く》み取りも怠け放題に怠け、取手の町は年じゅう糞尿の始末に困っている。ところが、この二人が、揃ってトンパチ屋の常連なのである。一日の仕事を終えると、車に積みこんだ糞尿を横づけにして、二杯目ぐらいにたちまち総理大臣になってしまう。

この二人はとりわけ仲が悪くもないが、とりわけ仲がよくもない。おのおの怠け者だから、職業上の競争意識は毛頭なく、あべこべにおのおの宿酔《ふつかよい》のふてねをして仕事の押しつけっこをやり、町の人々を困らすのである。ちょうど僕がいるときこの二人が総理大臣になったあげく立ち廻りに及び、おのおの肥《こえ》ビシャクをふりまわして町じゅうくさくしてしまったことがあった。このとき脂をしぼられて、もう酒を売らないなどと威《おど》されたので、それ以来相当おとなしくなったけれども、総理大臣になって機嫌よく気焔をあげているので、この時とばかり俺のうちの糞便《ふんべん》を汲んでくれなどと頼もうものなら、たちまちつむじを曲げて、いずれ四、五日のうちに、などと拗《す》ねて手に負えなくなる。僕も糞便の始末に困ってお世辞を使ったこともあったが、こんなかわいげのない奴もないので、二度と頼まなかった。

しかし、つくづく見ているうちに、百姓がみんな総理大臣の気焔をあげるわけではない。概して、怠け者の百姓に限って総理大臣の気焔をあげがちだ、ということがわかってくると、僕も内心はなはだしく穏やかでなかった。僕が取手にいた時は全く自信を失って、毎日焦りぬいていながら一字も書くことができないという時でもあった。毎日、ねていた。夕方になると、もっくり起きて、トンパチ屋へ行く。

総理大臣の気焔をきいているのが、身を切られる思いで、つらかったのである。それでも、彼らがおのおのの職域に属する気焔をあげないので、まだ、きいていることができた。

彼らが総理大臣の気焔をやめて、俺のうちの茄子は日本一だとか、俺の糞便の汲みとり方は天下一品だ、とか、こういう気焔をあげたなら、居堪《いたたま》れなかったはずである。僕は酔っ払って良く気焔をあげる男だけれども、たぶん、僕の一生のうちに、取手のトンパチ屋で飲んだ時期が最もおとなしい時期となるに相違ない。宿屋のオバサンは僕のことを聖人だなどと言い、トンカツ屋のオカミさんは僕が毎晩酒を飲むのだということをきいても決して信用しない始末であり、青年団の模範青年は、ある日僕が金に困ってどうしても質屋へ行く必要があり、その案内を頼んだところ、蟇口《がまぐち》をもって追っかけて来て、無理矢理二十円押しつけて行く始末であった。全く不思議な話である。どうしてこんな信頼を博したかというと、総理大臣の気焔に身を切られる思いで、くさり果てていたからであった。

教訓。傍若無人に気焔をあげるべきである。間違っても聖人などとよばれては金輪際仕事はできぬ。

ぐうたら戦記

支那《しな》事変*の起ったとき、私は京都にいた。翌年の初夏に東京へ戻ってきて、つづいて茨城県利根《とね》川べりの取手という町に住み、寒気に悲鳴をあげて小田原へ移り、留守中に家が洪水に流されて、再び東京へ住むようになり、冬がきて、泥水にぬれたドテラを小田原のガランドウという友人のもとに残してきたのを取りに行った。翌朝小田原で目をさましたら太平洋戦争が始まっていたので、田舎の町では昼は電気のこない家が多いのでラジオもきこえず、なんだか戦争が始まったようだよ、などとガランドウのオカミサンが言うのを、仏印と泰国の国境あたりの小競り合いだろうぐらいにきき流していた。正午ちかく、床屋へ行こうと思って外へでて、大戦争が始まっているのに茫然《ぼうぜん》としたのであった。

国の運命はしかたがない。理窟《りくつ》はいらない時がある。それはある種の愛情の問題と同様で、私は国土を愛していたから、国土とともに死ぬ時がきたと思った。私は愚かな人間です。ある種の愛情に対しては心中を不可とせぬ人間で、理論的には首尾一貫せず、矛盾の上に今までも生きてきた。これからも生きつづける。

それはしかし私の心の中の話で、私は類例の少ないグウタラな人間だから、酒の飲めるうちはノンダクレ、酒が飲めなくなると、ひねもす碁会所に日参して警報のたびに怒られたり、追いだされたり、碁も打てなくなると本を読んでいた。防空演習にでたことがないから防護団の連中はフンガイして私の家を目標に水をブッカケたりバクダンを破裂させたり、隣組の組長になれと言うから余は隣組反対論者であると言ったら無事通過した。近所ではキチガイだと思っているので、年じゅうヒトリゴトを呟《つぶや》いて街を歩いているからで、私と土方のT氏、これは酔っ払うと怪力を発揮するので、この両名は別人種さわるべからずということになって無事戦争を終わった。

私が床屋から帰ってくると、ガランドウも箱根の仕事先から帰ってきて（彼はペンキ屋だ）これから両名はマグロを買いに二宮へ行こうというのだ。私はドテラもとりに来たが魚も買いにきたのだ。してみると、そのころからすでに東京では魚が買えなくなっていたらしい。そして小田原にも魚がなくて、ガランドウが二宮の友人の魚屋へ電話をかけて、土地の魚はないがマグロが少々あるからというので、それを買いに行ったのだ。東海道をバスで走った。私は今でもあの日の海を忘れない。澄み渡る冬の青空であったが、海は荒れていた。松並木に巡査が一人立っていた。その姿のほかに戦争を感じさせる何物もありはしなかった。二宮の魚屋で私たちは店先に腰を下ろして焼酎《しようちゆう》を飲み、私はひどく酔っ払って東京行きの汽車に乗ったが、私の汽車が東京へつかないうちに敵の空襲をうけるものだと考えていた。私は全く気が早い。私はつまり各国の戦力、機械力というものを当時可能な頂点において考えていたので、この戦争がこれほど泥くさいものだとは考えていなかった。皇軍マレーを自転車で進撃ときた時には全く心細くなってしまったので、もっとも私は始めから日本の勝利など夢にも考えておらず、日本は負ける、否、亡びる。そして、祖国とともに余も亡びる、と諦《あきら》めていたのである。だから私は全く楽天的であった。

私のように諦めよく、楽天的な人間というものは、およそタノモシサというものが微塵《みじん》もないので、たよりないこと夥《おびただ》しく、つまり私は祖国とともにアッサリと亡びることを覚悟したが、死ぬまでは酒でも飲んで碁を打っている考えなので、祖国の急に馳《は》せつけるなどという心掛けは全くなかった。その代わり、共に亡びることも憎んでおらず、第一、てんで戦争を呪っていなかった。呪うどころか、生まれて以来初めての壮大な見世物のつもりで、まったく見とれて、おもしろがっていたのであった。私が最も怖れていたのは兵隊にとられることであったが、それは戦場へでるとか死ぬということではなくて、物の道理を知らない小僧みたいな将校に命令されたり、ブン殴られるということだけを大いに呪っていたのである。点呼令状というものがとどいた日の夜、私の住む地区は焼け野原になった。天帝のあわれみ給うところと喜んで、ごまかして、有耶無耶《うやむや》のうちに戦争が終わって、私は幸いブン殴られずに済んだのである。私はブン殴られたら刺し違えて死ぬことなどを空想して、戦争中、こればかりは何とも憂鬱《ゆううつ》でしかたがなかった。私は規則には服し得ない人間で、そのために、子供の時から学校が嫌いで、幼稚園の時からサボッて、道に迷って大騒ぎをやらかしたりして、中学校まで全通学時間の約半分はひそかに休んでいるのである。これは掛け値のない実話です。私が学校を休んで海岸でねころんでいると家庭教師（医大の学生）が探しに来て雲を霞《かすみ》と逃げのびると彼もまた旺盛《おうせい》なる闘志をもって実に執拗《しつよう》に追っかけて共にヘバッたこともあり、親父がキトクで学校へ電話が来た時も休んでいて、大いに困ったこともある。罪を犯してもそうせずにいられぬということは切ないことだ。私は学校を休んで砂浜の松林の上にねてただ空と海を見ているだけなのだが、そういう素朴な切なさは子供の時も大人の今も変わるものではない。

私は田舎の中学を放校され、東京の豊山《ぶざん》中学という全国のヨタ者どもの集まる中学へ入学した。この中学では三年生ぐらいになると半分ぐらい二十を越していて私などは全く子供であり、新聞配達だの、人力車夫だの、縁日で文房具を売る男だの、深夜にチャルメラを吹いて支那ソバを売る男だの、ヒゲを生やした生徒がたくさんいた。けれども、ここでも、私ほど学校をサボる生徒はいなかった。私が転校して三日目ぐらいに、用器画の時間に落書きしていると、何をしているかときくから、落書きをしていますと答えると、そういう生徒は外へ出よ、私の時間は再び出席するに及ばないと言う。しかたがないからカバンをぶらさげて家へ帰り、それからの一年間は完全にその時間には出なかった。答案も白紙をだした。私は落第を覚悟しており、満洲へ行って馬賊にでもなろうと考えて、ひそかに旅費の調達などをしていたのである。ところが私は及第した。のみならず、二学期は丁だったのに、三学期の総合点が甲になっており、私は三学期の白紙の答案に百五十点ぐらい貰《もら》ったことになっていた。この先生は五十ぐらいの痩《や》せて見るからに病弱らしい顔色の悪い先生で、いつも私の空席をチラと見て、また休んだか、と呟いていたそうである。私はどうにも切なくて、思いがけなく及第したが、先生の顔を見る勇気がないので新学期から学校を休んでいると、友達が来て、用器画の先生は学校をやめたということを伝えてくれた。それ以来、私はいくらか学校をサボらぬようになったが、それは改心したせいではなく、その時以来学校じゅうの人気者になって、ヒゲの生えたオジサン連だのヨタモノ連に馬鹿親切に厚遇されるようになったから、いくらか学校がおもしろくなったせいである。そこで私は陸上競技の御大などに祭りあげられて羽振りをきかしたものだが、何しろこの中学は人力車夫と新聞配達がたくさんいるから馬鹿にマラソンが強いので、特に団体競技、駅伝競走となると人材がそろっている。けれども車夫というものは走り方に隠されぬ特徴があって、手の置き場が妙に変わっており、また、脚のハネ方にもピンと跳ねて押えるようなどこか変わったところがあって、見ているとハラハラする。負けた学校からも投書があったりして、せっかく貰った優勝旗をとりあげられたことがあった。私の安住できる学校はこんなものである。

こういう私にとっては生まれつき兵隊ほど嫌いなものはなかったが、しかし、私はおよそ戦争を呪っていなかった。もともと芸術の仕事というものは、それ自体が戦争に似ている。個人の精神内部における戦争のごときもので、エマヌエル・カント先生も純粋理性批判においてそういう表現を用いているが、ともかく芸術の世界は自らの内部において常に戦い、そして、戦う以上に、むしろ殉ずる世界である。私のように身のほどもかえりみず、トンボか、せいぜい雀ぐらいの才能しかないくせに、鷲《わし》か鷹《たか》でなければ翔《と》べない山脈へあがろうという。その無理はよその人が見て考えるよりも本人自身が身を切る思いで知っており、朝に絶望し、夕べにのたうち、鷲や鷹につかみ去られて食べられて糞《ふん》になったり嘔吐《おうと》になったり、そこでまたいのちを貰ってコツコツやりだして、麓《ふもと》と二合目ぐらいのところを翔んでは食べられて糞になり、翔んでは食べられて糞になり、糞の中から生まれ変わって同じ所をせっせと登って突き落とされている。

支那で戦争が始まった。四年の後に本物の大戦争が始まるまで、私の方は戦争どころではなかったので、ヨチヨチ翔んでは食べられて糞になり、冒頭に述べたとおり、支那で戦争の始まったとき私は京都にいたのだが、その年の正月の終わりごろ、ふと東京で決意して、千枚ほどの原稿用紙だけぶらさげて京都へ来たのだが、隠岐《おき》和一から伏見稲荷《いなり》の前に部屋を探してもらって長篇小説を書きだした。その隠岐が東京へ帰ると知り人はもとより一人もおらず、私はその孤独をいかばかり心強いものに思いつめていたのであろうか。私を知る人は京都に一人もいないのだ。なんという温かいなつかしい友情であろうか！　まもなく私は弁当仕出し屋の二階へ引っ越した。そこでは一日の食費が二十五銭で、酒が一本十二銭で、私は少しも歩かずに食って酔っ払って、ねむって、一か月二十円ぐらいで生きていられるのである。私が満々たる自信をもって仕事に精根つくしていたのは約二か月で、六百枚ほどでき上がり、あと百枚か百五十枚で終わるところで私の自信は根こそぎ失われていた。自信が失われるということは単に自信が失われるということではないので、絶望するということと同じ意味にほかならぬのだ。鳥が孔雀の羽をつけるというが、われわれは鷹を夢み、烏は孔雀の羽をむしられるだけで話はすむが、鷹を夢みる雀は鷹に食われて糞になる。そして糞からもとの雀に戻るまで、朝に嘆き、昼に絶望し、夕べに怒り狂い、考えることを何よりも怖れ、考える代わりに酒を飲み、酒を飲むと、怒り狂わずにいられなくなり、自分はおろか人にまで八ツ当たり、馬鹿者の中の馬鹿者であった。原稿用紙に埃《ほこり》がつもり、見まいとしても部屋の中の机の上だもの見ずにいられるものか、見るたびに一度に心が冷えきって曠野《こうや》を飄々《ひょうひょう》風が吹く。私は坂口安吾という名前であることを忘れようとした。本当に忘れようとしたのだ。どうしても名前の思いだせない人間で、どこで生まれ、どこから来てどこへ行く人間だか、本人にもしっかとわからない人間で、一か月二十円の生活に魂を売った人間で、昼ごろ起きて物を食い、夕べに十二銭の酒に酔っ払ってゴロリとねむる酒樽《さかだる》のできそこないのような人間なのだ、と、どうしてそれを信じることができないのだろう。事実それだけの人間ではないか。しかも、どうしてそれを信じることができないのだ。

諸君は京都の街を知っていますか。東山北山西山と言い、南を残して三方はぐるり山にかこまれています。街は春の季節でも北の山と西の山には雪があるほど高い山で、京都の街から京都の街へ行くために深い幽谷のような峠を越すところもあります。私の窓からは京都の山々がみんな見えます。山を見ると私は泣きだしそうになって怒ります。ムッシュウ・スガンの山羊《やぎ》という話を知っていますか。しかし、その話とも違います。山はいつも綺麗《きれい》ですよ。人のいない野原ではなく人間だらけの屋根の上の山の姿は沁みるように鮮やかなのでず。山を見ると、私はいつもただ山だけになってしまった。私自身が山になった。私という人間はこんなケチな、センチメンタルな人間で、たちまち山の姿を映すような人間で、鷲と鷹しか翔べないような大山脈を映すことのできないケチな人間である切なさに、ふるえだしてしまうのでした。すでに芸術の鳥はとび去り、部屋にひとかけの糞のかたまりが落ちていました。

一年たった。私は竹村書房へ速達をだした。あと二か月で小説は完成する。金を送れ。それは大嘘であった。マッカな嘘である。けれども本当なのだ。私は一年間一字も書いておらず、今もなお一字も書きだす力はなかった。私はしかし本屋をだますためではなしに、私自身をだますため、私自身の嘘ッパチの贋物《にせもの》の決意をつくらせるために、余儀ない命令を下すために、うそッパチの手紙を書かずにいられないのだ。私は私自身を決死隊のあの無理強いの贋物の決意のなかに突きださなければしかたのない気持ちになっていただけだった。

本屋から金が来た。私はそれを握って酒を飲みに行った。私は気がつかなかったが、着物をあべこべに着ていたのである。私は人にジロジロ見られたことも意識していなかった。酒をのむ家へ行き、そこの女中に注意されて、私はマッカになった。その気持ちは京都を去る最後の日まで、否、今もなお、私の記憶から、消すことができない。私はその翌日から無理強いに仕事を始めた。それは贋物の仕事であった。私は着物をあべこべに着ていた。私の魂が着物をあべこべに。私は――仕事をしながら、あべこべの着物を仕事自体に意識しつづけていたのである。

私は七百五十枚の小説をかかえて東京へ戻ってきた。昭和十三年の初夏、私はしかし、着物がないので、ドテラを着て東京へつき、汽車の中では刑事に調べられてウンザリしたものだ。東京で一年間、私は威張りかえった顔をしていたが、自信はなかった。そして一年たち、今度こそ本当にギリギリの作品を書かなければ私はもう生きていない方がいいのだと考えて、利根川べりの取手という町へ行った。私の見知らぬ町であり、何のゆかりもない町だ。竹村書房が探してくれたのだ。彼は魚釣りが好きであり、ここは鮒《ふな》釣りの著名な足場のひとつだそうで、彼の行きつけの旅館があり、その世話で、取手病院というところの、そこはもう主人が死んで病院ではなくなっている離れの家へ住んだのである。

京都ではともかく満々たる自信をもって乗りこむことができたので、そのときは書くべき題材に心当たりと自信があったからであるが、取手では、何かギリギリの仕事をしなければ死んだ方がいいのだ、という突き放された決意のほかには心に充《み》ち溢《あふ》れる何物もなかったのである。

何よりも感情が喪失していた。それは芸ごとにたずさわる人でなければたぶん見当のつかないことで、そして芸ごとも、本当に自信を失って自分を見失った馬鹿者でないと、この砂漠の無限の砂の上を一足ずつザクリザクリと崩れる足をふみぬいて歩くような味気なさはわからない。私はひけらかして言っているのではない。こんな味気なさをかみしめねばならぬのは、馬鹿者の雀の宿命で、鷲や鷹なら、知らずにいられることとなのだ。私はもう、私の一生は終わったようにしか、思うことができなかった。

この町では食事のために二軒の家しかなく、一軒はトンカツ屋で、一軒はソバ屋であった。私は毎日トンカツを食い、もしくは親子ドンブリを食った。そして夜はトンパチという酒をのむ。トンパチは当八の意で、一升の酒がコップ八杯の割で、コップ一杯が一合以上なみなみとあるという意味だという。一杯十五銭から十七銭ぐらい、万事につけて京都よりは高価であったが、生活費は毎月本屋からとどけられ、余分の飲み代《しろ》のために、都新聞の匿名批評だの雑文をかき、私はまったく空々漠々たる虚《むな》しい毎日を送っていた。

この町の生活も太平楽だった。ある夏の日盛りのこと、伊勢甚《いせじん》（旅館）の息子が誘いにきて、旅館の小舟をだして、この小舟を利根川の鉄橋の下へつないで寝ころぶのだが、これは涼しい特別地帯で、鉄橋の下の陰を川風が吹き渡り、夏の苦しさを全く忘れ果ててしまう。もっとも旅館の息子は川の水をジャブリとくんで平気でお茶をわかすが、利根川もこのへんは下流であり、あるとき舟のすぐ横へ暗紫色のふくれあがった土左衛門が流れてきたことがあった。この土左衛門は兵隊で、四日前に溺《おぼ》れて死んで、その聯隊《れんたい》の兵隊が毎日沿岸を探し廻っていたのである。

あるとき小舟の中でねころんでいると百メートルほど下流に何百人の人だかりに気がついたので、ザブンと飛びこんで泳ぎついてみると、今しも人が死んだところだ。親父が釣りをしていた。小学校四年の子供が泳いで溺れて、親父が慌てて飛びこんで二人とも沈んでしまったのだ。この釣り場の川底はスリ鉢型の窪《くぼ》みがいくつかあって、この窪みの深さは十尺以上で、それが幾つもあり濁っているから探すのが大変な苦労である。小舟やボートが十隻ほどでて、てんでに竿《さお》で川底をさぐり、このへんでただ一人という泳ぎ達者の商売人の漁師がきて泳ぎ廻っているけれども死体のありかがわからない。

私は泳ぎの名人である。子供の時から学校を怠けているから、遊ぶことは大概名手で、私が子供のころは海が一番の遊び場だから、海は私のふるさとで、今でも私は海を眺めていると、それだけで心が充たされているのだ。私が中学一年の時、そのころ高師の生徒で佐渡出身の斎藤兼吉という人がオリンピックに出場して、片抜手で自由型を泳いで、カワナモクのクロールに惨敗して、クロールを習い覚えて帰ってきた。この人を例年のコーチにしていた新潟中学ではその年すでに日本で最初にクロールを覚えたわけで、私はつまりカワナモク型の最も古風素朴なクロールを身につけたわけである。しかし私はそれよりも潜水の名手なので、少年時代は五〇メートルプールを悠々ともぐったものである。もっともあるとき腕にまかせて海の底へもぐりこみ、突然グァンと水圧で耳をやられ、幸い鼓膜は破れなかったが、危うく気を失うところで、死にかけたことがあった。

こういう私であるから取手唯一の河童《かっぱ》漁師などがヘッピリ腰でもぐっているのはお

かしくてしかたがない。私はオッチョコチョイだから、ざんぶと飛びこみ、川の底をもぐり廻って、たちまち死体をつかみあげた。こういうと話は簡単だが、事実話は簡単なのだが、私の心にだけはそうでないことが起こったのである。みなさんはまず川の底というものが海の底のように透明でなく、土の煙が濛々《もうもう》と立ち上り半メートルぐらいしか視界がきかない暗さであることを知る必要がある。その半メートルの視界も土の煙が濛々とうずまいて極めてかすかな明るさでしかないのである。突然私の目の前へニュウと腕が突きでてきた。それは川底の流れにユラユラゆれ、私の鼻の先へ私をまねいているようにユラユラと延びてきたのである。川底の暗さのために、腕だけしか見えなかったのは、まだしも私の幸せであったろう。それは子供の片腕だった。私はそれを掴《つか》んで浮き上がったのだが、水の中の子供の身体などはほとんど重量の手《て》応《ごた》えがないもので、ゴボウを抜くというその手応えを私は知らないが、あんまり軽くヒョイと上がってきたのでびっくりしたほどだった。私が首をだす。つづいて死体の腕をグイとひきあげると、アア、という何百人の溜息《ためいき》が一度に水面を渡ってきた。だが私は、再び水底へもぐる勇気はなかった。私の最初にひきあげたのが親父の方であればまだよかったかも知れぬ。なぜなら子供の死体の方はそれほどの凄味《すごみ》も想像されぬからで、親父の死体が今もなお渦まく濛気の厚い流れの底にあり、今度はユラユラした手でなしに、その顔がニュウと私の目の前へ突きでてくる時のことを想像すると、とても再びもぐる勇気がなかった。

伊勢甚の息子はひどくカンのいい青年で、私が子供の屍体《したい》をひきあげると、すぐ、戻りましょうよ、と言った。そして二人が小舟へ戻ると、困ったことに、私が舟へ立てかけておいた大事のステッキがなくなっている。飛びこんだハズミに落ちて流れたのだ。この籐《とう》のステッキは無一物の私がたった一つの財産に大事にしていたもので、それはステッキを愛用した人でないとわからないが、身体の一部の愛着がわくもので、私の嘆きは甚大だった。幸い小舟にはモーターがついており、まだガソリンがあったので二、三マイル下流まで追っかけてみたが見当たらなかった。もう水面はたそがれて暗くなっている。たそがれの水面を低く這《は》うように走るということはいい気持ちのものではないが、例の屍体の沈んだところを通ると、もう岸に人影はなく、たった三隻の小舟だけがもうあたりもしかとは見えない暗い水面に竿を突っこんで屍体を探している。水からの蒸気がそれをかすかに包んでおり、オーイ、もう一度もぐってくれないかオーイ、オーイ、と呼んでいる。冗談ではない。真昼の太陽の下でも、もぐるのが怖ろしくなってしまったのだ。

その日から私は小さな町の英雄になり、伊勢甚の子供が私のステッキのことを誇大に言いふらしてわが子供のごとくに愛していたこと（それは本当だが）を吹聴《ふいちょう》するから、町の有志が心配して利根川の下流へステッキ捜索の立札をたててくれた始末であった。

わが魂をさがしあぐね、ひねもす机の紙を睨《にら》んで、空々漠々、虚しく捉《とら》えがたい心の影を追いちらしている私にとって、人の屍体をひきあげて人気者になり、残った屍体をひきあげかねて逃げだしてきた馬鹿らしさ、なさけなさ。私はあの小さな田舎町を思いだすことが実際苦痛だ。私はあの町を立ち去って以来、再び訪れたこともなく、思いだすことも悲しい。虚しさとは、そして、その虚しさの愚かさのシンボル自体があの英雄で、この町に何とか稔《みの》るという私よりも年長の文学青年がいて、私の例の屍体引き揚げ作業を見て葉書をよこして遊びにくるというから、私は胸のつぶれる苦しさ憎さで、あなたはイソップ物語を知っていますか、子供が石を投げて遊んでいますが池の中の蛙には命の問題です、と返事を書いた。ある日トンパチ屋で会うと向こうから話しかけて文学の話を始めたから、バカヤロー、私は呶鳴《どな》って帰ってきた。私はほんとに我がままだ。彼はちっとも悪くはない。ただ私は、私自身が考える苦しさのために、考える代わりに酒をのんでいるのに、見も知らぬ遠い方から近づいてきて文学の話などやりだすから怒るので、文学は話ではないよ。それは私自身で、私がそれを表現するか、さもなければゼロだ。私が偉い人で、自信のある人間なら、怒らずにいられる。すでに一年、一行の文字も書くことができず、川の底の屍体をひきあげて町の鼻たれ子供にほめられてもてはやされて、わが身の馬鹿さを怒らずにいられるものか。酒をのむたびに不機嫌になり、怒るようになったのは京都からであった。それはなお数年つづき、太平洋戦争になってから、だんだん怒らなくなり、否、怒ることすらもできなくなり、その代わり、エロになった。酔っ払うと日本一の助平になるのであった。

取手の冬は寒かった。枕もとのフラスコの水が凍り、朝方はインクが凍った。朝方はインクが凍るなどというといかにもよもすがら仕事をしているようであるが、たまたま何か酒手のための雑文を書いて徹夜ぐらいしたこともあったであろう。仕事らしい仕事はただの三行もしておらず、しておらずではなくて、するだけの力、実力というものがないのであった。三文文士は怠け者ではない。何を書いても本当の文字が書けないから、筆を投げだし、虚空をにらんでヒックリかえってひねもす眠り、怠け者になってしまうだけだ。利根川べりのこの町はまったく寒い町だった。すると私の悲鳴がきこえたのか、三好達治から小田原へ住まないか、家があるというハガキがきたから、さっそく小田原へ飛んで行った。小田原は知らない町ではない。牧野信一が死んだ町であり、彼が生きていたころ女に惚《ほ》れて家をとびだし行き場に窮して居候をしていたこともある町で、昆虫採集の大好きな牧野信一とミカン畑の山々を歩き廻ったこともあった。よくよく居候に縁のある町で、今度は三好達治の居候であった。もっとも別な家に住み、食事の時だけ三好の家へでかけて行く。

戦争のために物の欠乏が現われはじめ、それが私にも気づいたのは取手の町にいる時であった。木綿類がなくなった、東京になくなったといって、若園清太郎が買いにきた。私のところへ世帯じみた話をもたらすのは常にこの男だけで、女房をつれ、子供をつれ、子供のオシメを持って遊びにきて世帯の風を残して行くので、私が小田原へ越して後も、私のところに鍋《なべ》も釜《かま》も茶碗《ちゃわん》も箸《はし》もないというので食事道具一式ぶらさげ、女房も子供もオシメもつれてやって来て、変てこな料理をこしらえて食べさせてくれて、そのたびに、小田原にもパンがなくなったとか、バタがなくなったとか、そういうことを彼によって発見する。彼さえ来なければ、私は何も発見する必要はない。私には欠乏がなかった。必要がなかったからだ。

そういう私にも否応《いやおう》なしに欠乏がわかってきた。なぜなら、酒がなくなったのだ。次にマッチがなくなり、煙草がなくなった。

けれども小田原ではさして困らなかった。ガランドウという奇怪な人物がいるからで、そこへ行くと、酒もタバコも必ずなんとかしてくれる。この人物は牧野信一の幼な友達で、ペンキ屋で、熱海から横浜に至る東海道を股《また》にかけて看板をかいて歩いており、ペンキ道具一式と酒とビールをぶらさげて仕事に行ってまずビールを冷やしてから仕事にかかる男なので、箱根へ仕事に行けばわざわざ谷底へ降りて谷川へビールを冷やしてから仕事にかかり、お昼になると谷底の岩の上でビールを飲んで飯を食っ

ている から、注意して東海道を歩くとよくこの男の姿を見かける。風流な男なのである。

しかし私は風流ではない。私は谷底へ降りてビールを飲むことなどは金輪際やらず、彼は谷底へ降りるばかりでなく、箱根の山のテッペンでビールを飲もうよと言って私をしつこく誘うけれども私はいっかなウンとは言わないので、私は今いる場所を一歩も動かず酒をのむ主義で、風流を解する精神は微塵《みじん》といえどもない。ともかくこういう人物だから、こと酒に関してはまことにたのもしい男であり、三時間辛棒する覚悟さえあれば、小田原全市に酒がなくとも隣りの村から酒を持ってきてくれた。必ず持ってきた。しかし、一升たのんでも、五合しかなかったということが、さすがのこの男でも次第にそうなってきたのであった。

そのうち、私が上京して留守のうちに早川が洪水で家は泥水にうずまり、そのまま私は東京に住まざるを得なくなってしまったのである。

太平洋戦争が始まったのはこの年の冬だ。寒くなったのでガランドウの所へあずけてきたドテラをとりに小田原へ行き、翌朝目をさまして戦争が始まっていた顛末《てんまつ》はすでに述べたとおりであるが、私の魂は曠野《こうや》であり、風は吹き荒れ、日は常に落ちて闇は深く、このような私にとって、戦争が何物であろうか。戦争は私自体の姿であり、そのほかの何者でもなかったのだ。

私はしかし私自身死を覚悟した十二月八日を思いだす。私は常に気が早い。その日
私は日本の滅亡を信じ、私自身の滅亡を確信した。小田原の街々は変わりはなかった。
人通りはすくなく、ただ電柱に新聞社のビラがはられて、日本宣戦す、ハタハタと風
にゆれ、晴天であった。私が床屋から帰ってくると、ガランドウも仕事先の箱根から
帰ってきて、偶然店先でぶつかり、いよいよ二宮へマグロをとりにでかけたわけだが、
ガランドウばかりは戦争のセの字も言わなかったようだ。どこ吹く風、全くそういう
男で、五尺八寸五分ぐらい、大男の私が見上げるような大男で、感動を表わすという
習慣が全然ない、怒ることもなく、笑うことだけはある。二宮駅の手前でバスを降り
て、まず禅寺へはいって行って、いやにサボテンだらけのお寺で、ガランドウは庫裡《くり》
の戸をあけて、酒はないかね、大きな声でたずねている。目当ての家に酒がなくても
決して落胆したりショゲたりはしない男で、いつも平気の平然で、一軒目がだめなら
二軒目、二軒目がだめなら三軒目、そういう真理をちゃんと心得ているのであろう。
それから鉄道の工事場へ行き、ここではお寺の墓地が線路になるので、何十人の人間
が先祖代々の墓地を掘りかえしており、線香の煙がゆれている。ガランドウはここの
掘り起こした土をさぐって土器を探し、破片をあつめると壺《つぼ》になる。彼は素人考古学
者でガランドウ・コレクションというものを秘蔵している。それから魚屋へ行ったの
で、もう夕方になっていた。魚屋には自家用の焼酎《しょうちゅう》があり、ガランドウはそれを無心

して、われわれはしたたか酩酊《めいてい》に及んだのである。

要するに、どう思い返してみても、十二月八日という日に戦争について戦争のセの字も会話しておらぬので、相手が悪い、私はつまりガランドウの二階で目をさます、もうガランドウは出掛けている、オカミサンが来て、なんだか戦争が始まったなんて言ってるよ、と言ったが、私は気にもとめず午《ひる》まで本を読んでいて、正午五分前外へでて戦争のビラにぶつかり、床屋をでてガランドウに会って二宮へ来てマグロを食い焼酎をのみ酔っ払って別れて帰ってきただけであった。小田原でも二宮でも、われわれの行く先々で、特別戦争がどうのこうのという挨拶《あいさつ》をのべたところは一軒もなかった。日本人は雨が降っても火事でも地震でもなんでも時候見舞いの挨拶の口上にするのであるが、戦争だけは相手のケタが違うので時候見舞いの口上にははまらなかったのかな。思うに日本人という日本人が薄ボンヤリと死ぬ覚悟、亡びる覚悟を感じたのではないだろうか。もともと田舎の町は人通りがすくないのかも知れぬが、妙に人通りのない、お天気のよい道だけを忘れない。人の姿がむれていたのは墓地の工事場と、魚屋の店内で、ちょうど夕方で、オカミサンたちが入れ代わり立ち代わり買いに来て、異様な人物が二人店先でマグロを食って焼酎をのんでいるから、驚いて顔をそむけている。

だが、心には何物かがあったであろう。長い戦争の年内を通観して、やっぱりこの日は最も忘れ得ぬ日であり、なつかしい日だ。八月十五日に終戦の詔勅をききながら思いだしたのは言うまでもなくこの日のことで、時刻もその正午、生きて戦争を終わろうとは考えていなかった。とはいえ、無い酒をむりやり探して飲んだくれ、誰よりもダラシなく戦争の年内を暮らした私であった。そして戦争はまだだらしなく私の胸の中にだけ吹き荒れているのである。

死と影

私がそれを意志したわけではなかったのに、私はいつか淪落《りんらく》のただなかに住みついていた。たかが一人の女に、と、苦笑しながら。なぜ、生きているのか、私にも、わからなかった。

私が矢田津世子と別れたことを、遠く離れて、嗅《か》ぎつけた女があった。半年前に別れた「いずこへ」の女が、良人《おっと》とも正式に別れて、田舎の実家へ戻っていたが、友人や新聞雑誌社へ手を廻《まわ》して、常に私の動勢を嗅ぎ分けていたのであった。

女は実家から金を持ちだして、私の下宿から遠からぬ神保町に店を買い、喫茶バーをはじめ、友人をローラクして、私をその店へ案内させた。酒につられて私がヨリをもどさずにいられぬことを、見抜いていた。

私は女の愛情の悲しさや、いじらしさを、感じることはできなかった。落ちぶれはてた魂を嗅ぎ分けて煙のように忍びよる妖怪《ようかい》じみた厭《いや》らしさに、身ぶるいしたが、まさしく妖怪の見破るとおり、酒と肉慾《にくよく》の取り引きに敗北せざるを得なかった。

私は女の店の酒を平然と飲み倒した。あまたの友人をつれこんで、乱酔した。嵐であった。平和な家を土足で掻《か》きまわしているような苦しさを、つとめて忘れて、私は日ごとに荒れはてた。

私は下宿へ女を一歩も寄せつけなかったが、時々女の店へ泊まった。店の二階は一間しかない。女も女給たちも、五、六人がそこへゴチャゴチャ入りみだれて眠る。私の泊まる部屋も、そこしかなかった。私は平然と、女とたわむれる。女給たちは、ねたフリをしている。白々と明ける部屋に、ふと目がさめると、女給たちの大きな尻《しり》があらわに入りみだれている。あの女給たちは、ズロースをぬいで、ねむるのである。

彼女らは、あの男、この男と、代わりばんこに泊まり歩いて、店へ戻ると、ダタイの妙薬と称する液汁をのみ、ゲーゲー吐いているのであった。

金のある時は、いつも、よそで遊んでいた。その遊び先で、二人の珍妙な友人ができて、彼らは時々私の下宿へ遊びにきた。

一人は通称「三平」とよぶ銀座の似顔絵描きであった。三平はアルコール中毒で、酒がきれると、ぶるぶるふるえ、いそいでコップ酒をひッかけてくる。時々私と腰をすえて飲みだすと、さのみ私の酔わぬうちに泥酔して、アヤツリ人形が踊るような、両手を盲が歩くように前へつきのばし、ピョンピョンと跳ねるような不思議な千鳥足となり、あげくに吐いて、つぶれてしまう。ほとんど食事をとらず、アルコールで生きているようなもので、そのくせ一時に大量は無理のようで、衰弱しきっていたのである。

三平はバーを廻って酔客の似顔絵をかく。ノミシロを稼ぐと、さッさと、やめる。必要のノミシロ以上は決して仕事をしなかったが、人が困っているのを見ると、一稼ぎして、人にくれてやることは時々あった。夏冬一枚のボロ服だけしかなかったが、私を訪ねてくる時には、失礼だから、と、秋のころにもユカタをきてくる。このユカタは肩がほころびて、もげそうに垂れ、帯の代わりにヒモをまいているのであった。ボロ服の方が、どれだけ、人並みだかわからない。しかし三平はそうとは知らず、なんしろ、高級な下宿だからネ、先生のコケンにかかわるといけねえから、このキモノをきてくるんだ、オレは高級はキューークツで、きらいなんだ、と言っていた。

三平は最低の生活にみち足りていた。彼の姉が、松戸に、女給が二十人ちかくもいる大きなカフェーをやっていて、三平に支配人をやれと頻りにすすめていたが、カフェーは下賤《げせん》な職業だ、と、ひどく憎んで、ニベもなく断わりつづけていたようである。知らない土地の交番では必ず咎《とが》められる乞食《こじき》の風采《ふうさい》をして、しかし、彼の魂は変テコリンに高かった。

空襲のころ、神保町の古本屋を歩いていると、何年ぶりかで、三平に会った。ボロボロのユカタをきて、尻をハショッて、ワラジをはいていた。それが彼の防空服装であった。戦争中も新橋のコップ酒屋に優先行列していたようだが、酒の乏しさに、疲労している様子であった。これが三平に会った最後で、終戦前後に死んだ由である。

三平は女ギライであった。酔ったあとに、私が女を買いに行こうとすると、女は不潔じゃないですか、とブツブツこぼしながら、諦《あきら》めて私と別れるのであった。

「先生、旅にでようよ」

三平は、しきりに私を旅に誘った。真剣な眼つきであった。

「一文も、金はいらないよ。オレは、なんべんも、旅にでたんだ。村々の木賃宿に泊まるんだ。オレが、役場や、学校や、会社を廻って、似顔絵をかいてくるからネ。東京は、不潔だよ。物質慾、物をもつ根性が、オレはキライなんだ。女をもつのも、金をもつのも、着物をもつのも、オレはキライだ。旅にでると、オレの言うことが、わかるよ。先生は、まだ、とらわれているんだ。オレみたいな、才能のない奴が、何をわかったって、ダメなんだ。先生にわかって、そして、書いてもらいたいんだ。旅にでれば、必ず、わかる。人間の、ふるさとがネ、オヤジもオフクロもウソなんだ、そんなケチなもんじゃないんだ、人間には、ふるさとがあるんだ。慾がなくなると、ふるさとが見えるものだ。本当に見える。オレといっしょに旅にでて、木賃宿へとまって、酒をのんで、歩いて、そして、先生にも、きっと見える」

三平の眼は気違いじみて、ギラギラ光ってくるのであった。

「先生、今日は先生にオゴリにきたよ。たまには、三平の酒をのんで下さい。そのつもりで、ゆうべ、よけい稼いだんだ」

私をオゴルよけいな稼ぎは、一円五十銭、一円二十五銭、いつもそれぐらいなハンパな金で、蟇口《がまぐち》のない三平は、それを手に握って私を訪ねてくるのであった。彼のオゴリは、新橋のコップ酒か、本郷の露店であった。

時たま私が彼を小料理屋へつれて行く。どうせ私の行く店だから、最も安直な店であるのに、彼はどうしても店になじめず、

「オレは、高級な店はキライだ。オレは、しかし、ただ酒をのめばいい、というんじゃないよ。高級らしいものほど、オレにとっては、みすぼらしい、ということなんだ。高級は不潔だよ。人間らしくないんだ」

話の筋が通るうちはいいけれども、酔っ払うと、こんな店はキライだ、と怒りだして、店のオヤジと喧嘩《けんか》になって、追いだされてしまう。

私はもとより、三平のいう素朴なふるさとに安住できるものではない。しかし、三平といっしょに村々の木賃宿を泊まり歩いてみようかと思うことは時々あった。どうしても、それができなかったのは、それぐらいのケチな逃げ方をするぐらいなら、死ぬがよい、という声をいつも耳にしていたからだ。

偉そうに、ほざいてみても、だらしがないものだ。私は矢田津世子と別れて以来、

自分で意志したわけではなく、いつとはなしに、死の翳《かげ》が身にしみついていることを見いだすようになっていた。今日、死んでもよい。明日、死んでもよい。いつでも死ねるのであった。

こうハッキリと身にしみついた死の翳を見るのは、切ないものである。暗いのだ。自殺の虚勢というような威勢のよいところはミジンもなく、なんのことだ、オレはこれだけの人間なんだ、という絶望があるだけであった。

その年の春さきに、牧野信一が、女房の浮気に悩んで、自殺した。たかが女房の浮気に、と、私は彼をあわれみながら、私自身は、惚《ほ》れた女に別れただけで、いつとなく、死の翳が身にしみついているというテイタラクである。たかが一人の女に、と、いくら苦笑してみても、その死の翳が、現に身にさしせまり、ピッタリとしみついているではないか。みじめな小ささ。いかにすべき。わがイノチ。もがいてみても、わからない。

三平のほかに、私の部屋を時々訪れてくる男。これを男というべきや。ヤマサンというオヤマであった。

ヤマサンは私の行きつけの新橋の小料理屋の食客であった。左団次の弟子の女形《おやま》で、当時、二十であった。みずみずしい美少年で、自分では、私は女優です、と名のり、心底から、女のつもりであった。

私はヤマサンに惚れられていた。執念深い惚れ方で、深夜に私のもとへ自動車をのりつけ、私の身辺を放れない。あいにくなことに、私は男色の趣味がない。色若衆といっても、これほどのみずみずしい美少年はまたとあるまじと思われるほどのヤマサンに懸想されて、私は困却しきっていた。

私はその晩、たまりかねて、一計を案じ、ヤマサンとともに、深夜に車を走らせて、友人を訪ねた。むごいことをしたものだが、私の方は、ヤマサンの妖怪じみた執念を逃げたいばかりに、必死であった。その友人の友だちに男色の男がいて、近所に住んでいることを、きいていたのだ。この男色先生をよんでもらい、男色先生とヤマサンを置き残して、私と友人は脱けだして、夜明かしの飲み屋で酒をのんだ。そこから電話をかけてみると、ヤマサンが電話にしがみついて、助けて下さい、殺されそうです、と悲鳴をあげていた由で、そのことがあってから、ヤマサンも狂恋をつつしみ、大いに慎んで私に接するようになった。

その後のヤマサンは決して夜間は訪れず、昼、踊りや唄《うた》の稽古《けいこ》の帰りに、立ち寄った。ちょうど私の部屋の下に、知人の美学者がおり、特に日本の古典芸術を専門にしている人であったから、ヤマサンを紹介した。ヤマサンと二人だけで坐《すわ》っているのが堪えがたかったからである。その後は、ヤマサンは私の部屋に長坐《ちょうざ》せず、よい折りに立って、下の美学者を訪ねて、神妙に古典芸術の講話を拝聴し、また、自分の専門の芸については、美学者の問いに慎み深く答えていた。そういうヤマサンは、態度あくまで、凛々《りり》しく、慎み深く、なよやかな肩に芸の熱意が溢《あふ》れて、美しく、りっぱであった。

歌舞伎の女形のヤマサンは、常に身だしなみよく、かりそめにも、衣服をくずしたことはない。しかし、無慾《むよく》の点については、三平に似ていた。二人の魂は、無のどん底に坐りついていたのである。それを、まことの淪落《りんらく》とよぶべきであろうか。ヤマサンの場合は、古典芸術できたえあげた教養、環境と、二十という年齢からきた造化の妙があったようだ。

昨年、私が、折りあしく病人をかかえて病院へ泊まりこんでおり、外出の不自由なとき、思いがけず、ヤマサンから手紙をもらった。戦争中は自分のようなものにも徴用ということがあって、センバンを握り、手もふしくれて、油にまみれて働いた、国にお務めをした、というような、落ちついて澄んだ心のうかがわれることが、タドタドしい文字で綴《つづ》られており、今、宗十郎門下にいて、青年歌舞伎にでているから、見物してくれ、と書いてあった。行って見たいと思いながら、思うにまかせず、いまだに再会していない。

ヤマサンが、私に掻《か》きくどいた言葉は、

「先生にお仕えしたい」

という、たったそれだけの表現であった。古典芸術の伝統の中で育って、まだ二十のヤマサンは、古典の品位を身につけており、かりそめにも、ミダラではなかった。ただ、うるんだ目で、私を見つめ、悄然《しょうぜん》として、私の側をはなれない。男色を妖怪《ようかい》じみたものにしか解さぬ私に、そのありさまは笑止であったが、しかし、お仕えしたい、という言葉にこもる己《おの》れを虚《むな》しゅうした心事には、胸を打たれずにいられなかった。

たしかにヤマサンの心事はそれが全部で、わが身を虚しゅうして仕えるほかに、打算も取り引きの念もなかった。

それもまた、三平の、あのふるさとに似ていた。

私も己れを虚しゅうし、己れの意志に反して、ヤマサンに同化し、この珍妙可憐《かれん》な妖怪にかしずかれて暮そうか、と考えたこともあったのである。考えざるを得なかったのだ。私には、心棒がなかった。なにもわかるものがなかったのだ。

私がそれをあえてしなかったのも、そんな逃げ方をするぐらいなら、死ね、死んでしまえ、という声を、耳にしていたからだった。

死んではならぬ、と、考えつづけた。なぜ、死んではならぬか、それがわからぬ。何をすれば、生きるアカシがあるのだろうか。それも、わからぬ。ともかく、矢田津世子と別れたことが、たかが一人の女によって、それが苦笑のタネであり、バカからしくとも、死の翳を身にしみつけてしまったのだ。

新しく生きるためには、この一人の女を、墓にうずめてしまわねばならぬ。この女の墓碑銘を書かねばならぬ。この女を墓の下へうめないかぎり、私に新しい生命の訪れる時はないだろう、と思わざるを得なかった。

そして、私は、その墓をつくるための小説を書きはじめた。書くことを得たか。否、否。半年にして筆を投じた。

そして私が、わが身のまわりに見たものは、さらにより深くしみついている死の翳であった。私自身が、影だけであった。そのとき、私は、京都にいた。独りであった。孤影。私は、私自身に、そういう名前をつけていたのだ。

矢田津世子が、本当に死ぬまで、私はついに、私自身の力では、ダメであった。あさはかな者よ。哀れ、みじめな者よ。

注釈

石の思い

一五　＊加藤高明　万延元年―大正十五年（一八六〇年―一九二六年）外交官・政治家。明治二十一年から官界に入り、駐英公使になって日英同盟を主張、三十三年以降外相を歴任した。大正二年に桂太郎の立憲同志会結成に参加し、桂の死後総裁となり、憲政会と改称後もその地位にあった。十三年清浦内閣に反対して護憲三派内閣の首相になり、十四年憲政会の単独内閣を組織したが、在職中死亡した。

＊若槻礼次郎　慶応二年―昭和二十四年（一八六六年―一九四九年）政治家。大蔵省に入って蔵相を歴任、大正五年には加藤高明のひきいる憲政会に入会して副総裁になり、十五年加藤死亡のあとを受けて総裁になると、第一次内閣を組織した。また昭和六年には民政党総裁として第二次内閣を組織したが、満州事変が起こって総辞職した。以後重臣として太平洋戦争の戦局が悪化するや、近衛文麿、岡田啓介らとともに東条内閣の打倒を画策し、鈴木貫太郎首相には休戦を進言するなど、和平派の重要人物として活躍した。

二十一

三四 ＊三帰文　三帰はまた三帰依ともいう。一に帰依仏、仏宝に帰依して師となすこと。二に帰依法、法宝に帰依して薬となすこと。三に帰依僧、僧宝に帰依して友となすこと。この三帰を師から受けることを三帰戒という。日本では一般に『華厳経』の、「自ら仏に帰したてまつる。当《まさ》に願わくは衆生とともに大道を体解にして無上意を発《おこ》さん。自ら法に帰したてまつる。当に願わくは衆生とともに深く経蔵に入って知慧海のごとくならん。自ら僧に帰したてまつる。当に願わくは衆生とともに大衆を統理して一切無碍《むげ》ならん」という三帰文が唱えられている。

四二 ＊三百代言　明治前期に、代言人の資格がないのに、法律事務を取り扱ったものの俗称。また弁護士の蔑称《べっしょう》。明治九年の代言人規則では、現在の弁護士に当たるものを代言人と称していたが、その資格もなくもぐりで他人の紛議に関与し、わずかな金額で訴訟や談判をひき受けるものを、三百代言、または三百とよんでいた。

四三 ＊金光教　安政六年に岡山県浅口郡大谷村の農民、川手文治郎が創唱した神道系の新宗教。陰陽《おんよう》道系の威徳の卓絶した祟《たた》り神金神《こんじん》を、大地の祖神、総氏神、愛の神であるとし、これを主神、天地金乃神とする。川手は自宅を神の広前とし、神前に設けた結界の一隅にすわりつづけて神に祈念し、神の言葉をうけて理解、裁伝して信者に取り次いだ。人間はすべて平等な神の氏子で、神と氏子はたがいに助けあう関係にあり、信者は実意ていねいに信仰し、欲心を去って家業に精励し、他人に親切を尽くせば、神のおかげを受けることができるとする。

五〇 ＊種彦　柳亭種彦。天明三年—天保十三年（一七八三年—一八四二年）江戸後期の合巻

作者。食禄二百俵、小普請組の旗本。学問、武芸を修めるかたわら、狂歌や戯作に興味をもち、文化八年『鱸《すずき》庖丁青砥切味《あおとのきれあじ》』以後合巻制作に専念、十二年『正本製《しょうほんじたて》 初編』の新趣向が大好評を博し、さらに『偐紫《にせむらさき》 田舎源氏《いなかげんじ》』を刊行して極度に名声を挙げた。しかし折りから起きた天保改革にかかって途中で絶版させられ、この衝撃によったのか、まもなく没した。

五一 *梵語　サンスクリット。古代インドの雅語、文章語。字義的には「浄化、洗練された」「完成された」言語の意味であり、また造物主梵天所造の神聖な言語として「梵語」とも称せられる。もとインド・ヨーロッパ語に淵源《えんげん》するから、ギリシア語、ラテン語などの西洋古典語と姉妹関係に立つが、とくに古イラン語とその古層において類似し、両者はインド・ヨーロッパ語のインド・イラン語派を形成している。サンスクリットはバラモン文化の波及にともなって、インド以外にも伸び、タイ、ビルマ、カンボジア、ジャワなど南海諸島に伝播《でんぱ》した。仏教の儀式はサンスクリットを日本にまでもたらすことになり、日本語の旦那《だんな》・袈裟《けさ》・奈落《ならく》・伽藍《がらん》などは、もとサンスクリットに淵源している。

暗い青春

五三 *カルモチン　ブロムワレリル尿素の商品名で、中枢神経抑制剤・鎮静催眠剤。一九〇八年ドイツのクノル会社から、ブロムラールの名で発売されたもの。白色粉末でわずかに苦い。神経性消化不良・不眠症・月経困難・月経閉止・神経性嘔吐《おうと》・百日咳《ひゃくにちぜき》などに用いる。催眠薬としては習慣性があり、連用は避ける。しばしば自殺に用いられることで有名。

七〇　＊地下運動の闘士　昭和初頭プロレタリア革命運動の波は、その中心にあって推進に当たっていた非合法下の共産党などの、戦略的展望の種々の弱点にもかかわらず、徹底的な反体制運動として、労働者、農民、知識人、中間層の広範な民主主義的要求に点火し、組織する役割をも果たしつつ、思想、政治、文化の諸領域にはげしい闘争を展開した。とくに昭和三年ナップ（全日本無産者芸術連盟）結成以後、その理論的指導者たる蔵原惟人は自ら共産党に入党し、合法的な宣伝啓蒙《けいもう》機関をもたぬ非合法下の党にとって、合法面での文化・芸術運動の負う特別に大きな役割が、プロレタリア作家たちに自覚されていたという状況をもふまえて、かれは党派性の性急な要求を中心とする「共産主義芸術の確立へ」の主張を行なった。ナップの作家としては、小林多喜二をはじめ、徳永直、佐多稲子、片岡鉄兵、村山知義、武田麟太郎らが活躍し、評論家としては中野重治、窪川鶴次郎らが論陣を張った。

二十七歳

八六　＊センチメンタル・トミー　J・M・バリー（一八六〇年—一九三七年）の書いた小説。バリーはイギリスの小説家、劇作家で、永遠の童心を描いた『ピーターパン』がその代表作である。『センチメンタル・トミー』は一八九六年に発表され、おとなびた空想的な少年の十三、四歳ごろまでを、伝記的に描いた作品である。

八七 ＊独探のケンギ　独探とはドイツのスパイのこと。第一次世界大戦は大正三年から七年まで、足かけ五年間にわたる戦争で、日本はドイツを敵として連合国側に味方したから、ドイツのスパイが日本国内で活躍する理由は十分にあった。

八九 ＊メチルドを思うスタンダール　スタンダール Stendhal（一七八三年―一八四二年）はフランスの作家。はじめ陸軍士官になろうとして、ナポレオン遠征軍に加わり、途中で劇作家をも志したが、ナポレオン没落後失業して、文学的放浪児としての生涯を始めた。すなわちミラノに赴いて、イタリアのロマン主義者たちと交わり、毒婦アンジェラ・ピエトラグルーアと官能的な恋愛にふけって裏切られた。ついで社交界の花形メチルド・デンボウスキに情熱的な愛情を捧《ささ》げて報いられず、発表したのが『恋愛論』である。

いずこへ

一三〇 ＊張作霖の爆死事件　一九二六年七月、中国の国民革命軍は蔣介石を総司令として、北伐を開始した。日本は三次にわたって山東出兵を行なって華北を圧《おさ》えたが、張作霖軍の敗北はもはや覆うべくもなかった。かくて昭和三年六月三日、国民政府軍が北京に迫り、張作霖が奉天に向かって引き上げたところ、かれののった特別列車は、奉天駅につく直前、満鉄との交差点で爆破され、かれは即死した。爆破の主謀者は関東軍参謀の河本大作大佐であった。

三十歳

一五三　＊都新聞　東京新聞の前身。娯楽・文芸欄に力を入れた編集ぶりを示し、多くの作家・批評家に紙面を提供した。

古都

一七八　＊宇垣内閣　宇垣一成。明治元年—昭和三十一年（一八六八年—一九五六年）は陸軍大将・政治家。清浦奎吾・加藤高明・若槻礼次郎の内閣に陸相として入閣。いわゆる宇垣内閣をつくり、大正十三年軍縮に伴なう軍の近代化を推進した。退役後は朝鮮総督に就任、昭和十二年一月、組閣の命を受けたが、陸軍が陸海軍大臣の現役武官制を固執して、大臣を出さなかったため失敗して、流産のうき目を見なければならなかった。

一九四　＊友禅の板場職人　友禅染は江戸時代前期に、京都の絵師、宮崎友禅斎によって創始されたと伝えられる。かれは京都知恩院の門前町に居を構え、扇のデザインで名を得ていたらしい。この染物は京都で流行して、鴨川染とも称えられていたが、もち米を主剤とする糊置防染法による模様染である。明治以後、化学染料が行なわれるようになってから、写し糊《のり》を用いた型友禅としてひじょうな発達をとげた。この型友禅は大正時代へかけて大いに発達し、あたかも木版画における版木のように型紙を用いて種々の色をつけ、驚くほど精巧なものが作られるようになった。その伝統的な染物の仕事に携わるものを、板場職人という。

三一　＊支那事変　いわゆる日中戦争のこと。昭和十二年（一九三七年）七月七日、北京郊外の蘆溝橋付近で、日中両軍の間に衝突が起こったのを契機として、近衛内閣は大陸への派兵を決行した。かくて戦線は華北から揚子江流域に及び、日本軍は南京占領ののち武漢三鎮、広東を攻略したが、国共合作によって強化された蔣介石の国民政府は、重慶に遷都して徹底抗戦を呼号した。昭和十五年、重慶から脱出した汪兆銘をして日本の傀儡《かいらい》政権を作らせ、事態を収拾しようと試みたが、日中両国の間には和平は実現せず、太平洋戦争に向かって戦局は拡大していくばかりであった。　（三枝康高）

解説

奥野健男

この本には坂口安吾の青春期を題材にした自伝的作品ばかりを集めた。執筆時期は異なり、発表雑誌もさまざまで一応独立した短篇として発表されているが、その主なものは自伝的連作長篇の一部として目論《もくろ》まれ書かれたものである。

言うまでもないことだが坂口安吾は、いわゆる私小説家ではない。自分の日常生活の体験とか、こまごまとした身辺雑記とか、おりおりの心境とかを、虚構をまじえずそのまま、めんめんと綴《つづ》って、それを小説と称した日本の狭い閉鎖的な私小説作家とは、もっとも距《へだ》たった場所にいた作家であった。処女作「風博士」以来、坂口安吾は生涯なにものにも束縛されない奔馬天を征《ゆ》くがごとき人生を送り、奇想天外の発想、大胆な方法を駆使した小説、評論を書き続けた。その精神の振動の烈しさ、振幅の巨大さは、私小説中心の日本の近代文学のちんまりした枠の中には、とうてい収まりきるものではなかった。その純粋さも、反逆も、破壊も、求道も、堕落も、かなしみも笑いも、恋愛も、勉強も、遊びも、怒りも、錯乱も、いずれも烈しく大きすぎ、日本の小説や評論のしきたりからはみ出してしまう。そのため坂口安吾の小説は、破綻《はたん》したり、中絶したりして、きちんとまとまっていないものも少なくないが、その中に未来の小説を暗示するさまざまな可能性が無限に蔵されているのだ。実際坂口安吾ぐらい大胆に破綻を辞せず、あらゆる試みを小説の中で行なった文学者はいない。

先にも述べたように坂口安吾は私小説作家とはもっとも縁遠い不羈《ふき》奔放《ほんぽう》な作家であったが、同時に一作ごとに異なった小説の形式や題材や方法を模索しその可能性を探った作家でもある。したがってその可能性への模索の中には私小説的な自伝的作品がいくつか含まれていたとしても不思議ではない。とは言え坂口安吾はふだん自分の父母や家や生立《おいた》ちや日常生活をそのまま語ることを自らに禁じ、拒否しまた嫌悪してきた作家であるだけに自伝的私小説を書くということは、彼にとってほとんどタブーを破ることに等しい稀有《けう》のことであった。

　そのように自己を語らない坂口安吾であるのに、二十歳から三十歳にいたる自己の青春期だけは、年代記風の連作のかたちで、是が非でも書きのこしておきたいという強い願望を抱いたのだ。それは戦前からの計画であり、戦争、敗戦の大激動を経た戦後もその望みを捨てずに書きついでいる。どうしても自分の二十七歳と三十歳を書きたかったのだ。つまり青春期の恋人である女流作家矢田津世子との出会いと別れとをそのまま正直に書き残さずにはいられなかった。その矢田津世子との宿命的な恋愛を書くためには、自分がどのような青春を送ったかも書いておく必要があった。これだけはちゃんと書いておかなければ、その先には進めない。そういう強い必然性によって計画され書かれた連作であり、年代記的な長篇であるのだ。

それはおそらく「青春」あるいは「暗い青春」とかいう題で長篇小説にし、一冊の本として刊行することを目論んでいたと思われる。しかし長篇小説として完成せず、一冊の本にまとめられることがないままに、坂口安吾はあわただしくこの世を去ってしまった。そのため、七、八分どおりできあがっていながら、長篇としてはジャーナリズムに認識されず、死後その企画は埋《うず》もれ忘れ去られていた。

だが冬樹社から『定本坂口安吾全集』が刊行されるに及び、その年代記的自伝小説の構想が再びクローズアップされてきた。それはおおよそ次のような作品によって成り立っている。（　）は発表年月、〈　〉は年代記の年齢をあらわす。

「風と光と二十の私と」（昭22・1）〈二十歳〉
「二十一」（昭18・9）〈二十一歳〉
「暗い青春」（昭20・6）〈二十五歳〉
「青い絨毯」（昭30・4）〈　〃　〉
「二十七歳」（昭22・3）〈二十七歳〉
「いずこへ」（昭21・10）〈二十九歳〉

「三十歳」（昭23・5〜7）　〈三十歳〉
「死と影」（昭23・9）　〈　〃　〉

以上である。これはぼくが恣意的《しいてき》に年代記的作品をならべたのではない。作者自身昭和二十一年十月「いずこへ」の付記に〈私はすでに「二十一」という小説を書いた。「三十」「二十八」「二十五」という小説も予定している。そしてそれらがまとめられ一冊の本になるとき、この小説（「いずこへ」）の標題は「二十九」となるはずである〉と述べ、また「二十七歳」の作中〈私は戦争中に自伝めく回想を年代記的に書きだした。戦争中は「二十一」というのを一つ書いただけで、発表する雑誌もなくなってしまったのだが、私がこの年代記を書きだした眼目は二十七、それから三十であった。つまり、矢田津世子についてであった〉と書いている。これらの作者の言葉からも、年代記的自伝小説に作者が大きな熱意を注いでいたことがわかる。

さらにこの年代記風自伝小説のプロローグとして幼少年期を回想した「石の思い」（昭22・11）、さらには中学時代の思い出を書いた「砂丘の幻」（昭28・11）を加えてもいいだろう。また「三十歳」「死と影」の後に次のような自伝的作品を付け加えることもできる。

「古都」（昭17・1）　〈三十二歳〉
「居酒屋の聖人」（昭17・9）　〈三十四歳〉

「ぐうたら戦記」（昭22・2）　〈三十七歳〉
「魔の退屈」（昭21・10）　〈三十九歳〉

このように自伝的作品を配列すると、青春期を中心とした戦前、戦中の坂口安吾の自己形成の過程と精神の遍歴をたどることができる。

この文庫はすでに他の角川文庫に収録した「風と光と二十の私と」を除き、「石の思い」をプロローグにして年代期的自伝長篇をはじめて復原し、さらに「古都」以下の自伝的作品をも収めたものであり、青春小説の集大成として異色の編集ということができる。

以下個々の作品について簡単に触れる。「石の思い」は安吾文学、安吾の生き方を決定した原体験をとらえる家に対する反逆、肉親への嫌悪、自然の中に魂の故郷を見いだそうとする欲求、偉大なる落伍者《らくご》たらんとする決意などのライト・モチーフをここに見いだすことができ、安吾文学を解く鍵《かぎ》ともいうべき作品である。高名な政治家で漢詩人である父に対する無関心に似た軽蔑《けいべつ》、母へのほとんど生理的なまでの異常な憎悪、三番目の姉への思慕とともに、浜辺に寝ころび、海と空と太陽の中にふるさとを感じる切ないかなしみ、石の沈黙がきわめて抒情《じょじょう》的に描かれている。

「二十一」は悟りをひらき高僧になろうと真剣に思いつめ、睡眠四時間の苦行を続けたため強度の神経衰弱に陥るが、それを梵語《ぼんご》、チベット語などの勉強によってなおそうとする。安吾の超人的な意志力がはやくもあらわれている。行儀見習いの娘との恋、兄との共同生活、狂人の友人とのつきあいなどが意識的に軽佻《けいちょう》とデカダンスを強調して描かれている。

「暗い青春」は「二十五」に相当する作品で、青春は暗鬱《あんうつ》なものであるという作者の主張が濃密に表現されている。生の過剰がたえず死と直面させ死へ傾斜させる、長島はじめ友人が死を賭《か》けた青春の才能のゲームに破れ次々に死んで行く。サーカスの少女にひかれる心理は刃渡りの人生のようにもっとも危険なデカダンスのあらわれであろうか。

「二十七歳」は矢田津世子と識合《しりあ》い恋愛に陥った時期を扱っているが、新進作家時代の他の文学者との交友が主に書かれ、かんじんの彼女との愛は書きこまれていない。彼女との恋愛がいかに苦しかったかの証拠とも言える。恋に疲れあらゆる生き方に文学に破れかぶれになり「私の魂の転落が、このときから、始まる」という言葉で結ばれている。

「いずこへ」は「二十九」に相当する作品で、「私はそのころ耳を澄ますようにして生きていた」という印象的な書き出しで、「二十七」の結びに書かれた魂の転落の時期を描いている。家、家庭を嫌悪し、家庭的な女を憎み、マノンのような娼婦《しょうふ》、妖婦《ようふ》に憧《あこが》れる。彼は最高の豪奢《ごうしゃ》を求めるが中途半端なぜいたくをきらい一女を所有せず無償の行為について考え続ける。安吾の人生観、芸術観が展開されている。偉大な魂の抒情詩である。

「三十歳」は矢田津世子との久しぶりの再会と訣別《けつべつ》するまでの辛《つら》いいきさつが描かれている。二十七の時は彼女の顔を見ているときは救いであったが、今は苦しさだけである。観念の妄想は極限に達し読んでいて息苦しくなってくる。「恋愛というものは、いわば一つの狂気であろう」という安吾はここに男女の恋愛の極限を描いている。年代記的自伝の頂点と言える傑作である。

そのあとにこれ以後の時期を描いた自伝的短篇が四篇ならぶ。

「古都」は「吹雪《ふぶき》物語」を書こうとし京都の街裏の食堂の二階で、ドテラと二枚の浴衣《ゆかた》だけで過ごした、市井の狂騒の中に己の孤独さをかみしめ、自己の才能の極限に絶望した日々を描いた味わい深い作品である。

「居酒屋の聖人」は京都から東京に帰り、再びさらに孤独な放浪生活をめざし利根川べりの取手《とりで》に住み最低の居酒屋で身を切られるような思いで飲んでいる。

「ぐうたら戦記」はたまたまドテラをとりに行った小田原で日米開戦を知る思い出から、自分の兵隊ぎらい、集団生活ぎらいを書き、戦争を鋭く批判しながらも、国といっしょに亡《ほろ》びようとする覚悟が書かれている。

「魔の退屈」は太平洋戦争末期、疎開のすすめを断わり、首都に残って日本の滅亡の日をこの目で見とどけようとする好奇心と、天命に任せ死ぬつもりだから全くだらしなく送る生活のことを描いていて、戦争下の、戦前、戦後と変わらない坂口安吾の態度をうかがうに足る。

以上の青春記により、安吾がつねに自己の内部とたたかい、求道僧のごとく苦行するとともに、たちまち破戒僧のごとく自己破滅のデカダンスに自らを追いやる、まことに純粋でかつ巨大な生き方が読者に迫ってくるに違いない。

坂口安吾のおいたちや青春は今さら説明せずともこれらの作品により読者はおのずから知られたに違いない。なお坂口安吾の生涯と作品については本文庫の「白痴」の巻末に付された拙稿を参照していただきたい。

＊編集部註　改版にあたって、「魔の退屈」を割愛しています。

解説

佐々木《ささき》中《あたる》(哲学者、作家)

安吾《あんご》は面白い。日本文学、いや世界文学を見渡しても、他に類例を見ない。

しかし、どんなに熱烈な「安吾ファン」でも、安吾の小説、特に長編小説には一定の留保を置く人が多い。曰《いわ》く、「小説家としては不器用である」「『巧《うま》く』はない」「安吾の本領はエッセイ」「小説がエッセイ的でありエッセイが小説的」「ジャンルを超越」など——このような評言は枚挙に遑《いとま》がない。が、このことは安吾の文業の価値を少しも減じない。

確かに、安吾は長編小説をものしようとしては失敗し、そのたびに深く失望している。即座に付け加えねばならないが、「長編小説を中心とする文学の体制」はたかだか十九世紀ヨーロッパにしか遡《さかのぼ》り得ず、すなわちロマン主義以後のものである。日本文藝史上もっとも長い歴史にわたって繁栄し存続し得たのは能と連歌であって、要するに舞踏、音楽、演劇、そして「うた」である。

「小説の時代」は人類史上、存外に短い。その時代の内部にしか通用せぬ「偏見」を普遍と見做《みな》してはならない。「長編小説を中心とする文学の体制」のなかで本来小説を書くことが本領ではないにもかかわらず小説を書かざるを得ず、そしてあたら才能を空費した、とは言わずとも「小説」という既定のジャンルにおいていらざる苦慮を強いられた「詩人」「劇作家」「舞踏家」等々は数知れない。本人がそうと気づいていても気づいていなくても、である。坂口《さかぐち》安吾は日本近代文学史上そのもっとも目覚ましい一人であるだろう。

安吾は二度、長編小説に志して挫折《ざせつ》している。

一度目が京都に一年半滞在して苦しみながら書き上げられた『吹雪物語』である。安吾はこの小説について「そのころ、ちやうど千枚ちかい小説を書き終つたのだが、まつたく不満で、読むに堪へないのであつた。千枚の大量の仕事が、まつたく不満であるときの落胆の暗さは、せつない。二度と立ち上る日を予期できないほど、打ちのめされ、絶望に沈まざるを得なかつた」。「その落胆と焦躁《せうさう》は、文学と絶縁せずにゐられぬ思ひに、人を駆り立てるものである」(「囲碁修業」)と語っている。四年後また回顧して曰く、「美しい物語を書かうとして、『吹雪物語』を書きました」。「思ひもよらぬ結果でした。美しいのは、題だけでした。書き終つた物語は、ただ陰惨で、まつくらで、救ひがなく、作者は呆然《ばうぜん》とし、絶望しました。『吹雪物語』を読む人は、ただ、悔恨と、呪詛《じゆそ》と、疑惑と、絶望と、毒を読みとるにすぎないでせう」(「後記」、

『炉辺夜話集』)。そして一九四七年、『吹雪物語』の「再版に際して」では、「この小説は私にとつては、全く悪夢のやうな小説だ」と、「この気取り、思ひあがつた小説」と言い切り、「あの頃、私は、何度も死なうと思つたか知れないのだ。私の才能に絶望した」と言っている。安吾のような批評的知性に恵まれた作家の、このような自省に付け加えるべきことは何もない。

二度目が「にっぽん物語」(のち『火』と改題)の執筆とその頓挫《とんざ》である。一九四八年六月、太宰治《だざいおさむ》の自死直後から安吾は抑鬱《よくうつ》症状を呈し、克服のためと称してこの長編小説に専念する。しかし睡眠薬アドルム、覚醒剤《かくせいざい》ヒロポンおよびゼドリンの大量服用によって精神状態は悪化する。のちに回顧して曰く、「この小説を書きすゝめることが出来ない障碍《しょうがい》が行く手にあった。それは京都の言葉であった。第一章の『その二』及び第二章の殆《ほと》ど全部が、京都が舞台になっているからであった。私も十三年ほど以前に、『吹雪物語』を書いていたとき、京都に一年半滞在していた。それだけに多少の心得はあったが、反面、京都弁のむつかしさも心得ていた」(「わが精神の周囲」)と、京都弁に拘《こだわ》った安吾は京都に向かう。が、「京都へついた私は、まったく船酔いに似て、寒気と吐き気に苦悶《くもん》し、半死半生のていであった。京都の旅館へついて、そのまゝ正月の一週間をねこんでしまった。体力的に消耗しきって、落武者の如く東京へひきあげたが、この旅行への期待と希望が大きかっただけに、私の落胆は甚大であった」（同）。そして更なる覚醒剤と睡眠薬の服用によって幻聴幻覚を発し狂乱状態になった安吾は、二月末に東京大学神経科に入院し、「持続睡眠療法」（「精神病覚え書」）を受けて一ヶ月余昏睡《こんすい》して回復する。が、この長編は以後書き継がれない。
実はこの間に「古都」という長編小説を構想し、やはり挫折している。これはこの文庫に所収されている同名のエッセイとは別物で、やはり京都を舞台にしたものだ。しかし、なぜ、京都なのだろう。

（精神科医にして翻訳者の中井久夫《なかいひさお》氏は京都で大学時代を過ごしたにもかかわらずこの街がひどく自分を疲弊させる旨述べている。また作家古井由吉《ふるいよしきち》氏は筆者に直接、果たして京都でものが書けるかと問い、日本近代文学において京都生まれ京都育ちの作家がいないことを指摘した。「近代」をどう定義するかが問題にもなろうが、京都という街がいずれの時代までかそのような磁場であったことはありうる。）

しかし、繰り返しになるが以上の失敗は安吾文学の価値を少しも減じない。安吾は「長編小説を中心とする文学の体制」という、ある時代を形成したがやがて過ぎゆくであろう束の間の体制のもとにあってたまさか当を得ないときもあったということに過ぎない。

安吾の魅力、孤独であり淫蕩《いんとう》であり退屈しており時に軽薄に傾きまれに殺伐としているが、しかしなおそれでも一抹の純潔を欠くことは決してなく、上質なヒューモアに満ちている不思議なその散文の魅力は、この文庫に収められた作品たちにも露《あら》わだ。「石の思い」は自らの母が「継娘に殺されようと」していたという事実を淡々と述べて波瀾《はらん》の幼少期を披瀝《ひれき》する。「二十一」では悟りを開こうとし睡眠四時間の猛勉強をして神経衰弱となり、「暗い青春」では文字通り青春の煩悶《はんもん》と友人の死が明察を交えて描かれ、「二十七歳」では「髪ふりみだしてピストンの連続、ストレート、アッパーカット、スイング、フック、息をきらして影に向かって乱闘している」中原中也《なかはらちゅうや》との愉快な邂逅《かいこう》をよろこんで矢田津世子《やだつせこ》との恋愛に苦しみ、「いずこへ」では痴情の縺《もつ》れと言って何を誇張したことにもならない色恋沙汰《ざた》が、みずから自身をも突き放したつめたさで述懐され、この続編である「三十歳」で矢田津世子と別れた安吾は、「古都」「居酒屋の聖人」でおのれの失敗する青春のありのままをあたかも笑劇であるかのように語って、「ぐうたら戦記」で巨大な戦争のなかにぽっかり空いた不可思議な空隙のただなかで「マグロを食い焼酎《しょうちゅう》をのみ酔っ払って」いる日々を過ごし、そして「死と影」では絶唱ともいうべき「死んではならぬ、と、考えつづけた。なぜ、死んではならぬか、それがわからぬ」の一行を書く。それにしても、なんという痛々しいまでの「正気」か。なんという「なつかしさ」だろう。

これ以上くだくだしく述べるには及ぶまい。もう本文に当たってくだされば良い。しかし安吾は面白い。長編小説の失敗など些事《さじ》に過ぎない。もし、これが読者にとってはじめての安吾ならば、私は羨望《せんぼう》を感じる。読者の前には「文学のふるさと」「堕落論」「続堕落論」「日本文化私観」という卓抜した批評はいうまでもなく、多種多様な安吾の「読み物」の沃野《よくや》が広がっているのだから。小説なら「紫大納言」「桜の森の満開の下」「夜長姫と耳男」「戦争と一人の女」正続のみならず、「私は海をだきしめていたい」を忘れてほしくない。まだまだ、「イノチガケ」も「青春論」も「安吾の新日本地理」も、「もう軍備はいらない」も、「明日は天気になれ」もある。

そこに我々は、日本いや世界文学においても類例を見ない一人の作家の姿を見る。と、これは、すでに蛇足であろう。

年　譜

明治三九年（一九〇六）

一〇月二〇日、新潟県新潟市西大畑町に生まれる。一三人兄妹《きょうだい》の一二番目で五男、本名を炳五《へいご》といった。父の仁一郎は、町田忠治、加藤高明、若槻礼次郎らの政友で、県下第一級の政治家であった。また五峰と号して漢詩をよくし、市島春城とは詩友であり、会津八一とも親交があった。母のあさ（後妻）は大地主吉田家の娘であった。坂口家の祖先は肥前唐津で陶工を業とし、のち別れて加賀の大聖寺に移り九谷焼を作ったが、さらに別れて新潟に移り住んだ。徳川時代には広大な田地の外、銀山や銅山をも所有し、阿賀野川の水は涸《か》れても、坂口家の金はかれぬといわれたほどであった。

明治四四年（一九一一）　五歳

幼稚園に入園したが、型にはめられる生活をきらってほとんど通園せず、ひとり未知の街々をさまよい歩くことが多かった。家にいるときは、もっぱら新聞の連載講談とか、角力《すもう》の記事を好んで読んだ。

大正二年（一九一三）　七歳

新潟尋常高等小学校に入学。

大正三年（一九一四）　八歳

このころいろいろな事件を起こした。三つ年長の兄を殺すと騒ぎ、出刃包丁を振りあげて追い回した。母はかれを引きずって行って、窟《あなぐら》のような物置へ押しこみ、錠をおろしてなかなか開けてやらなかった。また荒天の日、母から海にもぐって蛤《はまぐり》を取ってこいと命じられた。かれは言いつけられたとおりにしたが、わざと母親を心配させてやろうとして、日がとっぷりと暮れてから帰り、重い貝の包みをズシリと三和土《たたき》のうえへ投げ出した。

大正六年（一九一七）　一一歳
坂口家の子弟教育はまったくの放任主義であったから、学校から帰ってくると、いわゆる餓鬼大将となり、近所の子供たちを数名、または十数名引率して、町内を騒ぎまわっていた。立川文庫を愛読して猿飛佐助《さるとびさすけ》に凝り、忍術の方法を研究したのもこのころであった。

大正八年（一九一九）　一三歳
新潟中学校に入学。このころから家に対して憎しみと怖れとを抱き、とくに母に対する反抗心はいよいよ募り、海と空と風のなかにふるさとと愛とを感じていた。

大正九年（一九二〇）　一四歳
近眼がかなり進んでいて、黒板の字が見えないので、授業時間はほとんど登校せず、放課後の柔道や陸上競技の練習にのみ通う。ようやく眼鏡を買ってくれたが、かれの不注意で黒眼鏡を買ってしまい、友だちが珍しがってひったくり、こわしてしまった。そのため落第し、家で心配して家庭教師をつけてくれたが、相変わらず学校をサボリ、晴れた日には日本海に面した砂丘の松林へ通い、雨の日は学校の隣のパン屋の二階に寝ころんで過ごした。しかしその間に谷崎潤一郎の作品や、バルザックの「絶対の探求」や「文学の本質」などを耽読《たんどく》し、早くも作家への夢が芽ばえはじめた。

大正一一年（一九二二）　一六歳

なにしろほとんど授業を受けていないので、再落第のおそれは十分にあった。しかも試験のときには教師が答案を配りおえたとたん、白紙の答案を足音高く、頬に微笑をうかべながら提出し、ついにこの年の夏放校された。そのさい学校の机の蓋《ふた》の裏側に、「余は偉大なる落伍《らくご》者《しゃ》となって、何時《いつ》の日にか歴史の中によみがえるであろう」と彫りつけた。かれはすでにポーやボードレール、石川啄木などを、人生の落伍者として愛し、その影響を受けていた。秋、上京して豊山中学校に転校し、戸塚諏訪町に住む。しかしここでも授業をサボリ、野球、水泳、陸上競技に熱中、野球は選手で投手をやり、ハイジャンプではインターミドルで優勝した。

大正一二年（一九二三）　一七歳

東京戸塚で父、仁一郎死去。享年六十五歳。父に対してはむしろ無関心であったが、このころ地方政治家としての父の自伝を読み、そのスケールの小ささを知って、軽蔑《けいべつ》の念を抱くようになった。スポーツに熱中して、文学などには興味を感じなくなったのに、文学好きの同級生にすすめられ、ふたたび小説として広津和郎の「二人の不幸者」を読む。つづいて芥川龍之介の作品をすすめられて読み、谷崎の「或る少年の怯れ」にいたく感心する。

大正一三年（一九二四）　一八歳

小説を再読するようになったせいではないが、このころ友人の名前でボクシング小説「人心収攬《しゅうらん》術」の翻訳を『新青年』にのせる。また豊山中学校が宗教の学校であったからか、漠然と宗教に憧憬《どうけい》や郷愁を感じ、宗教や自然哲学の本などをも耽読した。

大正一四年（一九二五）　一九歳

豊山中学校を卒業。学校のきらいな奴は大学へはいっても仕方がないという周囲の意見に、大学受験をあきらめ、世田谷の下北沢で小学校の代用教員になる。五年生の男女合わせて七〇人に対して、二〇歳の教師、しかも二〇人くらいは異常児か、知能の遅れた子どもであったが、「ほんとうに可愛い子」は悪い子どものなかにいた。教師生活中は数多くの文学書に親しんだが、とくにチェホフの『退屈な話』にいたく感動、何度もくり返し熟読した。また雑誌『改造』の懸賞小説に応募して、落選したのもこのころであった。

大正一五年・昭和元年（一九二六）　二〇歳

中学時代に感じていた求道のきびしさに対する憧憬と郷愁がますます強くなり、学問的に仏教を研究しようと決意し、教師をやめて東洋大学印度哲学科に入学。

昭和二年（一九二七）　二一歳

大学に入学以来、悟りを開こうという修業のため、一日睡眠四時間の生活を一年半も続けたので、ついに神経衰弱にかかる。梵《ぼん》語《ご》、パーリ語、チベット語、フランス語、ラテン語など語学の勉強により、やがてこれを克服した。このころたいした事故ではなかったが、自動車事故にあい、それ以来とかく被害妄想が起こりがちになった。

昭和三年（一九二八）　二二歳

アテネ・フランセに入学。同じ組に菱山修三がいた。ここでは「賞」をもらうほどの勉強家で、とくにこのころ、モリエール、ヴォルテール、ボーマルシェらの作品を愛読した。当時隆盛をきわめた左翼文学に対しては魅力を感ぜず、むしろ正宗白鳥、佐藤春夫、芥川龍之介らの作品に心を惹《ひ》かれていた。

昭和五年（一九三〇）　二四歳
三月、東洋大学印度哲学科を卒業。一一月、アテネ・フランセの友人たちと同人誌『言葉』創刊号を出し、マリイ・シェイケビッチ原作「メランジェ――プルウストに就てのクロッキー」を翻訳して発表。同人は坂口安吾、江口清、葛巻義敏、若園清太郎、関義、本多信、高橋幸一、長島萃、山沢種樹、野田早苗、脇田隼夫、青山清松、白旗武、片岡十一、根本鐘治、山口修三、山田吉彦（きだ・みのる）、大沢比呂夫、吉野利雄らであった。

昭和六年（一九三一）　二五歳
一月、「木枯の酒倉から」を『言葉』二号に発表。『言葉』は二号で廃刊になったが、葛巻義敏の努力で、後継誌『青い馬』を岩波書店より発行。五月創刊号に「ふるさとに寄する讃歌」「ピエロ伝道者」を発表。六月、「風博士」を『青い馬』二号に発表。この作品について牧野信一が、『文芸春秋』付録誌上で「風博士」という一文を書いて激賞してくれた。二号にはこの他、ロジェエル・ヴィトラクの「いんそむにや」の翻訳をも発表。九月、「黒谷村」を『青い馬』三号に発表、これは島崎藤村がほめ、宇野浩二が推挙した。これら二作によって新進作家として文壇に認められた。同じ月、「海の霧」を『文芸春秋』に、一〇月、「霓博士の廃頽」を『作品』に発表。また「母」もこの年発表。他にプルウスト、コクトー、ジイド、ヴァレリイ、ヴィルドラックの翻訳もした。

昭和七年（一九三二）　二六歳

二月、「蟬――あるミザントロープの話」を『文芸春秋』に、「Farce に就て」を『青い馬』の五号に発表。『青い馬』は五号で廃刊になった。四月、「群衆の人」を『若草』に発表。「ふるさとに寄する讃歌」を芝書店刊行の『小説』第二集に収録。九月、「Pierre Philosophale」を『文学』第三集に、同じ月、「長島の死に就いて」を『紀元』第二号に発表。一〇月、「村のひと騒ぎ」を『三田文学』に発表。また「竹藪の家」を春陽堂発行の季刊誌『文科』に連載。『文科』の同人には、牧野信一、坂口安吾、坪田譲治、田畑修一郎、小林秀雄、嘉村礒多、井伏鱒二、河上徹太郎、中島健蔵、佐藤正彰、中山省三郎らがいた。三月、京都に赴き、大岡昇平の下宿で加藤英倫を知る。下宿における加藤との一か月半の共同生活は、爾後の生活の転機となる。その後間もなく上京、加藤の紹介で矢田津世子を知る。また中原中也との交友も、「ウインザー」という酒場からはじまる。

昭和八年（一九三三）　二七歳

二月、「小さな部屋」を『文芸春秋』に、四月から五月にかけて「麓」（未完）を中西書房発行の『桜』一、二号に発表。『桜』の同人は井上友一郎、田村泰次郎、菱山修三、坂口安吾、河田誠一、北原武夫、大島敬司、真杉静枝、矢田津世子ら。

昭和九年（一九三四）　二八歳

三月、「谷丹三の小説」を『三田文学』に、五月、「姦淫に寄す」を『行動』に、九月、戯曲「麓」を『新潮』に、「小説の面白さ」を『紀元』に発表。

昭和一〇年（一九三五）　二九歳
一月、「淫者山へ乗り込む」を『作品』に、三月、「悲願に就て」を『作品』に、四月、「蒼茫夢」を『作品』に、五月、「想片」を『作品』に発表。また同号に「枯淡の風格を排す」という、徳田秋声の文学を批判したエッセイを発表したのが因で、尾崎士郎と知りあう。六月、『黒谷村』を竹村書房より刊行。七月、「金銭にからまる詩的要素の神秘性に就て」「中島健蔵氏へ質問」を、『作品』に、八月、「逃げたい心」を『文芸春秋』に、九月、「文学の一形式」を『作品』に、一二月、「おみな」を『純文学』に発表。

昭和一一年（一九三六）　三〇歳
一月から三月まで、「狼園」を『文学界』に、三月、「禅僧」を『作品』に、五月、「雨宮紅庵」「牧野さんの祭典によせて」を『早稲田文学』に、「現実主義者」を『文芸通信』に、「牧野さんの死」を『作品』に、九月、「母を殺した少年」を『作品』に、一〇月、「老嫗面」を『文芸春秋』に、一一月、「スタンダアルの文体」を『文芸汎論』に発表。五年間の恋人、矢田津世子に絶交の手紙を送り、古い自分を棄てて、全く新しく生まれかわるために、「吹雪物語」の執筆にとりかかる。

昭和一二年（一九三七）　三一歳
矢田津世子と絶交はしたが、東京での生活に不安と焦燥を感じ、孤独の中に半生の墓を作り、そこから生まれかわって来ようと思い、二月、尾崎士郎らに見送られ、憲兵の警戒もものものしい宇垣内閣流産のさなかに、京都へ旅立つ。しかし「吹雪物語」は五月にそのほとんどの七百枚を書きあげたものの、その後は連日連夜伏見の下宿で碁をうち酒を飲んで過ごした。

昭和一三年（一九三八）　三二歳

一月、「女占師の前にて」を『文学界』に発表。五月、「吹雪物語」を完成してただちに帰京。本郷の菊富士ホテルに三、四か月滞在。七月、『吹雪物語』を竹村書房より刊行。その後同書房の長編小説を書くため、その世話で茨城県取手町の取手病院に住みこみ、その片隅にある薬剤師のいた小さな部屋に起居していた。一二月、「閑山」を『文体』に発表。

昭和一四年（一九三九）　三三歳

一月、「かげろう談義」を『文体』に、二月、「紫大納言」を『文体』に、三月、「木々の精、谷の精」を『文芸』に、四月、「茶番に寄せて」を『文体』に、五月、「勉強記」を『文体』に、一〇月、「醍醐の里」を『若草』に、一一月、「総理大臣が貰った手紙」を『文学者』に発表。その他『都新聞』に匿名批評や雑文を書く。「盗まれた手紙の話」もこの年に発表。

昭和一五年（一九四〇）　三四歳

取手の寒さに悲鳴をあげ、三好達治の誘いに応じて小田原に住む。また三好にすすめられて切支丹の書物を読み、そのおもしろさに惹かれる。四月、「篠笹の陰の顔」を『若草』に、七月と九月の二回に分けて「イノチガケ」を『文学界』に、一二月、「風人録」を、『現代文学』に発表。『現代文学』の同人は、井上友一郎、豊田三郎、高木卓、檀一雄、野口冨士男、大井広介、山室静、赤木俊（荒正人）、坂口安吾、佐々木基一、北原武夫、菊岡久利、南川潤、宮内寒弥、平野謙、杉山英樹ら。

昭和一六年（一九四一）　三五歳

四月、『炉辺夜話集』をスタイル社より刊行。五月、「死と鼻唄」を『現代文学』に、六月、「作家論について」を『現代文学』に、八月、「文学のふるさと」を『現代文学』に、一一月、「ラムネ氏のこと」を『東京新聞』に、一二月、「新作いろは歌留多」を『現代文学』に発表。この年夏ごろ、蒲田の安方町に転居。

昭和一七年（一九四二）　三六歳

一月、「波子」「古都」を『現代文学』に、二月、「ただの文学」を『現代文学』に、三月、「日本文化私観」を『現代文学』に、六月、「真珠」を『文芸』に、八月、「大井広介という男」を『文芸』に、九月、「居酒屋の聖人」を『日本学芸新聞』に、一一月、「剣術の極意を語る」を『現代文学』に、一一、一二月、「青春論」を『文学界』に発表。この年、母あさ死亡。

昭和一八年（一九四三）　三七歳

一月、「五月の詩」を『現代文学』に、二月、「孤独閑談」を『現代文学』に、三月、「講談先生」を『現代文学』に、八月、「伝説の無産者」を『辻小説集』に、九月、「二十一」を『現代文学』に、一〇月、「あきらめアネゴ」を『現代文学』に発表。短編集『真珠』を大観堂より刊行。評判はよかったが、時局にそわぬとの理由で再版を禁じられた。一二月、『日本文化私観』を文体社から刊行。

昭和一九年（一九四四）　三八歳

一月、「黒田如水」を『現代文学』に、二月、「鉄砲」を『文芸』に発表。徴用のがれのため日本映画社の嘱託となる。発表する雑誌も少なくなったので、もっぱら歴史の書を愛読した。

昭和二〇年（一九四五）　三九歳

一〇月、「露の答」を『新時代』に発表。映画の脚本「黄河」第一部を書いたが、ついに映画化されなかった。「黒田如水」の続編「二流の人」を執筆。

昭和二一年（一九四六）　四〇歳

一月、「わが血を追う人々」を『近代文学』に、三月、「処女作前後の思い出」を『早稲田文学』に、四月、「堕落論」を『新潮』に発表。終戦後の混迷の世界に多大の反響を呼び、六月、「白痴」を『新潮』に発表するに及び、太宰治、石川淳、織田作之助らとともに新文学の旗手として、一躍終戦後の文壇に特異な地歩を占めた。七月、「外套と青空」を、『中央公論』に、九月、「女体」を『文芸春秋』に、「欲望について」を『人間』に、「我鬼」を『社会』に、一〇月、「いずこへ」を『新小説』に、「ヒンセザレバドンス」を『プロメテ』の創刊号に、「デカダン文学論」を『新潮』に、「足のない男と首のない男」を『早稲田文学』に、「戦争と一人の女」を『サロン』に、一一月、「石の思い」を『光』に、一二月、「ぐうたら戦記」を『文化展望』、「堕落論・続篇」を『文学季刊』第二号に発表。「魔の退屈」もこの年『太平』に発表。

昭和二二年（一九四七）　四一歳

この年から文壇の寵児《ちょうじ》としての作家活動は、じつにめざましいものがあった。一月、「恋をしに行く」を『新潮』に、「母の上京」を『人間』に、「道鏡」を『改造』に、「風と光と二十の私と」を『文芸』に、「戯作者文学論」を『近代文学』に、「通俗と変貌」

を『書評』に、二月、「私は海を抱きしめていたい」を『婦人画報』に発表。またこの月、『二流の人』を九州書房より刊行。二月、「二合五勺に関する愛国的考察」を『女性改造』に発表。二月一八日より五月八日まで、「女妖」を『東京新聞』に連載。三月、「二十七歳」を『新潮』に、四月、「大阪の反逆」を『改造』に、「恋愛論」を『婦人公論』に、「酒のあとさき」を『光』に発表。この月『逃げたい心』を銀座出版社より刊行。六月、「破門」を『オール読物』に、「暗い青春」を『潮流』に、「金銭無情」を『別冊文芸春秋』第三号に、「桜の森の満開の下」を『肉体』に、「教祖の文学」を『新潮』に発表。この月『堕落論』を銀座出版社より刊行。七月、「悪妻論」を『婦人公論』に、「オモチャ箱」を『光』に発表。この月『いのちがけ』を春陽堂より刊行。八月、「散る日本」を『群像』に発表。九月より翌二三年八月まで、「不連続殺人事件」を『日本小説』に連載。一〇月、「青鬼の褌を洗う女」を『週刊朝日』二十五周年記念号に、「パンパンガール」を『オール読物』に発表。この月『道鏡』を八雲書店より刊行。一一月、「決闘」を『社会』に、「新カナヅカイの問題」を『諷刺文学』に発表。この月『欲望について』を白桃社より刊行。一二月、「現代の詐術」を『個性』に発表。この月『青鬼の褌を洗う女』を山根書店より刊行。また「わが戦争に対処する工夫の数々」を『文学季刊』に発表。この年の春、梶三千代と結婚す。

昭和二三年（一九四八）　四二歳

一月、「出家物語」を『オール読物』に、「淪落の青春」を『ろまねすく』に、「天皇陛下にささぐる言葉」を『風報』に発表。

この月『三流の人』を思索社、『風博士』を山河書院より刊行。またこの月より一〇月にわたって、「坂口安吾選集」全十巻を銀座出版社より刊行。三月より五月にかけて、「帝銀事件を論ず」を『中央公論』に、四月、「ジロリの女――ゴロー三船とマゴコロの手記」を『文芸春秋』に、「ゴロー三船とマゴコロの手記」(「ジロリの女」続編)を『別冊文芸春秋』第六号に発表。この月『教祖の文学』を草野書房より刊行。五月、「無毛談」を『オール読物』に、「遺恨」を『娯楽世界』に、「アンゴウ」を『別冊サロン』に、五・七月、「三十歳」を『文学界』に、七月、「不良少年とキリスト」を『新潮』に、八月、「お魚女史」を『八雲』に、「織田信長」を『季刊作品』に、九月、「死と影」を『文学界』に、「ニュー・フェイス」を『小説と読物』に、「カストリ社事件」を『オール読物』に、一〇月、「戦争論」を『人間喜劇』に、「切捨御免」を『オール読物』に、「呉清源論」を『文学界』に発表。この月『風と光と二十の私と』を日本書院より、『不良少年とキリスト』を新潮社より刊行。一一月、『竹藪の家』を文芸春秋社より刊行。一二月、『不連続殺人事件』をイヴニングスター社より、『ジロリの女』を秋田書店より刊行。この年『不連続殺人事件』で探偵作家クラブ賞を受く。

昭和二四年(一九四九)　四三歳

三月、「インテリの感傷」を『文芸春秋』に、「西荻随筆」を『文学界』に、三・五・六・七月に分けて「にっぽん物語――スキヤキから一つの歴史がはじまる――」を『新潮』に、六月、「神経衰弱的野球美学論」を『文学界』に、「精神病覚え書」を『文芸春秋』に、七月、「昼の瞑想・夜の瞑想

――深夜は睡るに限ること――」を『文学界』に、「日月様」を『オール読物』に、八月、「勝負師」を『別冊文芸春秋』第一二号に、九月、「行雲流水」を『オール読物』に、一〇月、「小さな山羊の記録」を『群像』に、「戦後新人論」を『文学界』に発表。一一月より二五年一月まで、『季刊作品』に、「わが精神の周囲」を『群像』に、「火」(「にっぽん物語」続編)を『群像』に連載。二月、催眠薬中毒のため東大神経科に入院。四月、退院す。七月、ふたたび健康を害して伊東に転居。

昭和二五年(一九五〇)　四四歳

一月、「釣り師の心境」を『文学界』に発表。この月『勝負師』を作品社より刊行。一月から二月にかけて「安吾巷談」を『文芸春秋』に発表し、文芸春秋読者賞を受けた。三月、「水鳥亭由来」を『別冊文芸春秋』第一五号に、四月、「推理小説論」を『新潮』に、五月、「生まれなかった子供」を『新潮』に、五月一九日より一〇月一八日まで、「街はふるさと」を『読売新聞』に連載。この月『火』を講談社より刊行。六月より翌年一二月まで、「わが人生観」を『新潮』に連載。七月、「俗悪の発見」を『新潮』に、八月、『巷談師』を「別冊文芸春秋」第一七号に、九月、「孤独と好色」を『新潮』に、一〇月、「神伝魚流開祖」を『別冊文芸春秋』第一八号に発表。一〇月から二七年八月にかけて、「安吾捕物帖」を『小説新潮』に連載。この月『現代忍術伝』を講談社より、林房雄その他との合作によるラジオ小説『天明太郎』を宝文館より刊行。一一月、「兆青流開祖」を『オール読物』に、一二月、「花天狗流開祖」を『別冊文芸春秋』第一九号に、「芥川賞殺人犯人」を『新潮』に発表。この月

『安吾巷談』を文芸春秋社より、『街はふるさと』を新潮社より刊行。

昭和二六年（一九五一）　四五歳

二月、「わが工夫せるオジヤ」を『暮しの手帖』に、三月、「人生三つの愉しみ」を『新潮』に、「飛燕流開祖」を『オール読物』に、「九段」を『別冊文芸春秋』第二〇号に発表。この月より一二月まで、「安吾新日本地理」を『文芸春秋』に連載。四月、「フシギな女」を『新潮』に発表。四月より一二月まで、「安吾人生案内」を『オール読物』に連載。五月、「新魔法使い」を『別冊文芸春秋』第二二号に、六月、「或る選挙風景」を『新潮』に、国税庁を相手にした「負ケラレマセン勝ツマデハ」を『中央公論』文芸特集号に発表。七月、「チッポケな斧」を『新潮』に、「膝が走る」を『別冊文芸春秋』第二二号に、八月、「孤立殺人事件」を『新潮』に、「女忍術使い」を『文学界』に、九月、「戦後文章論」を『新潮』に、「飛驒の顔」を『別冊文芸春秋』第二三号に、一一月、自転車振興会を相手に、「光を覆うものなし――競輪不正事件――」を『新潮』に、一二月、「風流」を『新潮』に発表。この年「安吾新日本地理」執筆のため、日本各地を旅行す。

昭和二七年（一九五二）　四六歳

一月より四月まで「安吾行状記」を『新潮』に、一月より七月まで「安吾史譚」を『オール読物』に連載。六月、「夜長姫と耳男」を『新潮』に、八月、「幽霊」を『別冊文芸春秋』第二九号に、「世紀の死闘」を『オール読物』に、九月、「漂流記」を『オール読物』に、戯曲「輸血」を『新潮』に発表。一〇月、「もう軍備はいらない」を『文学界』に発表。一〇月六日より二八年三月七日まで「信長」を『新大阪新聞』に連載。二月、伊東より桐生に移る。

昭和二八年（一九五三）　四七歳

一月、「犯人」を『群像』に、二月、「屋根裏の犯人」を『キング』に、三月、「都会の中の孤島」を『小説新潮』に、四月、「牛」を『文芸春秋』に発表。この月『安吾捕物帖』第一巻を日本出版協同より刊行。五月、『信長』を筑摩書房より、『安吾捕物帖』第二巻を日本出版協同より刊行。六月、「選挙殺人事件」を『小説新潮』に、「中庸」を『群像』に、「梟雄」を『文芸春秋』に、八月、「正午の殺人」を『小説新潮』に、九月、「吝嗇神の宿」を『小説新潮』に、「決戦川中島・上杉謙信の巻」を『別冊文芸春秋』第三五号に、一一月、「乞食幽霊」を『群像』に、「砂丘の幻」を『小説新潮』に、「発掘した美女」を『講談クラブ』に、一二月、「町内の二天才」を『キング』に発表。この月『夜長姫と耳男』を講談社より刊行。八月、長男綱男生まれる。

昭和二九年（一九五四）　四八歳

一月、「餅のタタリ」を『講談クラブ』に発表。この月『安吾捕物帖』第三巻を日本出版協同より刊行。二月、「目立たない人」を『小説新潮』に、四月、「握った手」を『小説新潮』に、五月、「女剣士」を『小説新潮』に、「曾我の暴れん坊」を『キング』に、六月、「文化祭」を『小説新潮』に、「保久呂天皇」を『群像』臨時増刊号に、七月、「お奈良さま」を『別冊小説新潮』に、「花咲ける石」を『別冊週刊朝日』に発表。七月から九月まで「左近の怒り」を『講談クラブ』に、八月より三四年四月まで「真書太閤記」を『知性』に連載。九月、「裏切り」を『新潮』に、「人生案内」を『キング』に、一〇月、「心霊殺人事件」を『別冊小説新潮』に、一二月、「桂馬の幻想」を『小説新潮』に発表。

昭和三〇年（一九五五）　四九歳

一月、「狂人遺書」を『中央公論』に、二月、「能面の秘密」を『小説新潮』に、「安吾日本風土記――高千穂に冬雨ふれり」を『中央公論』に、三月、「富山の薬と越後の毒消し」を『中央公論』に発表。二月一七日、午前七時五五分、桐生の自宅にて脳出血のため永眠。死後、三月、「砂を嚙む」を『風報』に、四月、「青い絨氈」を『中央公論』に、「世に出るまで」を『小説新潮』に発表。

この年譜の作製にあたり、渡辺彰・小田切進編の「年譜」を参照した。

（三枝康高編）

主要参考文献

中島健蔵　織田作之助と坂口安吾（『新潮』昭二二・二）
平野　謙　坂口安吾論（『現代作家論』昭二二、南北書園）
宇野浩二　坂口安吾（『小説の文章』昭二三・一〇、創芸社）
十返　肇　坂口安吾（『文芸丹頂』昭二三・一〇）
福田恆存　坂口安吾（『現代作家』昭二四・二、新潮社）
花田清輝　動物・植物・鉱物―坂口安吾について―（『二つの世界』昭二四、月曜書房）
荒　正人　解説（「現代日本小説大系」別冊第一巻、昭二五、河出書房）
大岡昇平　放浪者坂口安吾（『文学界』昭二六・一）
河上徹太郎　安吾巷談のスタイル（『文学界』昭二六・三）
中村光夫　解説（「現代日本小説大系」第五四巻、昭二六、河出書房）
大岡昇平　坂口安吾（『詩と小説の間』昭二七、創文社）
杉浦明平　デカダンス文学と「家」の問題―織田・坂口・太宰を通して―（『作家論』昭二七、草木社）
亀井勝一郎　大凡俗への努力（「現代日本小説大系」月報第一八号）

佐々木基一　坂口安吾（『昭和文学論』昭二九、和光社）
福田恆存　坂口安吾（「現代日本文学全集」第四九巻、昭二九、筑摩書房）
安岡章太郎　坂口安吾の生活と意見（『文学界』昭二九・八）
田村泰次郎　青春坂口安吾（『小説新潮』昭三〇・五）
大井広介　「現代文学」の悪童達（『文学界』昭三〇・九）
臼井吉見　無頼派の消滅（『世界』昭三〇・一二）
臼井吉見　坂口安吾の作品（『人間と文学』昭三一・五、筑摩書房）
石川　淳　坂口五峰（『諸国畸人伝』昭三二、筑摩書房）
三好達治　若き日の安吾君（『路傍の秋』昭三三・一〇、筑摩書房）
倉橋由美子　モラリスト坂口安吾（『新潮』昭三五・六）
奥野健男・村松剛・佐伯彰一　座談会・坂口安吾と武田泰淳（『文学界』昭三七・一〇）
橋爪　健　安吾・織田作（『多喜二虐殺』昭三七・一〇、新潮社）
三枝康高　無頼派の文学（『文学』昭三九・七）
佐々木基一　坂口安吾（『現代作家論』昭四一・一、未来社）
河上徹太郎　坂口安吾（『作家の詩ごころ』昭四一・六、桜楓社）
海谷　寛　反動物の笛―坂口安吾小論―（『再現』昭三八より四二まで連載）
浅田晃彦　安吾と犬（『小説と詩と評論』昭四二・一）

浅田晃彦　坂口安吾桐生日記（『新潮』昭四二・三）
奥野健男　坂口安吾（『現代文学の基軸』昭四二・三、徳間書店）
坂口三千代　クラクラ日記（昭四二・三、文芸春秋社）
小川　徹　坂口安吾（『文芸』昭四二・七）
三枝康高　坂口安吾という実存（『太宰治と無頼派の作家たち』昭四三・三、南北社）
檀　一雄　太宰と安吾（昭四三・七、虎見書房）
庄司　肇　坂口安吾（昭四三・八、南北社）

雑誌特集号

特集・坂口安吾追悼（『文芸』昭三〇・四）
特集・無頼派の再評価（『円卓』昭四〇・九）
特集・坂口安吾（『日本きゃらばん』昭四二・一〇）
無頼派の文学（無頼派研究会編　昭四三・一）
特集・無頼派文学研究（『大阪文学』昭四三・一〇、昭四四・四）

（三枝康高編）

本書は一九七〇年九月に刊行された『暗い青春・魔の退屈』（角川文庫）を底本としました。改版にあたり、「魔の退屈」を割愛し、旧字体を新字体に、旧仮名づかいを新仮名づかいに改めました。

本書中には、今日の人権擁護の見地に照らして、不適切と思われる語句や表現がありますが、著者自身に差別的意図はなく、また著者が故人であること、作品自体の文学性・芸術性を考え合わせ、原文のままとしました。

（編集部）

暗《くら》い青春《せいしゅん》

坂口安吾《さかぐちあんご》

昭和45年 9月30日　初版発行
令和5年 12月25日　改版初版発行
令和6年 5月15日　改版4版発行

発行者●山下直久

発行●株式会社KADOKAWA
〒102-8177　東京都千代田区富士見2-13-3
電話　0570-002-301(ナビダイヤル)

角川文庫 23941

印刷所●株式会社KADOKAWA
製本所●株式会社KADOKAWA

表紙画●和田三造

●お問い合わせ
https://www.kadokawa.co.jp/（「お問い合わせ」へお進みください）
※内容によっては、お答えできない場合があります。
※サポートは日本国内のみとさせていただきます。
※Japanese text only

Printed in Japan
ISBN 978-4-04-114315-5　C0193

◆◇◇

角川文庫発刊に際して

角　川　源　義

第二次世界大戦の敗北は、軍事力の敗北であった以上に、私たちの若い文化力の敗退であった。私たちの文化が戦争に対して如何に無力であり、単なるあだ花に過ぎなかったかを、私たちは身を以て体験し痛感した。西洋近代文化の摂取にとって、明治以後八十年の歳月は決して短かすぎたとは言えない。にもかかわらず、近代文化の伝統を確立し、自由な批判と柔軟な良識に富む文化層として自らを形成することに私たちは失敗して来た。そしてこれは、各層への文化の普及滲透を任務とする出版人の責任でもあった。

一九四五年以来、私たちは再び振出しに戻り、第一歩から踏み出すことを余儀なくされた。これは大きな不幸ではあるが、反面、これまでの混沌・未熟・歪曲の中にあった我が国の文化に秩序と確たる基礎を齎らすためには絶好の機会でもある。角川書店は、このような祖国の文化的危機にあたり、微力をも顧みず再建の礎石たるべき抱負と決意とをもって出発したが、ここに創立以来の念願を果すべく角川文庫を発刊する。これまで刊行されたあらゆる全集叢書文庫類の長所と短所とを検討し、古今東西の不朽の典籍を、良心的編集のもとに、廉価に、そして書架にふさわしい美本として、多くのひとびとに提供しようとする。しかし私たちは徒らに百科全書的な知識のジレッタントを作ることを目的とせず、あくまで祖国の文化に秩序と再建への道を示し、この文庫を角川書店の栄ある事業として、今後永久に継続発展せしめ、学芸と教養との殿堂として大成せんことを期したい。多くの読書子の愛情ある忠言と支持とによって、この希望と抱負とを完遂せしめられんことを願う。

一九四九年五月三日

角川文庫ベストセラー

白痴・二流の人　坂口安吾

敗戦間近。かの耐乏生活下、独身の映画監督と白痴女の奇妙な交際を描き反響をよんだ「白痴」。優れた知略を備えながら二流の武将に甘んじた黒田如水の悲劇を描く「二流の人」等、代表的作品集。

堕落論　坂口安吾

「堕ちること以外の中に、人間を救う便利な近道はない」。第二次大戦直後の混迷した社会に、かつての倫理を否定し、新たな考え方を示した『堕落論』。安吾を時代の寵児に押し上げ、時を超えて語り継がれる名作。

不連続殺人事件　坂口安吾

詩人・歌川一馬の招待で、山奥の豪邸に集まった様々な男女。邸内に異常な愛と憎しみが交錯するうちに、血が血を呼んで、恐るべき八つの殺人が生まれた——。第二回探偵作家クラブ賞受賞作。

肝臓先生　坂口安吾

戦争まっただなか、どんな患者も肝臓病に診たてたことから〝肝臓先生〟とあだ名された赤木風雲。彼の滑稽にして実直な人間像を描き出した感動の表題作をはじめ五編を収録。安吾節が冴えわたる異色の短編集。

明治開化　安吾捕物帖　坂口安吾

文明開化の世に次々と起きる謎の事件。それに挑むのは、紳士探偵・結城新十郎とその仲間たち。そしてなぜか、悠々自適の日々を送る勝海舟も介入してくる……世相に踏み込んだ安吾の傑作エンタテイメント。

角川文庫ベストセラー

走れメロス　太宰治

妹の婚礼を終えると、メロスはシラクスめざして走りに走った。約束の日没までに暴虐の王の下に戻らねば、身代わりの親友が殺される。メロスよ走れ！　命を賭けた友情の美を描く表題作など10篇を収録。

斜陽　太宰治

没落貴族のかず子は、華麗に滅ぶべく道ならぬ恋に溺れていく。最後の貴婦人である母と、麻薬に溺れ破滅する弟・直治、無頼な生活を送る小説家・上原。戦後の混乱の中を生きる4人の滅びの美を描く。

人間失格　太宰治

無頼の生活に明け暮れた太宰自身の苦悩を描く内的自叙伝であり、太宰文学の代表作である「人間失格」と、家族の幸福を願いながら、自らの手で崩壊させる苦悩を描き、命日の由来にもなった「桜桃」を収録。

痴人の愛　谷崎潤一郎

日本人離れした家出娘ナオミに惚れ込んだ譲治。自分の手で一流の女にすべく同居させ、妻にするが、ナオミは男たちを誘惑し、堕落してゆく。ナオミの魔性から逃れられない譲治の、狂おしい愛の記録。

細雪（上）（中）（下）　谷崎潤一郎

大阪・船場の旧家、蒔岡家。四人姉妹の鶴子、幸子、雪子、妙子を主人公に上流社会に暮らす一家の日々が四季の移ろいとともに描かれる。著者・谷崎が第二次大戦下、自費出版してまで世に残したかった一大長編。